今度こそ
幸せになります！ 1

斎木リコ

Riko Saiki

RB
レジーナ文庫

登場人物紹介
▲グレアム(勇者)
ルイザの幼なじみで恋人。勇者に選出され、ルイザのもとから魔王討伐に旅立つ。19歳。
▲ルイザ
三回の前世で三回とも恋人の勇者に捨てられた記憶を持つ。四度目の人生は幸せを求めるが……

17歳。

勇者の旅の同行者
ゴードン(騎士)▲
▲カレン姫
ルイザの住む国の第一王女。グレアムを婿にと狙っている。
リンジー(神官)▲
▲ダイアン
(公爵令嬢・魔法使い)
▲オーガスト
ルイザの職場の上司。柔和だがやり手。
▲フェリシア
ルイザの幼なじみ。外面はいいが、あだ名は「魔王」。

目次

今度こそ幸せになります！1

一　勇者の旅立ち

「使命を果たして必ず帰ってくる。だから……それまで待っていてくれ、ルイザ」

真摯《しんし》な口調でそう言ったのは、私の目の前に立つ人物です。金髪に青い瞳、彫刻のモデルも務《つと》まりそうな整った容姿の彼は、これから魔王討伐の旅に出る勇者その人です。

彼の眼差しは、愛情にあふれています。二歳年上で、私の幼なじみ兼恋人です。

グレアムは本気で言っているのでしょう。私もそれはわかります。でも私が今言えるのはこれだけです。

「……グレアム、気を付けてね」

はっきり待つとも待たないとも言わなかったのはわざとです。それを相手は気付いていない様子です。そうでしょうね。涙ながらに見送る恋人が、自分の事を信用していないなんて、普通は誰も考えませんよ。

彼を見送る為だけに、今日は装いを凝《こ》らしました。服も滅多《めった》に着ないよそ行きのもの

だし、化粧だって普段より気合いが入っています。髪だって十日も前からこっそりと手入れし続けてきました。肌の手入れも普段より念入りにしてきました。全てこの日この時の為です。

最後くらい、一番綺麗な自分を見ておいてほしいですから。おかげで肌はつやつや、黒髪はさらさらです。もっとも覚えていてくれるかどうかは謎ですが。

彼、グレアムは私の返答に満足そうに一つ頷《うなず》くと、そのまま背を向けて街の外へ歩いていきました。まだ早朝の今は朝靄《あさもや》が立ちこめていて、彼の後ろ姿はすぐにその靄の中に埋もれてしまいました。

彼を見送った後も私はすぐには動けずに、しばらくその場に立ち尽くしていました。彼は知りませんが、これが今生《こんじょう》の別れです。少しは浸《ひた》ってもいいですよね。この後はやる事がたくさんありますが、せめて今だけは、この別れを惜しんでいたいんです。ここから先、私にとって彼はいないも同然です。

私、彼を待つ気はさらさらありません。

別に彼に何か悪い点があったとかいう訳ではありません。強《し》いて言うなら「勇者に選出された事」でしょうか。

はっきり言いましょう。私は勇者が大嫌いです！　確かに彼らがいなければ、魔王の猛攻にさらされて人などあっという間に滅びてしまった事でしょう。そういう意味では感謝しますよ。

でも！　私の人生に関わってくるとなると、話は別です。二度と関わりあいになりたくないくらい、その存在自体が許せません！

彼らは待っていてくれと言う割には、平気でその約束を破ります。そして自分だけは他の女と簡単に結婚するんですよ。待たせている女がいる事も忘れて。

これで待たされた方は恨《うら》まずにいられると思いますか⁉　私は思いません！　そして恨みますよ！　当然です。

そりゃあ確かに、討伐《とうばつ》の旅は大変でしょうよ。だからこそ、その途上で出会い、慰められたり支えられたりしたら、その相手に心が動かされる事もあるでしょう。そこは私も納得出来ます。

でも彼らの質《たち》が悪い所は、待たせている相手に自分の心変わりを直接伝えず、待たせ続けようとする所です。自分は既《すで》に幸せになってるくせに。

約束を破るんなら、一度なりと頭を下げて詫《わ》びに来い！　そう思うんですよね。下げる頭も惜しいってか！　何様のつもりだ！　ああ、勇者様でしたね、失礼しました。

そんな経緯があるので、今回の勇者、グレアムの事を待つ気は最初からありませんでした。彼もそのうち同行者の女性か、途中で助けたお姫様辺りと新しい恋をするんじゃないでしょうか。

こんな事おいそれと他人には言えませんからね。これまでの勇者を、実際に知っているような事を言えば、頭がおかしいと思われるでしょう。私も最初の頃は自分がおかしくなったのかと思ったものでした。

何故なら、勇者が現れるのは魔王が復活する時だけであり、前回の復活は二百年近く前の話だからです。十七歳の私が知ってるはずありません。普通なら。

でもね。私がこんな事を言うのには、それなりの理由があるんですよ。私、勇者に捨てられるのは今回が初めてじゃないんです。あ、一応今回はまだ捨てられてませんが。でもすぐに新聞で、勇者の恋愛方面の報道がなされるでしょう。賭けてもいいです。勇者という存在は絶対に約束した相手のもとには戻ってこないんです。

そういう連中なんですよ！　勇者ってのは！

二　彼女の事情

私、ルイザ・アトキンソンは普通の娘です。髪もどこにでもある黒ですし、瞳も珍しくはない薄めの青です。目の覚めるような美人でもありませんし、目を背《そむ》けたくなる程の醜女《しこめ》でもありません。いわゆる一般庶民なんですが、実は誰にも言えない、言ってない事があるんです。

実は、今回で四回目の人生なんです。何故か前の三回分、きっちり記憶があるんですよね。わーお、びっくりです。そして何の因果か、前の三回の人生でも「勇者」と呼ばれる人と幼なじみで恋人同士でした。女神様、私、何か悪い事しましたか？

周囲にこの事を言わない理由は単純です。普通「私、前世の記憶を持ってるの。しかも前世では勇者と恋人同士だったのよ」なんていきなり言われたら、頭のおかしい人だと思いますよね。私なら思います。だから沈黙を守るんです。迂闊《うかつ》にべらべらしゃべったら身の破滅《はめつ》ですよ。

記憶の中にある勇者達は、全員が全員グレアムと同じような事を言って旅立っていきました。まるで判で押したかのように「待っていてほしい」と言いましたよ。

でも彼らは誰一人として私のもとには帰ってきませんでした。一人目はその国のお姫様と結婚し、二人目は旅先で会った聖女様とわりない仲になり、三人目は一緒に旅立った女神官とできちゃった結婚ですよ。もうね、夢も希望もあったもんじゃありません。

記憶にある最初の人生、私は普通の家に生まれ普通に育ちました。狭い村の中で幼なじみだった相手と恋に落ち、普通に幸せになるはずでした。魔王が出現し、彼が勇者に選出されるまでは。

今でもその時の事を覚えています。遠い王都からわざわざ使者である神官がやってきて、村人と彼に告げたのです。あなたは魔王を倒す勇者だと。

その日のうちに出立を迫られ、彼は引き立てられるように村を後にする事になりました。私に待っていてほしい、と一言残して。

私は帰らない彼をずっと待ち続けました。今のように郵便なんてものはない時代です。彼についての情報を得る手段は王都から遣わされる伝聞官《でんぶんかん》の言葉だけでした。伝聞官っていうのはもう今はない制度ですけど、当時の唯一の情報伝達手段だったのです。

彼らは王都から各地方都市へと派遣され、そこからさらに小都市へ、大きめの街へ、小さい街へ、大きめの村へ、小さい村へ、寒村へと、王都から持ってきた書状を読み上げつつ移動するのです。

そのおかげで王都から遥《はる》か離れた寒村に住む者でも、おふれなどを知る事が出来るのです。その中には勇者として旅立った彼の報《しら》せもありました。

どこのどんな魔物を倒したのだとか、遠い異国を魔物から解放しただとか、まるで夢物語のような内容が毎回もたらされたものです。

ですがいつからか、そのおふれがまったく来なくなったのです。あれは彼が最終目的地である魔王城に向かうと、伝えられた後からでした。

待てど暮らせど、伝聞官は私が住んでいた村まで来てくれませんでした。その当時住んでいたのは山奥の寒村でしたけど、伝聞官はどんな小さな村にも来るものですから、村が小さいからって飛ばされる事はないんです。実際それまでは普通に来ていましたし。

周囲の人達は彼が魔王と共倒れになったんだと思っていました。だから帰ってこないんだと、伝聞官も、勇者の生まれ故郷にはそんな悲惨な話を持って行きたくなかったんだろうと。

彼らはそう言って、私にも諦《あきら》めるように何度も説得してきたんです。それを聞かずに待ったのは、私の意志でした。その時はまだ勇者を信じていたんです。

でも、現実はもっと残酷でした。

彼がその当時住んでいた国のお姫様と結婚した、という報《しら》せが村に届いたのは、彼が旅立ってから実に三十年以上の時が経ってからでした。

珍しく村に立ち寄った旅の商人が、その事を教えてくれたのです。彼も勇者の結婚を知らない村があるなんて、と驚いていました。何故、三十年間誰も村に来なかったのかと言えば、ほぼ自給自足の村でしたから、外から人が来るなんて事はまずなかったんです。だからこそ外から何の情報も入らず、私は彼が結婚した事すら知らされずに待ち続けたんです。今考えるとなんてバカなんだろうって思いますよ。

勇者の結婚の情報は、実は隣村で止まっていました。隣と言っても馬車で三日はかかる距離でしたが。

それも大変単純な理由からでした。勇者が魔王に勝利したおかげで、魔物に怯える必要がなくなりました。その事に国中で浮かれていて、森の奥にあった寒村まで報せを伝えるのを誰もが忘れていたというのです。信じられない怠慢《たいまん》です。

もっともそんな事、しょっちゅう起こっていました。今よりずっと時の流れがゆっくりしていたんだと思います。でも三十年はないだろう、と今でも思うんですよ。

彼が村を旅立った時、私は花も恥じらう十六歳でした。それから三十年。一番の実り豊かな時を、彼を待つ事だけに費やした私は、とっくの昔に彼に捨てられていたんです。報せを聞いた時は信じられませんでした。でも嘘じゃないと、王都まで行って結婚式を見たと商人が言っていました。彼は自分が見た中でも最高に豪勢な結婚式だったと、まるでつい昨日の事のように語って聞かせてくれました。本当にいらないお世話です。

その後私は一週間家に引きこもり、泣き続けました。彼の両親も私の両親も、既《すで》にこの世にはいませんでした。今より寿命が短かったのもありますが、彼を心配しての心労が原因だと今なら思います。報せもなく、帰ってもこない息子を、彼の両親はそれは心配していたんです。なのにその当人は王女と結婚ですからね。やってられませんよ、本当に。

当時、泣き続ける私を心配した昔なじみや隣近所の人が、わざわざ家まで様子を見に来てくれました。あの時は理解できませんでしたが、今考えるとありがたい事です。でも当時の私はそのありがたみもわからず、ますます引きこもるようになってしまいました。

幸い両親の残した遺産があったので、食べるに事欠く生活ではありませんでしたが、生きる気力をなくしてしまい、その後一年もせずに息を引き取りました。

それが最初の人生でした。

二度目の人生は、もう少し大きめの村に生まれました。やはり普通の家でしたが、普通でなかったのは前世の記憶とやらを持っていた事でした。

その記憶の通りなら、私は死んでから百年近く経って、生まれ変わったようです。道理で周囲の様子が大分違う訳ですよね。いや、前とは違う地方に生まれましたけど。

記憶自体は成長に合わせてゆっくりと、主に夢で見る形で思い出していきました。見た事がないはずの景色を知っていると認識し、目覚めた後もそれを覚えていました。

そんな事を繰り返し、十二、三の頃には前世の記憶のほぼ全てを思い出していました。思い出したら思い出したで不安になり、村の祭司様に相談した事もあります。どう考えても普通の夢じゃないですからね。何かよくない事でもあるんじゃないかと思ったんです。

でも祭司様はただの夢だと言って、取り合ってくれませんでした。それどころか「年頃の娘にありがちな事だ」と鼻で笑ったんですよ!? あれでも聖職者ですか、まったく。

まあ後で聞いた話によれば、あの祭司は実は都の神殿に関わる貴族の息子だったそうです。そのままいけばそこそこの地位にいられたものを、女神官に手を出そうとして破門されかけたんだとか。それを父親のコネで、田舎に飛ばされる事で罪を免《まぬが》れたそうです。

道理で役に立たない訳ですね。村のみんなも口々に同じように言っていました。そのせいか評判は最悪で、すぐに別の村へと移っていったようです。在任記録最短を更新したそうですよ。

その後赴任したのは気のいいおじいちゃんの祭司様でしたが、前任祭司の件で信用する気になれなくなってしまい、この事については一切相談しませんでした。誰にも相談出来ない以上、自力で前向きに生きていこうと決意したものです。


そんな中、やっぱり同じ村の同じような年の子達と仲良く過ごし、そのうちの一人と恋仲になったりします。

今度こそ幸せになるんだ！　そう思ったのもつかの間、今度の彼も勇者に選出されてしまいました。前回と同じ、私が十六歳の時でした。天から地へと、一気に落とされる思いがしました。

前の記憶があるせいで、嫌な予感しかありませんでしたが、それでも周囲は彼が選出されたのを手放しで喜んでいたので、自分の気持ちは彼にも言えませんでした。

彼は旅立つ時、前世の勇者と同じ事を言いました。待っていてくれと。ですが前回が前回だったので、私には彼を疑う気持ちが芽生えていました。待ち続けるのだけはやめようと心に決めたんです。口には出しませんでしたけど。

待ってはみますが、少しでも他に目を向けたとの情報が来たらとっとと嫁に行こう、と決めたんです。あの当時はまだ女は嫁に行くのが普通でしたし、それが幸せになる方法だと思われていましたから。女が一人で生きていくのは、難しい時代だったんです。

そうして彼は何事もなく旅立ち、案《あん》の定《じょう》風の便りに彼と聖女の恋の話を聞きました。彼が旅立って、二年にも満たない頃の話です。

前の人生から百年経っているせいか、その時は郵便という便利なものが普及していました。それと同時に中央の情報も紙媒体で届くようになったんです。識字率も上がってましたし。私も文字の読み書きは出来ました。

考えてみたら、今の新聞のようなものが、この頃には既《すで》に出来ていたんですね。あの頃も、話題は勇者についてが主でした。私が彼と聖女の事を知ったのも、これのおかげです。大々的に報じていましたからね。

最初に知った時に感じたのは「やっぱり」という、諦《あきら》めに似た感情と、二年も持たなかったのかという、呆《あき》れに近い思いでした。

前世に続いて今世でも恋人が勇者になり、そして同じように捨てられたのです。繰り返している事を知っているのは私だけとはいえ、何ともやるせない思いでしたよ。

彼との関係は、当然ながらこの村の誰もが知っていました。彼自身が有名でしたからね。前回の勇者もそうですが、今回の勇者となった彼も、大変人気のある男性でした。私は普段から嫉妬《しっと》の視線にさらされていました。

そんな中での例の報《しら》せでした。すぐに私は「勇者に捨てられた哀れな女」という目で見られるようになりましたよ。本当に一体私が何をしたっていうんでしょうね？

彼と付き合っている最中も、特におごった行動はしなかったはずなんですが、そこは女の嫉妬心ですよね。いざ彼に捨てられたと知られると、あっという間に嘲笑《ちょうしょう》の対象となりました。主に彼に熱を上げていた女性達からでしたけど。

表を歩いていても、そこかしこでくすくすと笑われる毎日だったんです。本当、あの時期は今思い出しても辛かったです。

それでも私はやさぐれもせず、表向き普通に生活をし続け、約三年後に隣村の男性と結婚しました。三年もかかって、しかも隣村に嫁《とつ》ぐ事になったのは、さすがに同じ村に私をもらおうという男性がいなかったからです。勇者に捨てられた女で、適齢期ぎりぎりの女ですからね。

私自身はそれ程でもありませんでしたが、おそらく両親は相当焦っていたでしょうね。探しても探しても嫁ぎ先が見つからず、最後の方ではかなり苛立《いらだ》っていたようですから。

当時の結婚適齢期は今よりも早く、女は十七、八で結婚するのが普通でした。勇者が旅立った時十六だった私は、彼に捨てられたとわかった時点で十八、その後結婚までに三年かかりましたから、実際結婚した時はいささかいき遅れ気味の二十一でした。

その頃の常識として、その年齢の独身女は売れ残りだと思われるんです。そんな売れ残りを妻にする男性には問題があるんだと、私はその時気付けませんでした。

夫となる人の問題。それは女癖が悪いという事でした。商売女は言うに及ばず、素人の人妻や、果ては未婚の娘さんにまで手を出す始末。

その度《たび》に何故か私がその後始末に走らされる羽目になったのです。夫の家族は全ての面倒を私に押しつけて、自分たちは素知らぬ顔でした。まったく子が子なら親も親ですよ。

この夫の浮気には終生悩まされました。私が悪い訳でもないのに頭を下げなければならず、へたをすれば怒鳴られたり物を投げられたりもしました。怪我をした事も、一度や二度じゃありません。

その苦労のせいか、二度目の人生も五十を迎えずに終わりを告げました。思えば長生き出来てませんね、私。その頃の平均寿命もそう長くはなかったですが、それでも早いほうでした。

浮気性の夫は私より先に、余所《よそ》の女の腹の上で死にました。ある意味本望《ほんもう》でしょうよ。

そう考えると、自分がいかに貧乏くじを引いたかわかりますがね。

三度目の人生は、また違う国の街中《まちなか》から始まりました。これまでは村だったのですが、今度は街です。道も店も、家の作りからして何もかもが違います。

生まれ変わる度に、住むところがグレードアップしてる気がするんですがね。どうなんでしょう？

実は都からの距離は、あまり変わっていないのかも知れません。本来なら村程度の場所が街に開発されて、さらに街が都市になっただけではないでしょうか。大体一回の転生に要するのは百年弱みたいですし。

前回同様、成長するにつれゆっくりと前世を思い出した私は、今度は誰にも相談せずに胸の内に秘めておきました。前回の教訓ですよ。祭司といえど、信用出来ないというのは学習しましたから。

街ともなると、さすがにそこに住む全ての同年代と幼なじみという訳にもいきません。なにせ人数が多いし、これまでの村と違って広いですから。子供の頃の行動範囲って、狭いですよね。

なのに、やっぱり恋に落ちた相手は幼なじみでした。同い年の彼は行商人《ぎょうしょうにん》の息子で、私が六歳の頃、私のいる街にやってきました。年齢が年齢ですから、すぐに恋に落ちた訳ではないのですが、それでも仲が深まるのは早かったと思います。

　そしてお互いが十七を迎える少し前に、彼が勇者に選出されました。この時の魔物を統《す》べる魔王は竜王と名乗っていたそうですが、その竜王を倒すべく選ばれた勇者でした。

私の受けた衝撃、おわかりいただけるでしょうか？

今度こそ、と思っていたのに、三度希望が打ち砕かれた訳です。私はその報《しら》せにうちひしがれました。何度も彼に行かないでくれ、せめて連れていってくれと頼みました。叶えられるはずはありません。一度勇者に選出されてしまったら逃れる事はできませんし、勇者一行というのは勇者一人で決めるものではないのです。私だってそれは知っています。

泣き続ける私に、彼は必ず帰ってくると約束しました。その一言を聞いた時、私は「終わった」と思いました。終わったのはもちろん彼との恋です。

私は彼が旅立ってすぐに、別の男性と結婚しました。彼との事を知っている両親は訝《いぶか》しみましたが、私の「勇者とでは釣り合いが取れないわ」という言葉に、最後は納得してくれました。

両親も、何か予感めいたものがあったのかもしれませんね。それとも世界を救う英雄と、一般庶民の娘では無理だと感じたからでしょうか。今となってはわかりませんが。

相手を探してくれたのも両親です。私の「誠実な人がいい」という条件に、しっかり応えてくれました。ええ、目先の誘惑に負けて恋人を簡単に捨てるような男は、もうごめんですよ。

引き合わされた夫となる人は、正直に言えばあまり見栄えのしない人でした。それでもその人柄は周囲の人にも評判で、私は祝福されながら結婚しました。

ところが彼は結婚三年目にして旅の女芸人と恋に落ち、妻たる私を置き去りにその女と駆け落ちしたんです。まさかの裏切りでした。

確かに夫とは恋愛なしの結婚でした。だからといって何の感情もなかった訳じゃありません。一緒に暮らしていくうちに情がわくって事、あるでしょう？　何も激しい恋愛感情だけが愛じゃないと思う私は間違ってますか⁉

なのに去り際の彼はなんて言ったと思います⁉「愛のない生活に俺は疲れた。これからは愛に生きる」ですってよ！　あー、今思い出しても腹が立つ。

その後、私は嫁《とつ》いだ家から生まれ育った街に帰りました。婚家からは散々謝り倒されて、彼が受け取るはずだった財産も生前分与という形でもらってきました。

当然といえば当然ですね。私には何も落ち度はなかったんですから。それどころか、近所でも評判の奥さんしてましたよ。

生家に帰った私の耳に入ったのは、勇者となって旅立った彼のその後の情報でした。無事竜王を倒し帰還したらしく、共に旅をした女神官との間に子供が出来て、もうじき結婚するというものです。はっきり言って、もう私にはどうでもいい事でした。

私を捨てて駆け落ちした元夫が、駆け落ち相手に早々に捨てられて、実家に帰っても家族にも親戚にも受け入れられず、神殿に出家したというのも、やはりどうでもいい話でした。


その後の私はと言えば、実家の両親の遺産と、婚家からの財産で悠々自適《ゆうゆうじてき》に暮らし、初めて八十越えの老衰《ろうすい》でその人生を終えました。寂しいといえば寂しいかも知れませんが、くたくたに疲れて死ぬよりは全然ましな人生でした。

そこで私は悟《さと》った事があります。

一つ、勇者と名の付く者を待ってはいけない。

彼らは待たせている女をたやすく捨てます。あれほど嘘つきな存在はいません。断言できます。

一つ、だからといって別の男をあてにしてはいけない。

二度目と三度目の人生で実感しました。ええ、そうですよ。あてになんてしてはいけなかったんです。

一つ、勇者が旅立ったあと、その場に止《とど》まり続けるのは色々な意味であまりよろしくない。

なんだかんだで周囲は知ってますからね。それに女の嫉妬《しっと》心は本当に怖いですよ。火のないところに放火してでも煙を立たせようとしますからね。

以上を踏まえてこの四度目の人生を送ろうと思います。

そうですよ！　今度こそ私は幸せになります!!　もう男なんて信用しませんとも!!

私は一人でも幸せになってみせます!!

三　勇者というもの

勇者というのは、女神様が選出する特別な人の事です。彼らは生まれながらにその力を有している訳ではなく、あくまでその素地を持っているだけなのだそうです。

彼らは一世代に一人だけ、その力を持って生まれてくると言われています。もし彼らが生きている間に何事も起こらなければ、そのまま普通の人として生活していくのだとか。

この勇者の素地を持つ者を把握しているのは、神殿だけなのだそうです。神殿は勇者となる素地を持った子供が生まれたら、人知れず見守っていくのです。

そして魔王の復活が認められ、人々の祈りが女神様に届くと、女神様が勇者の素地を持った者の力を開くのだそうです。この開くというのがどういう事なのか私にはわかりませんが、とにかく力を開かれた者が「勇者」の力を使えるようになるんだそうです。

勇者の力を開かれた者は、その身柄を神殿に委ねます。「国民」ではなく、神殿に所属する存在になるんです。神殿所属になるのは、勇者を一国が独占しない為です。

勇者は必ず自分が住んでいる国の王に謁見《えっけん》し、その国の中心的役割を果たす神殿の大祭司にも会わなくてはなりません。義務です。その予定を決めるのも神殿となります。とかく身分が高い人達というのは、予定が詰まってるものらしいですよ。

そして神殿にはもう一つ、大事な役目があります。勇者となった者に、改めて洗礼を施すのです。

人は誰でも神殿で洗礼を受けています。これを勇者としての特別なものにやり直すんですって。勇者としての力を開かれると、極端な話、これまでとは違う存在になってしまうのだそうです。この辺りの事は、何回聞いても理解出来なかったんですけどね。

とにかく選出されて力を開かれ勇者となった者は、再び神との結びつきを洗礼という形で持たなくてはなりません。そうしないといくら女神様に力を開いてもらっても、女神様から正しく力を受け取る事が出来ないんだそうですよ。面倒臭い話ですよね。

その後も何くれとなく力を貸したり、情報を提供したりするのも神殿の大事な役割となります。勇者一行は旅の途中で各地の神殿を訪れますから、その度《たび》にあれこれ便宜《べんぎ》を図るんだそうです。無駄に各地に散らばってませんね。いい組織力です。

まあそんな事情があって、神殿は勇者とは縁の深い機関なのです。以上神殿の受け売りでした。


神殿は勇者との繋がりも強いですが、魔物との繋がり……というか関わりも大きいのです。

この国の街には例外なく外壁が設けられています。小さな村でも外壁に相当するものがあるんです。おそらくこれはこの国だけではないと思います。見た事はありませんが、他国でも同じような物だと、神殿で聞きました。

この外壁には、神殿の神官達によって魔物よけが施されています。だから外壁の中に魔物が侵入出来ないんですね。

そのせいか、神殿にはありとあらゆる魔物の情報があるのだそうです。一般人は閲覧《えつらん》禁止《きんし》なので、見た事はないんですけどね。

聞いた話なので定かではないのですが、神殿には魔物を研究する部署もあるんですって。種類や分布、主にどういった攻撃をしてくるかはもちろん、弱点研究にも余念がないんだそうです。

そうした情報を元に、魔物討伐の専門家を置いているのも神殿です。弱い魔物なら街や村の自警団でも何とかなりますが、力が強くなるに従って、物理的な攻撃が効きにくくなると言われています。

そうした魔物退治は、神殿に依頼するんだそうです。私自身は前世含めそうした魔物に遭遇した事がありませんから、見た事も会った事もないんですけど、魔物退治を専門にしている神官がいるのは確かなんだそうですよ。

彼らは神殿の一組織であって、普段は表に出てきません。その存在を知らない人の方が多いんだそうです。普段は普通の神官として過ごしていて、依頼があった時だけ魔物退治の専門家として各地に向かうんですって。

何でこんな事知ってるかって？　近所に住んでいた学者の先生に聞いたんですよ。なんでも、以前は王都で歴史の研究をしていたんだとか。主に勇者関係の。嫌な学問ですね。

勇者と魔物は切っても切れないし、勇者と神殿、神殿と魔物も切っても切れませんからね。どれか一つを研究しようとすると、必ず残り二つにも詳しくなるんだそうです。
そんな研究の最中、埋もれていた勇者の文献をひもといていたら、何故か王都を追われたそうです。その時手元にあった資料や文献は全て没収されてしまったそうで、その事だけは怒っていましたね。どうしてそうなったのか、本人は心当たりがないと言っていましたが、本当でしょうか？

そんな神殿の施す魔物よけですが、効力があるのは力の弱い魔物に対してだけで、力の強い魔物は侵入出来るんだそうです。そういった強い魔物に襲われて滅びた街が、今でも数多くあります。

魔物よけをすり抜ける程強い魔物は、先程出た魔物退治専門の神官でも太刀打ち出来ないそうです。神殿使えない、って思わないでもないですが、普通の人間である神官では出来る事に限界があるそうです。いくら専門家といっても、無限の魔力や強力な技を持っている訳ではありませんから。

中には力のある祭司長や大祭司などと呼ばれる人達もいたりはしますが、そういった人達は重要な場所——たとえば王都だったり中央神殿だったり——の守りに入っているので、地方の街や村までは手が回りません。

中央神殿とはこの国から遠く離れた聖地にある、神殿の総本山の事です。聖地はどこの国にも属さず、独立した国として扱われるんだとか。そこの国家元首に当たるのが、神殿組織の最高位である大祭司長です。

見捨てられる側の一般庶民としては腹立たしい限りですが、それでもどこかで仕方のない事なのかなとも納得しています。そりゃ国の中枢と端っこでは、重要度は違って当然でしょうね。人の命という意味では同じですけど。

力の強い魔物は、通常ですと存在しません。魔王の復活が近くなると、強力な魔物も出現するようになるんです。それが魔王復活の目安にもなります。

また強い魔物は人間のように人格のようなものと知性を持ちます。普通の魔物は獣と一緒で、本能だけで動きますが、強い魔物はそうではありません。思考し、より効率の良い破壊や殺戮《さつりく》を企《くわだ》てます。そこには一切の情《じょう》は存在しません。街や村を壊し人間を殺す。それだけが魔物が取る行動です。

その行動の一環として、言葉巧みに人をたぶらかす魔物もいるそうです。甘い言葉で人の欲にとりつき、彼らを操って人同士を争わせるそうです。だからこそ、魔王が出現する頃の魔物には注意が必要なんです。

強力な魔物に滅ぼされた街は、その後魔物の巣窟《そうくつ》となるんだそうです。勇者となった者にとっては、その巣窟を除去するのも仕事の一つになります。

そうした巣窟を放っておくと、魔物の気にやられてしまって、土地そのものが使い物にならなくなってしまうんだそうです。勇者一行に神官が選出されるようになったのは、土地の浄化が必要だからなんだとか。そういえば街のそばに普通の魔物が出た時も、退治の最後に神官が浄化をしますね。

そうして浄化した土地には、魔物は近寄ろうとはしないんだそうですよ。なので勇者が討伐し終えた経路上の街や国は、その後の安泰《あんたい》が約束される訳です。

前の討伐でも壊滅《かいめつ》状態に追い込まれた街や村があったはずですが、今頃はまた人が住んでいると思います。あれから百年以上の時が流れていますからね。覚えている人も、もういないでしょう。

魔物は勇者が出現すると、こぞってそれを排除しようと動きます。弱い魔物でも勇者排除に動くのは、魔物の本能なんでしょうかね。

だから勇者が移動すれば、それにつられて魔物も一緒に移動するんです。そのせいか勇者が討伐の旅に出ている間は、魔物被害は極端に減ります。特に魔王城から遠ければ遠い程安全で、近い程危険という事です。

ただし魔王城の近辺の国は、また別だそうです。

魔王城に近い国は常に厳重な守りが施されていて、そう易々《やすやす》と街や都に魔物を侵入させる事はないんだそうです。当然ですよね、勇者を排除しようとあちこちから魔物が集まり、かつ強力な魔物も出現する訳ですから。神殿の施す魔物よけでさえ突破する程強い魔物の侵入を阻止するって、どうやるんでしょうね？

でもそうした国は、その技術なり何なりを外へは絶対に出さないんだそうです。存在さえ否定するんですってよ。減る物じゃあるまいし、教えてくれてもいいと思うんですけどね。それで魔物被害が減れば、みんなにとって良い事だと思うんですけど。うまくいきませんね。

必ず同じ場所に魔王が復活し、同時に魔王城も出現するってわかっているんですから、魔王城の側から離れればいいと思いますが、そう簡単にはいかないようです。先祖代々受け継いだ土地や風土に対する愛着は、よそ者にはわかりません。彼らは彼らで、どんな事があってもその土地を守り抜くという気概《きがい》があるそうです。

以上、神殿での魔物基礎知識でした。何だか蛇足的な部分もあった気がしますが、気のせいだと思っておきます。

私は神殿での勉強には身が入りませんでしたが、こういった魔物関連の話だけは真剣に聞いていて、よく神官達に呆《あき》れられたものでした。

魔王はその時々で名称が変わります。闇魔王《やみまおう》だったときもありますし竜王だった時もあります。それでも魔物を統《す》べる王という意味で総称が「魔王」なんです。そしてそれを討伐する勇者。その勇者と時と場所を同じくして生まれる「私」という存在。

考えても答えなんて出た事はありませんが、どうしても考えてしまうんです。何故私は勇者のそばに存在したんだろう。どうして彼らは、誰一人私のもとへ戻って来なかったんだろう。魔物がいなければ、魔王がいなければ、どうなっていたんだろう。

答えを出せる人は誰一人いません。もしかしたら女神様なら答えられるのかも知れませんが、一般庶民の私では女神様の声を聞くなど到底できません。

そんな理由から、神殿での魔物の話は熱心に聞いてしまうようになったんです。おかげでちょっとした魔物通になってしまいましたよ。ものすごく嬉しくない結果でした。

話が逸《そ》れてしまいましたが、深い繋がりのある神殿と勇者ですから、神殿にはこれまでの勇者の記録が全て残っているんだといいます。下手な図書館などよりも多いそうですよ。

勇者はその時代時代の英雄です。物語的に書かれたものから史実として書き残されたものまで、数多くの文献が残っていますが、そのどれも魔王を倒した辺りで終わっているんです。まあその後は知っていますので、わざわざ本を読んでまで調べる気にはなりませんが。

今現在までに神殿に記録されている勇者の数は全部で六人。そのうち半分は個人的に知ってる事になりますから、結構な率ですよねえ。

あ、もう一人いるんだった。ついさっき旅立った彼も、女神に勇者と認められた一人でした。神殿には彼の記録も刻まれる事でしょう。

勇者に関わるあれこれは、神殿に行って神官に聞くと懇切丁寧《こんせつていねい》に教えてくれます。何代目の勇者がどんな旅をしたか、その時倒したのは魔王なのか竜王なのかはたまた別の名前なのか、そんな事を事細かに語って聞かせてくれます。

勇者の力とは何なのか、それも実は聞いた事がありますが、これが千差万別だそうです。ってそんなに勇者いませんけどね。

一人は腕力と体力が異常に上がり、一人は瞬発力と視力がよくなったとか。はたまた魔力の数値が桁違《けたちが》いに上がったとかいう勇者もいたそうです。

私の知ってる三人はどんなタイプの勇者だったんだろう……。思い出すのもしゃくなのでその辺りは聞いた事ないんですよね。

グレアムの事くらいは、今度聞いてみてもいいかも知れませんね。あ、でも彼の情報ならそのうち王国新聞の号外辺りで、知る事が出来るかも知れません。

王国新聞は勇者が選出されると、他の事件そっちのけで特集するそうですから。そう告知が出てました。

神殿にとっても、勇者について広く知ってもらうのは大事な事のようです。その為神殿の組織力を使って得た情報が、新聞の方にも流れるんだそうですよ。具体的にはどんな街や国を魔物から解放したか、今現在どの辺りにいて魔王のいる魔王城まであとどのくらいか、などになります。

勇者の活躍で、民衆はますます神の存在を身近に感じますからね。神殿としてはいい広告塔でもあるわけです。勇者様様ですね。

そんな勇者の旅には、四代目から神殿の選んだ神官が同行するようになりました。それ以前は神殿が選出しなくても、自ら志願して旅に同行する神官がいたんだとか。四代目は私の最初の彼です。その時は男性神官だったので、間違いの起こりようはなかったんです。

その次も男性で、女性になった途端あれですよ。ちなみに神官って、女性も男性も結婚は出来ないんですよ？　普通そんな事になったら破門の大騒ぎです。

ところが相手が勇者ならば、話は別なんです。神官でも結婚が許されるってんですから、本当に神殿にとって勇者というのは別格なんですね。でもなんかおかしくないですか？　それ。

そうは思っても、何も言えず泣き寝入りした三回の人生。……女神官に取られたのは前回だけですけど。でももう泣き寝入りはしません！

グレアムが勇者に選出されたのは、私の両親が魔物に殺されて間もない頃でした。今からほんの少し前、墓参りに街の外へ出た時の出来事でした。一度に二親《ふたおや》を亡くした私は、悲しみが過ぎて逆に涙も出なかった程です。

両親には親類らしい親類もいませんが、葬儀には街の人達がたくさん来てくれました。私自身はその頃の記憶は曖昧《あいまい》になっていますが。

グレアムも、彼の母親で私の母の親友でもあるデリアおばさんも、親身になってくれたのでなんとか葬儀を終える事が出来ました。その後もふぬけのようになっていた私を心配して、グレアムはあれこれと気遣ってくれました。

そんな中、神殿から使者が来たんです。彼のもとへ。使者達はグレアムが勇者として選出された事を告げ、早々に王都へ出立するようにと言いました。

それを、私は真横で聞いていたんです。あやうくおかしな笑いがこみ上げてくる所でした。本当に、この世に神はいないのかとさえ思いました。いえ、いるからこそ勇者なんてものが選出されるのはわかっていますが。

両親の死の衝撃から立ち直る前に、別の衝撃が私を襲った訳です。でもそのおかげで、一瞬で悲しみから立ち直る事が出来ました。私には、しなくてはならない事が出来たんですから。

一刻も早く、ここから離れる準備をして、グレアムが旅立ったら間を置かずに私も故郷を離れる事。いえ、故郷を捨てる事を、です。神殿からの使者が話している、そのわずかな間で、私の心は決まりました。

それからは、遺品整理という名の荷造りを始めました。あれこれやっていても、対外的には両親が死んだから荷物を整理している、と言えば通りましたから。私のその様子に何か思うところはあったかも知れませんが、グレアムは何も言わず私のそばに居続けてくれました。

私はもう大丈夫だから使命を果たしてほしい、と何度も言いましたが、彼は首を横に振って頑《がん》として譲りませんでした。私の事が心配だから、と。心強くもある反面、いつ気付かれるかと冷や冷やしていたのも事実でしたよ。

仕事の方も、運良く雇ってくれるという人に恵まれました。これでこの先の生活も安泰です。生活するのに仕事は大事ですよ。稼がなきゃ食べていけませんから。

荷造りも終わり、家の処分も内緒ですがなんとかなりそうという所に来て、ようやくグレアムが重い腰を上げました。その結果が昨日の見送りに繋がる訳です。


私の故郷は規模はそこそこ大きい街ですが、それでも国境沿いの地方都市から、さらに外れたところにありました。そこから王都へ出るには一度地方都市に出る必要があります。そこで乗り物を乗り換えるんです。

ここでいう乗り物とは、鉄の道を走る馬車、という事で鉄馬車と呼ばれる代物《しろもの》です。もっとも都市間や長距離を走るものは、馬が引いてる訳ではありませんが。それでも便宜上、鉄馬車と呼ぶんだそうですよ。街中《まちなか》を走るのは本当に馬が引いてるんですけどね。馬でなければ何が引いてるのか。魔導で動く動力車が引いてるんです。魔導というのは魔導師が使える技術の事で、生活のあちこちに浸透しているんです。都市間鉄馬車からはこの型ですから、街の外の停車場に行けば普通に見られる代物です。

前世の頃はまだなかったんですよ。だから都市間の行き来も、普通に馬が引いている乗合馬車でした。おかげで自分の生まれた街から一歩も出ずに一生を終える、なんて事も普通にあった時代です。

でも今は鉄馬車がありますからね。都市間の行き来なんて日帰りで出来ますよ。故郷から一番近い地方都市にだって、普通に買い物に行けるくらいですから。

これのおかげで故郷から王都へ出るのも、何日もかける必要はないんです。一晩もあれば到着しますからね。技術の進歩って本当、凄いですよ！

昨日故郷を出発したグレアムは、今頃王都に到着している頃でしょう。そして私はといえば、ただいま地方都市に来ています。ここから長距離鉄馬車に乗り換えて、王都へ向かうんです。別にグレアムの事を追っかけている訳ではありませんよ？

仕事先が王都にあるんです。何故地方都市で見つけた仕事先が王都なのかは、とても単純です。神殿学校を卒業した後、作った手芸作品を地方都市の店に卸《おろ》していたんですが、その店に王都でお世話になる雇い主が仕事で訪れたんです。

丁度その日が納品日で、私もその場にいました。店主さんに紹介されて、ついでに持っていった作品を見てもらいました。話の流れで故郷を出て仕事を探すつもりだと言った所、王都に来ないかと誘われたんです。

最初店の場所が王都と聞いたので尻込みしたんですが、納品先の店主さんが太鼓判《たいこばん》を押してくれたんです。良い店なのは保証するし、いい雇い主なのも保証する、と言われました。

その店主さんにはよく仕事をもらっていてお世話になっていましたし、信頼もしていましたから、店主さんがそう言うのなら、と思い切って行ってみる事にしたんです。


王都行きの長距離鉄馬車は夜に出発するので、それまでの間を使って幼なじみであるフェリシアに会う事にしました。実は、彼女にだけは今回の件を打ち明けてあるんです。故郷の人達には、私はこの地方都市に引っ越した事にしておきました。

本当に地方都市に出る程度でもいいのかも知れませんが、ここだと故郷に近すぎるんですよ。いざグレアムが帰ってきた時、その隣に誰か別の女性がいたら、故郷の人達が待ち切れず大挙して地方都市に来かねません。近所の人達のみならず、故郷でもグレアムは色々と有名な人ですから、当然のようにそのそばにいた私もそれなりに知られていたりします。あまりいい意味ではありませんが。

そんな有名な「勇者の恋人」のはずの私。でもグレアムが戻ってきたら、その隣にいるのは私じゃないんです。そりゃ誰でも事情を知りたくなるでしょう。その追及から逃れる為です。自意識過剰とも言えますが、今までの事を考えるとそれくらい備えておいた方がいいと思うんですよ。

物理的な距離を取るのは大事ですよ。想いを振り切る為にも。

だから私が本当は王都へ行くというのは、今の所フェリシアしか知りません。彼女は口が堅いし、何より頭の回転が半端じゃないので、誰に何を聞かれてもうまく誤魔化《ごまか》してくれるでしょう。その辺りの打ち合わせもしておきたいんです。

以前来た時の記憶を頼りに、彼女の嫁ぎ先へ向かいます。前に遊びにも来ていますから道は覚えています。彼女の結婚式からもう一年以上経つなんて、時の流れは速いものです。彼女はこの地方都市でも大きめの下宿屋に嫁ぎました。結婚までには色々あったんですが、それはまあ置いておきましょう。そんな彼女はもうじきお母さんになるんだそうです。本当に信じられない感じですよ。あのフェリシアが母親になるだなんて。

「久しぶり！　元気にしてた!?」

「うん！　そっちこそ、お腹《なか》大丈夫？」

下宿屋を訪ねた私を、彼女は笑顔と少し大きくなったお腹で出迎えてくれました。今日到着する事は、手紙で報《しら》せてありましたからね。

国一番、とかいう程ではないですが、故郷の街一番くらいにはなれる整った容姿で明るい性格、話し上手なフェリシアの周りには、結婚前も後も周囲に人が集まってきます。

その昔、こいつこそは魔王だと周囲の子供達に恐れられた存在でもありましたが、そういう面を見せるのは気のおけない幼なじみ達にだけなんですよね。何せどんな悪戯《いたずら》をやらかしても、こいつだけは逃げおおせたんですから。

しまいには、奴は何か魔法を使ったに違いない！　そうか、奴こそ魔王だったんだ！と私達幼なじみの間で意見がまとまったのは、今ではいい思い出です。そんな経緯で、私達の間ではフェリシアは裏で魔王とも呼ばれていたんです。本人にばれた時には、奴からしこたま説教食らいましたけどね！　それは今でも暗い思い出ですよ……

彼女の場合、魔法を使ったんでも何でもなく、単純に口先と要領の良さで逃げていただけだったようですが。ただ同じ事を他の人間が出来るのかと聞かれたら、多分出来ないと誰もが口にするでしょう。そういう奴です。

それでもフェリシアはその外面《そとづら》の良さで、初対面の人間とでもすぐに仲良くなれる人付き合いの天才でもあります。大人にも、神殿学校で知り合った学生達にも人気は高かったんです。異性にも同性にも。それも彼女の才能の一つなんでしょう。

なのでこういった下宿屋の嫁は、ある意味天職かも知れません。こういう所って人と接するのが仕事ですからね。もっとも嫁に行くのを決めたのは、旦那さんに惚れ込んだからっていうのが主な理由だそうですけど。

「今のところ順調よう。てか荷物それだけ？」

「うん、大きな荷物は全部配送の手続き済ませたから」

手にあるのは二、三日分の着替えが入った手提げ鞄《かばん》だけです。他の荷物は全て王都へ配送してもらうよう、手続きしました。といっても中身は着替えが主ですけど。

家具だの寝具だのは処分する事にしました。王都での住居は勤め先が見つけてくれる手はずになっていますので、落ち着いてから向こうで揃えようと思うんです。心機一転という意味でも。

「そっか。まあいいわ。さ！　入って入って」

「お邪魔します」

二枚続きの扉から、促されて中に入りました。四階建てのこの建物は、一階が食堂になっていて、二階から上が個室になっているんだそうです。フェリシア達の居住空間は一階の食堂の奥にあります。そちらにも入った事はありますが、今回は食堂の方に案内されました。

この地方都市は領主様のお膝元という事もあって、神殿学校より上級の学校がいくつか固まって建っています。そうした学校に通う学生だけでなく、近隣の街や村から来た出稼ぎの人なども多くいる為か、ここのような下宿屋がいくつもあるんです。

もちろん下宿屋ではなく独居者用の集合住宅とかもありますが、賄《まかな》い付きの下宿屋の人気は結構高いんですよ。フェリシアの所の下宿屋も、繁盛《はんじょう》していると聞いています。

私は勧められるまま、下宿屋の食堂でフェリシアと向かい合わせに座りました。淹れてもらったお茶がいいにおいです。旦那さんは夕飯の仕込みとかで厨房《ちゅうぼう》の方に行っています。気を使って二人だけにしてくれたようです。フェリシアってばこういう所に惚れたのかな？

座って落ち着くと、フェリシアがずいっと顔を近づけてきました。ちょ、近いって。

「で？　本当に王都へ出るの？」

幾分睨《にら》むような表情で問い詰めてきます。まさかここでこいつにこういう事言われるとは思いませんでした。甘かったかなあ。

「もちろんよ。その為に出てきたんだし」

散々手紙で説明したというのに。まあ女一人で王都へ出るなんて、そうそうある事じゃないですから、フェリシアが心配したとしても不思議はありません。

鉄馬車の登場で、昔のように地方から国の中央に出るのは命がけ、なんて時代ではなくなりましたが、それでも女が一人で都へ行くのはやっぱり少ないんです。多分、フェリシアもその事を気にしているんでしょうねえ。

「別にここでも仕事、結構あるよ？　うちも女子用の部屋、空きがまだあるし」

「うん、ありがと……でももう仕事先も決めてあるしさ」

私がそう言うと、フェリシアは不満そうな顔をしながら椅子に深く腰掛けました。

「あんた……そういう所は用意周到よね」

そりゃ人生四回目ですからね。準備は怠《おこた》りませんとも。そんな事は彼女に言う訳にはいきませんが。言ったりしたら、頭の方を心配されますよ。冗談抜きで。

本当は、別の土地に行こうとも思っていたんですけどね。運良く王都で仕事が見つかったので、いっその事出てみるか、となった訳です。

言いませんけどね。さも最初から王都へ出るつもりだったって事にしておきます。そんな事言ったが最後、フェリシアにここに留まるよう説得されてしまいますよ。

フェリシアはふうっと溜息を一つ吐《つ》くと、椅子の背にもたれるようにして天井を仰《あお》ぎます。どうでもいいけどお腹《なか》には気を付けてよね。大事な体なんだから。

「それにしても……本当にあのグレアムが勇者になるなんてねえ……」

しみじみ言いたい気持ちも、わからんでもないですがね。彼女も昔からグレアムの事知ってますし。でも今は、彼の名前を聞くだけでも嫌な感じがしますよ、けっ。

でもそんな事彼女には関係ないですもんね。グレアムとの事を知っている彼女には、正直に今回の事を話してあります。生まれ変わり云々《うんぬん》は抜いてありますけど。

「まあね」

「あのさ、今更なんだけど。グレアムなら大丈夫なんじゃないかなあ？　遠距離でも長く連絡取れなくても」

そう。彼女には勇者としての使命を果たすのにはきっと長い旅を必要とする、今は良くても距離が離れて連絡も取れなくなれば心も離れていくものだ、と説明したんです。本当はもっと大仰《おおぎょう》に色々な言い回しも使いましたけど、大筋はそんな感じです。

説明としてはちょっと弱いかな？　とか思ったりもしたけど、おおむね納得してくれたので、当事者じゃなくてもやっぱりそう感じるんだなーと思ってたんですけどね。

意外と彼女は納得していなかったようです。絶対納得したと思ってたんですけどねえ……手紙の様子だと。これは私が騙《だま》されたのかな？

そういや昔から人だまくらかすの得意だったよね、君。その特技を遺憾《いかん》なく発揮した結果が今……おっとこれ以上は言わないでおこうか。

仕方なく手紙でも散々使った言い訳を、ここでも言ってみる事にします。

「私はそんな楽観論は支持出来ないね。大体グレアムは特別みたいに思うのは、それこそ幻想だと思うのよ」

私の言葉に、フェリシアはうーんと悩んでいます。おいおい、君が悩む必要ないだろうが。私の問題ですよ。

まあそこまで親身になって考えてくれるっていうのも、幼なじみだからこそ、なんでしょうね。本当に常に一緒にいましたから。グレアムもですけど。

「それはそうかも知れないけど……大体グレアムがあんたと別れるって承諾した事が信じられないわよ」

「承諾なんてもらってないよ？」

そもそも別れましょう、とも言っていないし。あの状況でそれは言い出せませんよね、さすがに。勇者が負けた事なんて今まで一度もありませんが、それでも死地へと向かう人に対して、あなた勇者になったから別れます、なんて言えませんよ。

フェリシアは私がそう言うと、目を丸くして驚いています。え？　ここそんなに驚く所？

「は!?　じゃあなに？　あんた一人で別れたって言ってるの？」

当然じゃないですか。あの場面でそんな事口に出す程、空気読めないわけじゃあないですよ。頷《うなず》いたら食ってかかられました。何故？

「どうすんのよ!? 帰ってきてあんたがいないの知ったら! しかも別れたつもりになってますーなんて知ったら」

あら珍しい。フェリシアが焦ってますよ。いつもは小憎らしい程落ち着いているというのに。まさかそんなに心配してくれるとは思いませんでした。

それにグレアムが知ったとしても大丈夫。私は自信満々にフェリシアに自説を説きます。

「その辺りは平気だよ。まあ見ていなさいよ。大魔王倒して帰ってくる頃にはどっかの国のお姫様か、討伐に同行した仲間の誰かと出来上がってるから。だったらわざわざ承諾なんて取る必要ないでしょう?」

むしろ先回りして邪魔な存在を消してあげるんだから、感謝してほしいくらいですよ。本当に感謝なんぞされた日にはぶん殴ってしまいそうですけど。

でも私の説を聞いたフェリシアは軽く睨《にら》んできました。何故?

「待て、その考えはどっから出てくるのよ? まさかあんたの思い込み!?」

残念。前世での経験からでした。ただの思い込みならどんなに良かったか。本当ままならぬよな、世の中って。

私だって前世のあれこれがなければ、素直にグレアムの事を待っていたと思いますよ。

そう考えると本当、この記憶っていらない存在ですよね。

どうして私だけ前世の記憶を持っていたりするんでしょうか？　少なくとも私の周囲では前世の記憶持ってます、なんて人はいませんよ。いても口にはしないでしょうけど。私のように。

でもこれは、フェリシアにも言えない事ですからね。口からは表向きの事だけ言っておきますよ。さも一般的意見として。

「いんや。でも考えてみなよ。離れてる女と今目の前にいる女。男ならどっち取る？当然目の前の女だと思うよ、私は」

だからこそ、遠距離恋愛は破局しやすいんじゃないかと思うのですよ。うちの街でもいくつかあったものねえ。仕事でこの地方都市に出たまま、こっちで彼女作って故郷に残してきた方《ほう》捨てたって話。そんなに離れてないのになあ。

逆もありましたけどね。置いていかれた女の方が別の男といい仲になっていて、帰ってきた男と修羅場《しゅらば》になった、なんていうのが。

何故こんな事を知っているかと言えば、女が集まれば噂話に花が咲くからですよ。それは私達の年代でも変わりません。女の情報網を侮《あなど》ってはいけませんよね。たとえ子供のそれでも。

そう、距離には負けるんですよ。負けない人達もいるのかも知れないけど、少なくとも今までの私は完全に負けています。そんな私が、今回だけ負けないなんてあり得ませんよね。だからこその別れなんですから。

一旦区切って、出されたお茶を一口飲みます。ちょっとぬるくなっちゃってますね。結構白熱して会話していた証拠でしょうか。

「お見送りはちゃんと綺麗にまとめてあげたわよ。その場で別れ話出すほど、私だって鬼じゃないわ」

どのみち勇者なんてのは、簡単に約束を破る存在ですからね。だったらこっちだって律儀に待つ必要も別れを告げる必要もありませんよ。

でもフェリシアに突っ込まれてしまいました。

「旅立った後早速《さっそく》行動起こしてる以上、十分鬼だと思うわよ……でもそうか」

うぬう。嫌な事を言いおって。顔をしかめる私を無視して、フェリシアは腕を組んで眉間に皺《しわ》を寄せました。

「グレアムはやっぱり承諾してないのね……ていうか知らないのよね」

目の前でフェリシアがなにやら考え込んでますよ。どうした？　君には人を騙《だま》すのは似合っても考え込むのは似合わんよ？

そんな私の考えが伝わったのか、フェリシアはぎろりとこちらを睨《にら》んで、

「なんか今失礼な事考えたでしょ⁉」

と言ってきました。失礼な。何故わかったんだ？　侮《あな》れん奴め。さすがは魔王ですよ。

未だに幼なじみの間では、これで通ったりしますからね。本当、どんだけなんだ。

「まあいいわ。あのさ、言っちゃあなんだけど、あんたグレアムの性格よくわかってないんじゃない？」

「はい？」

思わず間抜けた声が出てしまいましたよ。まさかそう言われるとは思っていなかったので。人って思いがけない事が起こると、うまく反応できませんよね。

だってグレアムですよ？　私が生まれて二ヶ月経つか経たないかの頃から我が家に入り浸っていた、あのグレアムですよ？　しまいには、デリアおばさんに引きずられるように家に戻されていたそうですが。さすがにその頃の記憶は私にはありません。二ヶ月の赤子じゃね。

そんな、付き合いの長さと濃さでは誰にも負けない相手の性格を、わかっていないと？　多分、誰よりもあの厄介な性格を知っていると自負しているのに。なのによく恋人になったりしたよなあ、と自分でも時々思うくらいです。

あれですよ。惚れてしまえば欠点もそうは見えなくなるんですよ。厄介な性格もそうは思わなく……ならなかったんですけど。あれ？

「あたしは、彼が帰ってきたら草の根分けてもあんたを探し出す方に賭けるわよ。絶対よそ見なんてしないね」

私が思考の谷間に沈んでいる間も、フェリシアがなにやら不穏《ふおん》な事言ってますよ。だからそうはならないってば、しつこいなあ。

まあいいや。どのみちフェリシアが相手では、私が口で勝とうなどおこがましいにも程があるので、ここは流しておく事にしました。

「そのうち私の言った事が正しかったってわかるから。とりあえず手紙の転送だけはよろしくね」

私はこの下宿屋にいる事にしてあるんです。他はなくてもデリアおばさんは手紙をくれると思うんです。小さい頃からうんと可愛がってくれた人だし、今日も引っ越しの挨拶に行ったらすごい驚いた顔をされましたから。

良心が痛みましたが、自分の心身を守る事の方が大切でした。ごめんなさい、おばさん。こんな保身の強い娘で。

私のお願いにフェリシアは笑って大きく頷《うなず》きました。

「わかってるわよ。ああそうだ、万が一グレアムがあたしの所に聞き込みに来たら洗いざらい話すからそのつもりでね」

続いたその言葉に、私は驚きました。何ですと？

「ちょっと、幼なじみを売ろうっての!?」

私は慌てましたよ。そんな可能性は低いとわかってはいますが、それでも万一を考えると心穏やかではありません。何せ王都での連絡先を知っているのは、このフェリシアだけなんですから。

慌てふためく私を眺めながら、フェリシアは当然と言わんばかりの様子です。

「私だって我が身がかわいいわよ。相手は勇者様なんだから。それにグレアムも幼なじみだってーの」

それを言われると、ぐうの音も出ないんですがね。

結局、鉄馬車が発車するぎりぎりまでフェリシアの所にいました。夕飯までごちそうになってしまいましたよ。

旦那さんが仕込んでいたのは店子用《たなこよう》の食事だったので、私達のはフェリシアが作ってくれました。料理上手な彼女の手料理に舌鼓《したつづみ》を打ちつつ、これももう食べられなくなるんだなあ、とちょっとしんみりしたのは内緒です。

フェリシアはその性格に反して家庭的な事は全般得意です。本人曰《いわ》く、女は掃除洗濯は置いておいても料理だけはしっかり身につけておいた方がいい、との事です。

『男はね！　胃袋から掴《つか》むものなのよ』

そうはっきり宣言された時にはどうしようかとも思いましたけど、実際短い期間とはいえ一人暮らしなるものをした身としては、確かに料理は出来るに越した事はないな、と思います。両親が亡くなった後、母に一番感謝したのは料理を教えてくれた事でしたから。

お腹《なか》が空けば店に食べに行くという手もありますが、毎食それでは飽きますし、何より不経済です。これから王都に出て本格的に一人暮らしを始めるんですから、やりくりにも気を配らなくては。

そんな決意をしている私に、フェリシアはまだ地方都市《こ こ》に引き留めようと色々言ってきますよ。

「王都は部屋代だって高いんだからね！　物価だってここらと比べるとすんごく高いっていうし」

君は私の考えを読んだのか？　丁度やりくりの事を考えていただけに、この台詞《せりふ》は胸に突き刺さりました。こんな事で人の気を挫《くじ》こうとするとは。本音としてはやはり行かせたくないんでしょうね。

それ以上に、多分私の覚悟を問いたいんだと思います。そうと思いたい、です。い、意地悪で言ってる訳じゃないよね？　ね？　一応確認しておきますよ。

「……君は私を王都へ行かせたくないのかね？」

「当たり前でしょ？　思い直すなら今よ」

内心少しビクつきながら聞けば、フェリシアときたら胸を張って返してきましたよ。

彼女の隣に座る旦那さんが笑っています。寡黙《かもく》だけど良い人です。さすがは魔王が惚れ込んだだけはありますね。

とりあえず、一応は心配から出た言葉なんだって解釈しておきます。でも、私だってこんな所で気を挫かれる訳にもいきません。ここはびしっと言っておきましょう。

「いやいやいや、この程度で思い直すくらいなら、最初から王都へ行くなんて言い出さないよ。そんな軽い覚悟じゃないってば」

そう。誰に反対されたとしても、私はこの決意を曲げないでしょう。私は故郷から離れなくてはいけない。誰にも言えなくても、私だけがその理由を知っていればいいんです。

私の表情に、気を変えさせるのは無理と判断したのか、フェリシアは深い溜息を吐《つ》いて俯《うつむ》き加減にテーブルの一点を見つめました。

「本当、変なとこ頑固《がんこ》なんだから」

長い付き合いですからね。私が彼女の性格を把握しているのと同じように、彼女もまた私の性格を把握しています。子供の頃から、こうと決めたら動かないのが私です。頑固ではありますが、こだわる部分は割と少ないので、周囲ともそんなに衝突せずにすみました。

女も人生四回目ともなれば、そこそこ処世術《しょせいじゅつ》くらい身につけますって。

「そんで頑固なくせに変なとこで抜けてるのよね」

「おい！　そりゃあんたに比べれば抜けてるけどね！　てかあんたほど抜け目ない方が少ないよ！」

「何おう!?」

一触即発《いっしょくそくはつ》になりかけたのを止めたのは、にこにことしたフェリシアの旦那さんでした。

食事の後は、二人揃って鉄馬車の停車場まで見送りに来てくれました。王都直行の長距離鉄馬車の停車場は、これから乗り込もうとする人で結構な賑《にぎ》わいでした。もう辺りはすっかり暗くなっていますが、ここだけは外灯のおかげで明るくて歩くのにも困りません。

故郷の都市間鉄馬車の停車場は街の外にありますが、地方都市は街の中に停車場があります。ここには衛星都市からの都市間鉄馬車も乗り入れていますから、広さも故郷の街の停車場と比べると段違いです。

いくつか並ぶ鉄馬車の中から、目当ての王都行きを見つけて乗り込みました。長距離鉄馬車は全て個室です。自分の予約した個室に入り窓を開けて外を見ると、旦那さんを背にフェリシアがまだ心配そうにこちらを見ています。

そんなに心配しなくていいのに。ここから王都へ出ていく人だって、たくさんいるんです。私もその中の一人に過ぎません。

「じゃあねフェリシア。元気な子を産んでよ！」

わざと明るい声で言ってみます。さすがに王都と地方都市とに離れると、これまでのように頻繁に行き来する事は出来ませんからね。それに故郷に戻るつもりのない私は、フェリシアが王都に来ない限り、この先会う機会はないと思った方がいいでしょう。

そんな最後に、しんみりした場面は似合いませんよ。フェリシアの方を見れば、私の意図が伝わったのか、一瞬呆けた顔を見せましたが、すぐににやりと笑って言い返してきました。

「任せなさい！　あんたも元気で、馬鹿な事は考えないようにね！　子供生まれたら見せにいくから」

馬鹿な事って何だよ、と思いつつも口にはしませんよ。隣に奴の本性知らない旦那がいるんですからね。もっとも、本性ばれてるんじゃないかという疑惑がありますが。まあいいのか。夫婦の問題は夫婦で解決してもらいます。

私としてはここは一つ都合の悪いところは聞き流し、当たり障《さわ》りのない挨拶でもしておこうじゃないか、と思います。でないと、後でフェリシアにどんな説教かまされるかわかりませんからね。べ、別に説教が怖くてそうする訳じゃないんだからね！

「じゃあ、あんた達が来るまでに、王都を案内出来るようになっておくよ」

「頼んだわよ」

笑ってさよならです。フェリシアとはまた会えます。絶対に。今も子供が生まれたら見せに来てくれるって言っていましたし。これが今生《こんじょう》の別れにはなりませんよ。

そう……グレアムとは違うから……

おっといかん、らしくなくしんみりしてしまいました。まったく、その昔この女こそ魔王と言わしめた幼なじみがしおらしい態度を取るからだ。もちろん照れ隠しなのは自覚してますよ！

「あ、そろそろ出るみたいね」

鉄馬車の発車を知らせる汽笛が鳴り響きました。今のは発車準備が出来たという報《しら》せで、次に二回連続で鳴ると発車です。車内の廊下も、慌ただしい様子です。みんな出発に向けて自分の個室に急いでいるんですね。

長距離移動用の車両は居住性も重視されているらしく、都市間の短距離用に比べると車両そのものが大きく作られています。都市間鉄馬車もそうですが、長距離鉄馬車も、もはや「馬車」という括《くく》りにしていいのかと感じるような外見ですからね。街中《まちなか》を走る鉄馬車と比べると、根本が違います。

まるで小屋が動いているくらいに感じますから。それがいくつも連なって走っていく訳です。本当、昔からは想像も出来ない事ですよ。

やがて汽笛が連続で二回鳴りました。とうとう出発です。車両の扉が閉められ、ゆっくりと動き出しました。フェリシアは、こちらを見ながら進行方向に合わせて歩いています。大きなお腹《なか》してるのに、無理はしないでほしい。

「体、本当に気を付けてね」

「わかってる。あんたもね。王都に行って病気なんてするんじゃないわよ？」

「うん」

やがて少しずつ速度が上がっていって、二人とも離れていきます。私はそれでもしばらく窓から後ろの方を見つめていました。これでもう、ここに戻ってくる事はないんですね。夜の闇の中、外灯でぼんやりと浮かび上がった地方都市を後に、長距離鉄馬車はどんどん速度を上げていきました。

四　王都

目を覚ましたのは、廊下側から響いてくる鐘の音が聞こえたからでした。鐘の音は段々と近づいてきます。

「王都ー、王都に到着しますー。皆々様にはお忘れ物のないようにー」

その声を聞いて、私は寝ていたベッドからむっくりと起き上がりました。ここは長距離鉄馬車の、私が使っている個室です。その中の簡易ベッドで昨夜は寝ました。神経が高ぶっているのか、なかなか眠気が訪れませんでしたが、いつの間にか寝ていたようです。それにしても本当に便利ですよね、寝て起きたら王都だなんて。私は着替えてから、顔を洗って身支度《みじたく》を調《ととの》えました。

王都の停車場は、地方都市のそれよりさらに広く大きなものでした。国中の地方都市から来る長距離鉄馬車が停まる場所ですからね。私が乗ってきたものの他にも、何台もの長距離鉄馬車が並んで停まっている姿は圧巻です。

私は手荷物を持って車両から降りました。周囲は同じように地方からここへと着いた人と、これから地方へ向かう人でごった返しています。とうとう私はやってきました！王都へ！

私、王都に来るのは初めてなんです。昔に比べれば地方から中央へ簡単に出られるとはいえ、やはりそうそう来られる場所でもないですから。

停車場では、王都の案内冊子をもらう事が出来ました。簡略地図付きです。こんな便利なものをただでもらえるなんて、王都ってやっぱり凄いんですね！

その案内冊子によれば、王都はざっと王宮、貴族街区、官庁区、商業区、工業区、住宅区の六区に分かれているそうです。ちなみに停車場は工業区にあります。

そして私が向かう場所は商業区です。ひとまず停車場の前にある、広場の噴水のそばに座ります。ここにはベンチが用意されていて、憩いの場にもなっているようです。結構広い広場は、背の高い建物で囲まれています。

地方都市にも高い建物は存在しますが、ここまで背の高い建物はありませんよ。思わず物珍しくて、きょろきょろと辺りを見回してしまいました。

噴水の周辺にはいくつかの屋台も出ていて、いいにおいが漂《ただよ》っています。そういえばお腹《なか》が空きました。何か買って朝食にしましょう。

「すいませーん！」

手近な店で、パンにサラダとハムをたくさんはさんだものを飲み物と一緒に購入し、先程まで座っていたベンチに戻ります。よく見てみれば、私のようにベンチに座って食べている人が多いです。

早速《さっそく》買ったものにかぶりついてみました。おいしいです！　ハムとサラダの味もさる事ながら、このパン、クルミが入ってますよ。ちょっと甘めのパンが、具と相まって絶妙です！

あっという間に完食し、飲み物で喉を潤《うるお》します。ああおいしかった。空腹を満たすと、それだけで幸福を感じる事が出来ますねえ。短い間だけですが。

手についたパンくずを払ってから、手荷物のバッグを開けて一通の手紙を取り出します。それを開き、ついでに案内冊子も開きました。

手紙に書かれている住所を冊子で探せば、王都の中央を走る大通りにほど近い場所だとわかりました。手紙に簡単な略地図も同封してくれていたんです。

あらかた場所の見当も付きましたから、後は歩いていくのみですね。どのくらいの距離かはわかりませんが。

噴水のあった広場を抜けて、一度大通りへと出ました。ここを西に向かって中央付近を商業区側に入ると、目指す場所があるようです。冊子と共に、手紙の略地図ともにらめっこで進んでいきます。

大通りは、馬車が通る部分と人が通る部分が区分けされていました。そのせいか、馬車がすごい速度で走っていきます。ちょっと怖いですね。

慣れれば乗合鉄馬車で移動するのもいいんでしょうが、まだ着いたばかりで右も左もわかりませんからね。のんびり歩いていくとしましょう。

大通りの両脇には高い建物だけでなく、大きな硝子《ガラス》窓を持つ店が並んでいて、それだけでも圧倒されます。それに何と言っても歩いている人達が垢抜《あかぬ》けていて、普通に歩いているだけなのにとてもおしゃれに見えます。王都って、こんな場所なんですね。

「うわあ……」

思わず、口を開けてきょろきょろと見てしまいます。考えたら恥ずかしい事でしたね。それに気付いた時には、周囲の人にちらちら見られていました。既《すで》に手遅れだったようです。

それでも見回す事は止められません。目に入る物全てが素晴らしく、また目新しく見えるんです。これまでの人生でも、都と名のつく場所に住んだ記憶はありませんからね。

前世含め、初王都です。

人の数もそうですが、馬車の数も今まで住んでいた所とは比べものになりません。もちろん地方都市ともです。地方都市でも道を行く乗合馬車は、王都の半分もありませんよ。

私は手紙の住所を確認しながら、大通りを歩きます。大通りから脇に入る路地には、全て名前が付いているんだそうです。住所には通りの名前が入ってますから、まずはその通りを見つけるといいと手紙に書いてありました。

「えっと……ブルーバード通りっと」

きょろきょろと見渡しながら進めば、通りの入り口にある建物の角に、青い鳥を模した看板が出ています。その下に「ブルーバード通り」と矢印が出ていました。ここですね。

私はその通りに入り、次は建物に記されている番地を見ていきます。大きな建物にはきちんと扉の所に番地が入っているからです。これはどこでも一緒です。うちの街でもそうですから。

商業区だけあって、色々な店の看板が出ています。この辺りは服飾関係が集まっているんでしょうか？　看板にも靴やバッグ、アクセサリーなどをかたどった物が多く並んでいます。

しばらく見回しながら歩くと、看板にドレスがかたどってある店がありました。番地を見ると、目指していた店です。

その店は、三叉路《さんさろ》の角に建っていました。両脇を道に挟まれているせいか、そこだけぽっかりと浮いているようにも見えます。

硝子《ガラス》をふんだんに使った店構えでした。縦にはそんなに大きくなく、せいぜいが三階建てといった所でしょうか。幅の方は見える限りは広めですね。

赤い三角屋根と白い壁の作りが、周囲と溶け込みつつ、でもどこか目に留まる風でそこに建っています。窓の下には花壇があって、季節の花が綺麗に咲いていますよ。

硝子窓からのぞける店内は、女性客で賑《にぎ》わっています。みんな笑顔で楽しそうです。

私はその店の扉を開けました。からんからんとかわいらしい音が鳴り響きます。

「いらっしゃいませー」

若いお嬢さんの、弾むような声で言われました。すみません、客じゃあないんです。

「あの、すみません、エドウズさんはいらっしゃいますか？」

「はい、ご予約の方ですか？」

「アトキンソンといいます。予約ではありませんが、本日王都へ到着する予定だと、エドウズさんには伝えてあるんですが」

笑顔で応対してくれたお嬢さんが、「少しお待ちください」と言って奥に引っ込みました。ちょっとどきどきしますね。でも別に裏から来てくれとも書いてませんでしたよ、手紙には。

お嬢さんが奥に行ってほぼすぐに、以前あの地方都市で会った背の高い、若い男性が奥から出てきました。

「ようこそ、エドウズ商会へ」

にこやかに手を差し出してくれた男性に、私も笑顔で右手を差し出します。ここです、私がこれから働く店なんです。

「迷いませんでしたか？」

「はい、これ、もらいましたから。それに略地図も。ありがとうございます」

そう言って、鉄馬車の停車場でもらった案内冊子を持ち上げて見せました。実際役に立ちましたよ、この冊子。あと手紙に同封されていた略地図ですね。誰が書いたのか知りませんが、目印がわかりやすくて迷わずにすみました。

にこやかに聞いてくる彼、オーガスト・アンドルー・エドウズ氏は、長めの榛色《はしばみいろ》の巻き毛を首の付け根辺りで一つにまとめ、丸いメガネをかけた柔和《にゅうわ》な顔をした青年です。

年齢ははっきり聞いた覚えはないので知りませんが、見た目だけで言えば二十四、五といった所ではないでしょうか。その年齢でここ、エドウズ商会の代表を務《つと》めているのですから、たいしたものです。

「それは良かった。迎えはいらないと言ってたけど、こっそり行こうかと思ってたんですよ、実は」

「え？」

「乗る便は聞いてたから。でも行ってたら行き違いになってたかも知れないですね」

確かに。あの広い停車場では、その可能性はとても高いと思います。人も相当な数いましたしね。あ、でもエドウズさんなら地方都市で一度会ってるから、人違いや見間違いはなかったかも知れません。

「どうですか？　うちの店は」

「素敵ですね……置いてあるものも、種類が豊富で目移りしそうです」

置いてある品の種類も数も、故郷のこういった店とは比べものになりませんよ。やっぱり王都の店は違う、って感じです。

ここエドウズ商会が扱っているのはずばり、ドレスと小物です。靴までは扱ってないそうですが、ドレス、手袋、帽子、バッグ、ハンカチーフ、スカーフといったものを、手広く扱っているそうです。

お店の方に置いてあるのは、普段使い出来そうな品々です。あと見本のドレスを着せた人形が何体か置かれています。どれも素敵ですよ。ですがこの店の本質は、こうした品ではありません。

注文を受けて、一から仕立て上げるドレスが主力商品なんだそうです。王都ですからね。晩餐会《ばんさんかい》だの夜会だのが多いんでしょう。

私はここでお針子として勤めるんです。手先が器用で、本当に良かったと心の底から思います。手芸を鍛えてくれた母よ、ありがとう。針で指を突いたのも、今となっては良い思い出です。

「まずは奥を案内しましょうね」

にこにことそう言うと、エドウズ氏自《みずか》ら奥の工房を案内してくれました。忙しいでしょうに、いい人ですね。いい雇用関係を築けそうです。

店の奥には、店舗の二、三倍はあるのではないかという広さの工房が広がっていました。建物に奥行きがあるという事でしょうか。

天井付近まである、縦に長い窓から、明るい日差しがたっぷり入り込んでいます。そんな広い工房にはいくつかのテーブルが置かれ、その周辺には女性が座って手を動かしています。

結構な人数です。普通「仕立屋」というのは、職人一人に見習いが二、三人の小さな店舗が主流なんですが、ここは違うようです。目に入るだけでも、三つくらいの集団に分かれてそれぞれ作業をしているようです。

テーブルの周辺には、作成中のドレスが着せられているトルソーが何体かありました。ああ、ああやってドレスが出来ていくんですねえ。何人かはそのドレスのそばで作業中ですよ。

エドウズ氏は工房に入ると手をぱんぱんと二回叩いて、従業員の注意を引きました。

「みんな、新しく入ってもらう人を紹介するよ」

エドウズ氏のその一言で仕事を中断し、わらわらとこちらに集まってきます。みんな女性です。

昔は職人と言えば男性だったんですが、昨今女性用の服の仕立てには女性のお針子を使う店が増えています。それにしたって、ここほどの人数を抱えている店はそうないでしょうけど。それだけ売れている、という事ですよね。

エドウズ氏に促されて、自己紹介をします。挨拶は大事ですよ。特に初回は。

「ルイザ・アトキンソンです。よろしくお願いします」

最初の挨拶はあっさりといきます。新人は謙虚さも大事だと思います。にっこり笑顔での愛想も忘れません。大事ですよ、愛想。この辺りはフェリシアの受け売りです。見渡すと興味本位の視線はあるものの、おおむね好意的な雰囲気のようです。やはり人間、第一印象は大事ですからね。……長旅で、少々くたびれた感じにも見えているでしょうけど。

「じゃあ次はこちらだね。改めまして、オーガスト・アンドルー・エドウズです。出来ればオーガストと呼んでください。この商会の代表を務《つと》めています。よろしくね」

エドウズ氏改めオーガストさんの次は、いよいよ女性陣です。右端のきりっとした感じの女性から、自己紹介をしていってもらいました。

「エセル・ベイツです。ドレス部門と、この工房のまとめをしています。よろしく」

同じように、次々と名前と部門を教えてもらいました。総勢十七名でこの工房は回っているようです。はい、顔と名前が一致するのは現時点でオーガストさんだけです。早く覚えないといけませんね。

それにしても、やはり主力となるドレス部門の人は多いんですね。半分以上がドレス部門の人でした。私が担当するのはドレスではないですが、おそらくそちらの人達との連携は必要になってくるでしょう。

「後で店の売り子の方も紹介しますね。明るい、いい子達ですよ」

「はい」

すみません、正直これ以上いっぺんに名前を聞いても覚えきれません……。もちろん口には出しませんが。


その後もオーガストさんによる案内は続きました。工房のみんなは既《すで》に作業に戻っています。工房の奥にはキッチンがあって、そこでお茶を淹れたり昼食を作ったりするそうです。

「基本食事はみんなでとってますが、強制ではありません。外で食べたい時は事前に言ってもらえばいいし。あ、お茶や食事は当番制になってますので、詳しい事は明日、エセルから聞いてください。あ、昼食の材料は店持ちですよ」

お茶の当番は覚悟はしていましたが、食事も当番制ですか。まあ昼食代を出してもらうんですから、文句言ったら罰が当たりますね。気分次第で外に行ってもいいようですし。

「それから頼まれていた住居の件ですが……」

ああ、そうでした。王都へは一人で出てきたので、これからは一人暮らしが始まります。まあ両親が死んだ後も一人暮らしではありましたが、実家でしたからね。

王都に出てきてから自分で探すのでは当座の住処《すみか》がないので、住居探しも頼んでしまったんです。オーガストさんの方から申し出てくれたので、ありがたく頼らせてもらいました。部屋探しって、その地に住んでいる人の方がうまく探せますから。

どんな部屋なんでしょう、とちょっとどきどきしていたら、オーガストさんの口から意外な言葉が出てきました。

「良ければこの工房の上に一部屋空いてるんですが、そこでどうでしょう？　部屋代はただにしますよ」

「え!?　いいんですか？」

部屋代が無料なんですか？　なんておいしい話でしょう。しかも通勤の手間が省けますし。でもいいのかしら？　甘えてしまって。

「ええ、ただその代わりと言ってはなんですが、店の周囲とか、階段とかの掃除をお願いしたいんですが……いいでしょうか？」

ああ、なるほど。住む代わりに建物の管理を、という事ですね。でも掃除くらいで部屋代が浮くんであれば、喜んでしますとも。王都の部屋代は高い、と推定魔王《フェリシア》にも散々脅されましたから。

部屋の狭さも覚悟済みです。だから故郷から送った荷物、減らしたんですよ。でもこの工房の上なら、そんなに狭くはないかしら。

「部屋には人が住める設備は整っています。この店を建てた時は僕が住もうかと思っていたんですけどね。今は別に住居を持っているので」

それだけ成功したという事ですね。この若さで自分の店を持つというのは、並大抵の努力ではなかったでしょう。でもそんな事を微塵《みじん》も感じさせない柔和《にゅうわ》さに、オーガストさんの奥深さを見た気がします。押しつけがましくない男性って、そばにいても疲れないから仕事仲間としては歓迎ですね。

それはともかく、今は住居の方ですよ。こんないい条件、断ったりしたら罰が当たりますよ。相手の気が変わらないうちに、とっとと決めさせてもらいましょう。

「では遠慮なく使わせていただきます」

「ええ、どうぞ。掃除だけは定期的にしてあるので、今すぐでも住めると思いますよ」

そう言ってにっこり微笑むオーガストさんの後ろについて、工房のさらに奥にある階段を上ります。折り返して続く階段は、結構段数ありますね。

上り切った所に小さな踊り場があり、その脇に扉が一つぽつんとあります。この向こうですね。

「ここです。さあどうぞ」

オーガストさんが扉の鍵を開けて、中に通してくれました。

「女性一人ならそう狭くはないと思いますよ」

そう言って、オーガストさんは部屋の中を案内してくれます。入ってすぐにちょっとした空間があり、一番近い扉が私室で、奥の扉がキッチンです。まずはそちらから案内してもらいました。

キッチンには他に二つ扉があって、一方は私室に、もう一方は洗面所に繋がっていました。広々としたキッチンは、使い勝手がよさそうです。促されるまま私室の方の扉を開けると、そこには広い空間がありました。

想像していたよりずっと広いです！　実家の私の部屋より広いんじゃないでしょうか。

「広いですね……本当にただで使わせてもらっていいんですか？」

貸せばそれなりの家賃収入が期待出来るんじゃないでしょうか？　ついついそんな事を考えてしまいます。

「構いませんよ。他に使う人もいませんから」

そんなもんなんでしょうか。部屋には、大きな窓と大きなクローゼットがついていました。クローゼットは収納しやすそうな感じです。そして窓の隣には大きめのベッドが一台、でんと置かれています。結構存在主張してますねえ。

他には何もなく、部屋の中は広いせいかがらんとした印象です。これからここに住むとなったら、あれこれ買って置くでしょうから、物が置かれていないのは逆に助かります。

窓に寄って外を見れば、建物の間からかろうじて大通りが見えます。日当たりもいいのか、窓から差し込む日の光は温かく、気持ちが良いです。

「このベッドも、良ければ使ってください。実は誰も使った事のないベッドなんですよ」

「そうなんですか？」

あら、もったいない。埃《ほこり》よけの布を取り去ると、私が三人くらい平気で寝られそうな程の大きさのベッドがお目見えしました。マットレスもいい感じです。ただ実際に使う前に、少し日に当てて叩いておいた方がよさそうですが。

「シーツとかは近所の店で揃えられますよ。うちの店の名前を出せば、少しですが割引いてもらえますしね」

そういって片目を瞑《つむ》って見せたオーガストさんは、ちょっとお茶目な感じに見えました。大人の男の人なのに、お茶目に感じるって変でしょうかね？

「大きめの荷物は別で送ったんですよね？」

「ええ、まだ部屋が決まってない状態だったので、お言葉に甘えて、この店を宛先にさせていただきました」

そう。なのでおっつけ私が実家から送った荷物が、この店に届く訳ですよ。本当ならここから決まった部屋に運ぶはずだったんですが、運良く店の上に住む事になったので、荷物運びも楽で助かります。

「大きい荷物とかあったら、声をかけてください。運ぶの手伝いますから」

「ありがとうございます」

自分で荷造りしたくらいだから、そんなに大きな荷物は実はないのですよ。大半は服と生活道具です。

王都に出てくるに際し、家と大型の家具、その他売れる物は全て売り払ってきました。その手続きをグレアムにばれないように、こそこそやるのは結構骨が折れました。まあ最悪見つかっても、家を処分してもっと小さい部屋に引っ越す為だ、と言い逃れ出来ますがね。でも見つからなくて良かったと思います。ばれないに越した事はありませんよ。

本当の事を言うと、生まれ育った家や使い慣れた家具を手放すのは辛い面もありました。でもそこに思いを残していては前に進めないと思って、思い切って処分したんです。おかげでちょっとした現金が手に入りました。これが当座の生活費という事になりますね。こちらでの家具も揃えなくてはなりませんし。

「ではこれが鍵になります。先程の条件の掃除は落ち着いてからでいいですからね」

「ありがとうございます」

鍵を渡すと、オーガストさんは部屋を出て下の工房へ戻っていきました。私はふう、と一つ溜息を吐《つ》くと、荷物の中身をクローゼットに収める事にしました。

手提げ鞄《かばん》の中は二、三日分の着替えと化粧品、ハンカチ程度ですから、すぐに片付けは終わってしまいます。本格的なものは、やはり荷物が届いてからですね。

まずは、今すぐやらなくてはならない事があります。この部屋の掃除と寝具を揃える事です。家具は後日でもいいですが、この二つだけは夜までに終えないと、寝られませんよ。

教えられた水場へ行けば、トイレと風呂場と洗面所があります。そちらの扉からもキッチンに入れるようです。

さすがにモップなどは、下にいかないとないようですね。というか、売ってる店を聞いて買ってきた方がいいのかしら。これからも使うものですからね。皆さんのお仕事の邪魔をするのは気が引けますが、背に腹は代えられません。

店の場所を聞こうと部屋を出たところで、丁度階段を上ってくる人がいるのに気付きました。この階段は建物の中にあるので、今現在階段を上ってくるという事は、店の関係者だけという事になります。先程紹介されたばかりの人達の一人でしょう。

やがて階段を上って姿を見せたのは、明るい茶色の髪をちょっと高い位置でまとめた女性です。そういえば工房の女性達は、髪をまとめている人が多かったですね。作業の邪魔になるからでしょうか。一人お下げの人もいましたけど。

私は普段髪は下ろしたままです。作業の邪魔になるようなら後ろで一つに纏《まと》める事もありますが、滅多《めった》にはしません。髪が細いので、結ってもすぐ落ちてきてしまうんです。

上りきった女性はこちらを見ると、愛想のいい笑顔を見せてくれました。

「ああ、丁度良かった。部屋の掃除用にモップとか雑巾《ぞうきん》、必要かと思って」

そう言いながら彼女は片手にモップ、もう片手にバケツとそこに入った雑巾を見せてくれました。すごい、望んだ物が目の前にありますよ。

「ありがとうございます……えっと」

「エセルよ。いっぺんに名前言われたから顔と名前が一致しないでしょ?」

すみません、仰《おっしゃ》るとおりです。私は苦笑いして誤魔化《ごまか》しました。さすがにあれだけの数をいっぺんに紹介されて、顔と名前を覚えられたらそれだけで一芸になるんじゃないかと思います。

エセルさんはからからと笑って、モップと雑巾の入ったバケツを渡してくれました。

「おいおい覚えていけばいいわ。てか嫌でも覚えるわよ。うちの連中、結構濃いのばっかりだから」

「はあ」

とてもそうは見えなかったんですけど。王都はそういう面も、うちみたいな田舎とは違うんでしょうか？

「掃除は一人で平気？　水場とかは聞いた？」

「はいそれは。あ、ただ……」

「何かしら？」

「寝具を扱っている店を紹介してもらえませんか？　今夜の寝床を作らないとならなくて」

私がそう言うと、エセルさんはああ、と納得のいった表情をしています。彼女もこの部屋に置いてあるベッドを知ってるんでしょうか？

まあ工房のまとめ役をやってるくらいですから、オーガストさんの信頼も厚いでしょうし、知っていても不思議はないですが。

「そうね、じゃあ掃除が終わったら一声かけて。ああ、言っておくけど、あまり遅くまで掃除してると寝具の店が閉まるからね」

そう言っておおよその店が閉まる頃を教えてくれたエセルさんは、頑張ってねと一言残して工房へ戻っていきました。

親切な人がいて助かります。さて、ちゃっちゃと掃除、してしまいましょうかね。私は水場に行ってバケツに水を汲みました。

定期的に掃除はしてるとの言葉通り、たいした汚れもなく掃除はあっさりと終わりました。モップで床を拭いて、雑巾《ぞうきん》で棚やクローゼットの中、窓の桟《さん》やキッチンなどを拭いて回りました。

一息吐《つ》いて窓を見れば、日は大分高くなっています。そろそろ昼時でしょうか。

「ルイザさーん、お昼ですよー。掃除、一段落したら降りてきてくださーい」

階段の下から大きな声が響きました。その声を聞いた途端、お腹《なか》がぐうと鳴りました。体って正直ですね。

誰の声かまではまだ判別できませんが、踊り場まで出てはーいと答え、雑巾を絞ってバケツの縁に干し、一旦手を洗ってから一階へと下りていきました。

昼食の後、エセルさんに付き合ってもらって寝具を扱っている店を案内してもらいました。そのついでに、近場の店の案内までしてくれましたよ。よく気の付く人ですね。おかげで助かりました。

寝具店は、工房から少し歩いた所にありました。扉を開けて中に入ると、棚には数多くのシーツやカバー類、奥の方には掛け布団も見えました。

おお、王都の寝具の店ともなると、うちの街に置いてあるようなのとはまた違うものがあったりするんですねえ。柄とか色とか刺繍とか。

「気に入りそうなの、ある？」

「たくさんあって目移りして困ります」

私の本音に、エセルさんが笑っています。お店の人も笑っています。そんなに変な事言ったでしょうか？　故郷の店にはこんなに種類、なかったんですよ。

「店の奥にもまだあるから、見たいなら声かけて」

「ええ、ありがとうパトリック」

お店の人は、エセルさんと知り合いのようです。気安い感じでそう声をかけていました。柔らかそうな黒髪の男性で、年や背格好がオーガストさんと似ている感じがします。顔立ちは全然違いますけど。

結局その店で敷パッド、シーツ、ブランケット、枕、掛け布団などを購入し、部屋に届けてもらえるように手配しました。大きい荷物を持って帰るのは大変ですからね。

お店の人は、おまけですよと言ってかなり値引いてくれました。助かります！　配送は今日中にしてくれるという事で、そのまま頼んで店に戻りました。

戻ってからは掃除の続きをしたり、程なく届いた寝具の包みを開けたりベッドを整えたりしていたら、あっという間に日が落ちていました。

あ、ちなみに届けてくれたのは、例の店番をしていた男の人でした。確か……パトリックさんでしたね。お礼を言うと柔らかい笑みで「今後ともごひいきに」と言われました。

全て終えて一階に下りると、工房の皆さんはとっくに帰宅していたみたいです。それもそうですね、もう夕飯時ですよ。工房の窓から外を見れば、既《すで》にとっぷりと日が暮れています。今日は怒濤《どとう》の一日でしたね。

今日の夕飯はオーガストさんが一緒に、と誘ってくださったので、連れられるまま夜の王都へと繰り出しています。王都は外灯の数が多くて、夜でも結構明るいんですね。故郷は外灯の数が少ないので、夜ともなると大通りでさえ暗いですよ。こんな所にも違いを感じるものなんですね。

店のある商業区には、当然のように食堂も多く集まっていました。もう夜も更けてきたせいか、酒場も開いています。

「ここはよく来る店なんですよ」

そう言いながら入った店は、こざっぱりとした食堂でした。席もそこそこ埋まっているのを見ると、繁盛《はんじょう》しているのでしょう。そこそこざわついていて、かしこまった雰囲気にならなくていい感じです。

メニューを渡され悩んだあげく、私は本日のおすすめを、オーガストさんは三種グリルを注文しました。

お料理はおいしかったです。男性向けの食堂なのか、ちょっと量が多かったですが、完食してしまいました。食べ過ぎて、ちょっとお腹《なか》が苦しいです。

あれこれと、仕事の事や王都の事を聞いたりしながらの食事は楽しかったですよ。まだちょっと緊張感も残ってますけどね。これもおいおい慣れていくでしょう。

「明日は店は休みだから、明後日《あさって》からよろしくお願いしますね」

店まで送ってきてくれたオーガストさんは、そう言って帰っていきました。この近くに家があるそうです。その後ろ姿を見送りながら、軽い溜息が出ました。

裏口の鍵を開けて中に入り、階段を上って部屋へと入ります。今日はなんだかんだでやっぱり疲れました。それもそうですね。昨日故郷を出て、今日はもう王都ですから。

グレアムを故郷で見送ったのが一昨日《おととい》だなんて、何だか信じられないくらいです。

軽くシャワーを浴びた後、まだ寝間着がないので下着姿のまま整えたばかりのベッドに潜り込みました。疲労のせいか、すぐに睡魔が忍び寄ってきます。

こうして私の王都生活一日目は終了しました。


明るい光が窓から差し込んでいます。窓にはレースのカーテン、飾り棚にはお気に入りのカップ、テーブルの上には私の好物の焼き菓子。実家の居間の風景です。

これだけは母が気合いを入れて選んだと散々聞かされたソファで、いつものようにグレアムがくつろいでいます。長い足をもてあますようにして座るその姿も、既《すで》に我が家の日常の一部です。

でも待って、どうしてあなたがここにいるの？　だって勇者に選出されて、あの日旅立ったじゃないの。それに私も、どうして家にいるの？　もう故郷には戻らないつもりだったのに。家だって処分したはずです。

聞いてもグレアムは答えてくれません。いつも私に向ける柔らかい笑みを見せるだけ。

ああ、そうか、全部夢だったんだ。グレアムが勇者になったのも、討伐の旅に行ってしまったのも、私が故郷を捨てて王都に向かったのも。

おかしな夢を見たものですね。ねえ、聞いて。私こんな変な夢見たのよ。ああ、でも夢で良かった。本当に、良かった。

ねえ、どうして何も言ってくれないの？　そりゃ普段からあまりしゃべらない方だけど、それでも何も返してくれないのは嫌だわ。

ねえ、何か言って。大丈夫だって、安心させて。あれは全部悪い夢だったんだって、そう笑い飛ばしてしまって。

目が覚めて、一瞬自分がどこにいるのかわからなくなっていました。ああ、ここは王都で、これから暮らす私の部屋なんだ。

起き上がって部屋の中を見渡せば、がらんとした印象の空間がそこにあります。何もない部屋。まるで私の中身のようです。

不意に涙が出てきました。優しくて残酷な夢。そこから覚めても、まだ胸の痛みが残っている程に。私はそのまましばらく動けず、声も出さずに泣き続けていました。

先程まで見ていたのが夢、彼が旅立ったのが現実です。物理的にも離れているのに、こんなに苦しめられるなんて。いっそとっとと大魔王を倒して、二度と帰ってこなければいいのに！

どれぐらいそうしていたのか。ひとしきり泣いたので、少し気分が上向きました。まだいつものようにとはいきませんが、少なくとも動き出そうという気分にはなったようです。今日が休みで良かったですよ。泣き続けた顔は目元が腫《は》れ上がっていました。昔の夢を見て泣くなんて、前世を夢で見た時以来です。あの時も起き抜けに泣き出して、ちょうど家に来ていたグレアムが慰めてくれたんでした。

……だから、彼の事はもう思い出さないようにしなきゃいけないのに。幼なじみとして濃く長い時を共有してきただけあって、私の中から彼の影響を排除しきるのは至難《しなん》の業《わざ》のようです。

『排除なんて無理無理。そんな努力はするだけ無駄よ』

推定魔王《フェリシア》の声が聞こえたような気がしましたが、彼女は遠く離れた地方都市にいるんですから、幻聴ですね。というか幻聴が聞こえるとか、相当ですよ。私は腫れた目元を冷やす為に、水場に向かいました。

しばらく濡らした布で冷やしたら、何とか見られる程度にはなったので、近所に買い物に出ました。部屋はあっても、食器も調理器具も食材もありませんからね。何か食べるものを買ってこないと、飢えてしまいますよ。というか、先程からお腹《なか》が可哀想な悲鳴を上げ続けています。

昨日エセルさんに教えてもらった店でパンをいくつか購入し、ミルクもついでに買いました。これで朝食は何とかなります。故郷から送った荷物の中に、食器も調理器具も入っているので、それが届くまでの辛抱ですね。それまで自炊は諦《あきら》める事にしました。

買い物から帰ってからは、部屋に必要なものを洗い出します。昨日は気付きませんでしたが、改めて見てみると、細々《こまごま》としたものがないんですね。近場の店で買える物は、今日中に揃えようと思います。

しんと静まりかえった部屋で、耳を澄ますと、表の通りの音なのか、人の声や何かが軋《きし》む音などが聞こえてきます。近かったりうんと遠かったり。実家で聞こえて来るのとは違う音です。そういうのも、ああ、違う場所に来たんだな、と思わせる要因になるんですね。

「さあ、今日も一日頑張ろう」

そう口に出して気合いを入れてみます。もう後戻りは出来ないんですから、ここからは前だけ向いて進んでいきます。

朝起きて顔を洗い、パンとスープで軽い朝食を取った後、店の周りを掃除するのが私の日課となりました。

ほうきで掃いて、雑草なんかも取ったり、打ち水もしたりします。店の前に小さな花壇があって、そこの世話も何となくするようになりました。綺麗な花が咲いていれば、店に来たお客様も気分がいいと思いますから。

朝は結構早い方だと思います。開店自体は周囲のお店とそう変わらない頃なので、そんなに早くなくてもいいのではとも思いますが、この朝の掃除がありますから。

外の掃除が終わると中の掃除です。といっても工房の掃除は帰りにみんなでやるので、私がやるのはキッチンや水回りといった共用部分だけです。

基本女性が使っているせいか、トイレなんかもそんなに汚れてません。女性は男性と違って綺麗に使いますからね。

共用部分の掃除が終わる頃に、工房で一番早いエセルが出勤してきます。工房のまとめ役だけあって、彼女は誰よりも早く来るんです。

「おはよう、ルイザ。今日も早いわね」

「おはようエセル。掃除があるもの。これやるおかげで部屋代が浮くんだから、助かるわ」

そう笑うと彼女も笑顔になります。

私がこの商会に来てから、十日ほどが経ちました。時の経つのは本当に早いものです。

この朝の一連の動きも、ようやく体になじみ始めてます。おかげでコツも大分わかってきました。

あの後、故郷から送った荷物が届き、それを整理して部屋も大分住み心地がよくなってきました。その後も足りない家具などを何度も買い出しに出かけて物が増え、最初見た時とはまったく違う部屋のようになっています。その買い物のおかげで王都にも結構慣れた気がしますし、一石二鳥ですね。

人間関係も一段落した感じです。みんなあまり年は変わらないそうで、エセルにも「さんづけはいらない」と言われたので呼び捨てです。他のみんなの事も、今では呼び捨てで呼んでいます。みんなもそうですね。気の合わない人は今の所いないようなので、それだけでも助かっています。

掃除道具を片付けて、今度は棚から仕事道具を出します。工房にはそれぞれ専用の道具箱が用意されていて、針だの糸だの必要な道具が入れられるようになっています。奥の倉庫の方には布地とそれに合わせた糸類が収められています。針とかはさみなんかは、店でも用意してくれるそうですが、みんな自分の好みで買ってくるそうです。そういった物を専門で扱う職人さんもいるので、彼らの工房に行けば購入出来るんです。

私はまだ行った事はありません。はさみは実家で使っていたものを、そのまま持ち込みました。針も故郷で買ったものです。針は消耗品ですから、頃合いを見て買いに行こうかと思います。

私も棚から自分の道具箱を取ってきました。部門によってはやりかけの仕事を道具箱に入れる場合もあるようです。さすがにドレス部門は出来ませんけどね。

私の部門は飾りです。ドレスや小物に付ける、花やリボンの飾りそのものを作るのが仕事です。これまでは、そういった飾りは別の店に発注していたんだそうです。専門に扱ってる訳ではなくても、得意としている店はあるんだそうですよ。

店の人員で出来ない事もなかったそうですが、みなさん自分の仕事で手一杯ですからね。それにそのような外注を、快く引き受けてくれる店もあるんだそうです。

でもこの所注文数が増えた為、外注に出すと費用がかさむんだとか。それで工房内に、飾り専門の部門を設ける事になりました。

最初は王都のお店で人を探したそうなんですが、さすがに同業者に職人を紹介してくれる所はなかったそうです。腕のいい職人なら自分の所で雇いますよね。

なので、地方都市にも目を向けて探したんだそうですよ。知人の伝手《つて》を頼って。それにひっかかったのが私、という訳です。

私が納品した品がオーガストさんの求める飾りだったようで、話はとんとん拍子に進みました。これも縁って奴なんでしょうね。

という訳で、飾り部門の最初の人員が私になります。今のところ私一人だけですけどね。

「このまま需要が増え続けるようなら、人をさらに増やすつもりなんだよ。そうなったら、飾り部門はルイザにお任せするから」

とオーガストさんは言ってました。お任せするって責任者とかですか？　お仕事が順調なのは嬉しい限りですが、私にそんな大役務《つと》まるんでしょうか？

私が昨日から取りかかっているのは、布で作る花飾りです。大ぶりのそれはドレスに付ける物だそうで、同じ布で製作する必要がありました。

これを付けるドレスの方も、ただいまドレス部門で鋭意製作中です。綺麗なドレスが出来上がっていくのを見るのは、たとえ自分のでなくとも気分が高揚しますよ。

開店前には工房のお針子全員がそろっています。特に点呼等はありません。来ていなければすぐにわかりますからね。ああ、そうそう、無断で仕事を休んだら即解雇だそうです。

当然といえば当然ですね。一人休めばその分のしわ寄せが他の人にいく訳ですから。仲間に迷惑をかけるような人は置いておけない、とはっきりオーガストさんにもまとめ役のエセルにも言われています。気を付けなきゃ。

工房は既《すで》に動いていて、彼女達の指先はせわしなく動き始めていました。そして動くのは指先だけではありません。

「そういえば聞いた？　この間のドレスの伯爵夫人」

「なになに？」

「この間の店のパイがさあ」

「あ、新聞読んでくるの忘れてた」

「たいした事書いてないわよ」

「あの帽子どうなったの？」

「ここにあったビーズどこやったー？」

さすが女性の職場。すごく賑《にぎ》やかです。基本手を動かしていれば、おしゃべりは特に咎《とが》められません。まあ行き過ぎた場合は注意が入りますけどね。今はまったり進んでいる感じで、特に注意されるような人もいませんよ。

私が来た時には工房内は静かだったのに、と思っていたら、どうやら新人が来るという事でみんなも緊張していたんだそうです。

「あの静けさで逆に緊張が高まっちゃったわよ」

とはエミーの談です。彼女は特におしゃべりが大好きなので、余計にそう思ったんでしょうね。今ではそんな緊張感もどこへやら、です。緊張しっぱなしでは仕事もはかどらないから、良い事なんでしょう。

まだみんなの話題がよくわからない私は、もっぱら聞き役です。でも聞いてるだけでもいい情報収集になりますよ。みんな、よく知ってます。

そんな中、それは私の耳に飛び込んできました。

「そういえばさあ、昨日の新聞見た？」

「何を？」

「勇者様よ勇者様。同行者、決定したんだってね」

心臓が大きくどくん、と鳴った気がしました。でも、根性で表に出さないようにしましたよ。

出たとしても、記事の内容にびっくりしたという風に解釈されるとは思いますけどね。私とグレアムの事を知っている人は、ここにはいないはずですから。

あれから何度か、故郷での夢を見ました。年の頃は様々ですが、そのどれにもグレアムの姿がありました。泣きながら起きる事もありますが、起きてから涙を流す事の方が多いです。

私が朝早めに起きるのは、目元を冷やす必要があるからでもあります。さすがに王都で迎えた最初の朝のように、大泣きする事はもうありませんが。

一度冷やしきれなくて赤い目のまま工房に入って、エセルを驚かせた事があります。その時は故郷を思い出して、と言って誤魔化《ごまか》しておきました。真実でもありませんが、まったくの嘘でもありませんね。故郷でのグレアムとの事を、夢で見て泣いた訳ですから。

でもその言い訳はうまい事エセルを納得させられたようです。それ以降泣きはらした目をしていても、誰にも何も言われなくなりました。多分、エセルがみんなに伝えてくれたのでしょう。そっとしておいてくれる、そんな優しさを感じます。

工房は、すっかり新聞に載っていた勇者情報で沸き返っているようです。

「本当に!?　やだ、読んだかしら?」

「号外で出てた奴だから、見逃してるんじゃない?」

「号外が出る頃にはもうここにいるもんね。あんたそれどこで見たのよ」

「私の部屋の下の子からもらったの。ほらこれ」

見ていない人の為にか、言い出しっぺのエミーはポケットから折りたたんだ紙切れを出してきました。三つ編みの先が動きにつられて揺れています。

「ちょっと、手は止めないの!」

それを見たエセルから早速《さっそく》お叱りが飛びますが、エミーは「はーい」と返事をしただけでテーブルの上にその紙を広げます。

「ほら、ここ」

みんなそこを覗《のぞ》き込みました。エセルもです。やはりみんな興味あるんですね。おっと、私も興味あるふりして覗かなくては。一人だけ外れた行動すると悪目立《わるめだ》ちしますよ。まだ勇者という文字を見るのは辛いんですけど。

「へえ……公爵令嬢ねー」

「そういやあのお嬢様、魔法の腕は相当だって話だもんね」

「お嬢様？」

誰の事でしょうか？　新聞の紙面には名前は載っていても、身分までは載っていないようですよ。その私の考えが表に出たのか、エミーが納得した表情で教えてくれました。

「ああ、ルイザは来たばかりだから知らないか。このダイアン・セルマ・アナ・レインってお嬢様、レイン公爵家の令嬢なんだけど、うちの顧客の一人なのよ」

なんと！　この店って貴族の顧客も抱えてるの!?　貴族って、貴族街の御用達《ごようたし》の店しか使わないんだと思ってました。そういえば先程の会話にも、伯爵夫人がどうのこうのって出てましたね……

驚きに目を見開いていると、周囲からも追加情報が寄せられます。みなさん、本当によく知ってますねえ。

「ダイアンお嬢様っていったら、国始まって以来の魔法の天才って言われてるのよ」

「しかも美人」

「性格の方もそんなにひどくないみたい。採寸した事あるけど、鷹揚《おうよう》な感じでつんけんした所はなかったわよ。まあ普段がどうかは知らないけど」

なるほど。魔法の天才で美人でその上おそらく性格も悪くない、という訳ですね。勇者は今回、この同行者とくっつくのかしら？

「あ、こっち見て。神殿の神童も一緒じゃない。ほらここ」

「あ、本当。リンジー・ナタリー・ラングドン。あのちびっ子神官が行くのかー」

ちびっ子？　え？　そんなに小さい子まで勇者一行に入れるんですか？

「そんなに小さい子なの？　この神官って」

私が聞いてみると、エミー達が笑いながら教えてくれました。

「ああ、違う違う、年齢の話じゃないわよ。年は十五かそこらだけど、身長がね」

「小さいのよ、全体的に」

ああ、そういう意味ですか。ちびっ子というから、八歳くらいの小さい女の子が行くのかと思ってびっくりしました。まれにいますからね、そのくらいの年で神官になってる子。

「リンジーったら、ちっちゃいけど神殿の最高位、大祭司長候補って言われてるんでしょ？　よくそんな子出す気になったわね、神殿も」

「そりゃあ勇者の大魔王討伐だもの。そんじょそこらの討伐とは訳が違うわよ。神殿としてもここぞとばかりに力入れるの、当然じゃない」

「後は……ゴードン・ルイス・モンクリーフって誰？　この面子《メンツ》から見るに剣士系だとは思うけど」

「誰も知らないの？　傭兵《ようへい》か何かかなあ？」

「勇者一行に傭兵？　国が選ぶかしら？　そんな人……」

「さすがにそこまではわかんないよね。意外とうちの店の客にいたかもよ。って男はうちを使わないか」

マリアンの言葉にその場がどっと沸きます。そうですよね。男性がドレスを注文するなんて、奥様かお嬢さん、周囲の女性の誰かの為にって事になりますよね。

それだって下手をすればお金を出すだけで、自分は来ないでしょう。お店のお客はほぼ女性のみです。うちは紳士服は扱っていませんから。

「確かモンクリーフって言ったら、今騎士団で一番の騎士よ」

声の主はエセルでした。そうですか、騎士様ですか。という事は、今回の同行者は勇者・魔法使い・剣士・神官って感じですか。さすがエセル、裏の情報通ですね。表はもちろんエミーです。

あら、女性が二人って事は、この二人でグレアムを争う事になるのかしら？　それとも他にも誰か参戦するのかしら？　……何だかちょっとむかむかします。

「何にしても勇者様のおかげで需要が増えてるから、今のうちに宮中でもうちの商会の名前、もっと売っておかないとね」

「そうよね！　夜会だなんだとあるもんね！」

「貴族の方々には、せいぜいドレスを注文していただきましょうか」

「王女殿下方もね」

皆様商魂たくましいですねえ。でも確かに稼ぎ時ですから、みんながそう言うのはわかる気がします。

勇者が出立する前もした後も、戦勝祈願だのなんだのにこじつけて、貴族の人達は夜会だ舞踏会だを開きます。そうすると、当然そこに着ていく物が必要になるんですよね。貴族の方々は、同じドレスを二度身につける事はないとか言いますから。

何でも同じドレスを着回すと、それだけでその家の財政が疑われるんですって。贅沢《ぜいたく》な話ですけど、おかげで店が潤うんですから、文句は言いません。

私はもう一度号外の紙面を見ました。顔も見た事はありませんが、お綺麗な公爵令嬢や女神官と旅を共にするんですね、勇者は。

やっぱり彼も過去の勇者同様、置いてきた私の事なんてもう忘れたんだと思う気持ちと、彼だけは今までの勇者とは違う、忘れたりしない、と思いたい気持ちと半々です。全て断ち切るつもりでここに来たのに、実際にはまだこんなに揺れるなんて。こんな号外一つに、こんなに動揺するなんて。私は無意識のうちに胸元でぎゅっと手を握っていたようです。

「どうかした？　ルイザ」

その様子を変だと感じたのか、エセルがちらっと聞いてきました。はっと気付けば、かなり強く握りしめていたのか、手の中の布地がしわくちゃですよ。端切れで良かった。製作中の飾りだったら目も当てられません。

私はとっさに作り笑いを浮かべて手にしていた端切れを丸めて背中に回しました。

「あ……ううん、大変だなと思って。勇者も」

「そうね……どこの誰かも私たちは知らないけど、彼の両肩に世界の命運がかかってるんですものね」

そうでした。勇者はその名と出身を秘されるんでした。出身地の人達は当然知っていますが、やたらと吹聴《ふいちょう》しないようにというお達しが来るんです。特に親しい人間の所には。

勇者となった以上、俗世での名前や人生を捨てて救世の旅に出るのだから、周囲もそう思っておきなさいという事らしいですよ。

俗世ですか。つまり彼らに捨てられた私は、俗世の存在という事なんですね。そう考えれば、待つ事のほうがおかしかったのかも知れません。

でもそのお達しを聞いたのは、今回が初めてですよ。まあ少なくとも、最初の寒村では言いふらそうにもそうする先がありませんでしたけどね。隣村にすら、滅多《めった》に出る事はなかったんですから。

今はその頃に比べれば、情報伝達の速度が比べものにならないくらい上がっています。人も物も情報も、もの凄い速度で行き来する事が可能です。何せ王都から国の端の地方都市まで、一晩で辿《たど》り着けるんですからね。

だからこそのお達しなのでしょう。勇者に何の憂《うれ》いもなく旅立ってもらう為に。神殿らしい物言いではありますけどね。

その夜は、なんだか寝付けないままでいました。

五　出立パレード

それからの十日程は、本当に忙しかったとしか記憶していません。おかげで夢も見ずに眠れたくらいです。商会への注文は日増しに増え、おしゃべり好きなみなさんも終《しま》いには無言で指先を動かしているだけでした。

十日やそこらでドレスが作れるものなのかと思っていたら、どうやら今すぐ使うものではなくて、勇者の凱旋《がいせん》の際に使う為に今から注文しておくという話です。貴族の方々は暢気《のんき》ですねえ。

凱旋が遅れて古くなったらどうするのかと思いましたが、

「その時にはまた新しいの作るんじゃない？　うちに注文してもらえれば御《おん》の字よねえ」

だそうです。ああ、貴族の人達って……。まあその無駄遣いのおかげで売り上げが上がってるんですから、文句言ったら罰が当たりますね。

貴族の方達がそんな風に構えていられるのも、勇者は今まで一度も魔王に負けた事がないからでしょう。一度でも負けていたら今頃この世界、滅んでますから。

だから彼らのあり方も、それはそれでいいんだと思います。上が慌てると下はもっと慌ててしまいますし。それで我が商会も潤うのなら、いい事なんでしょうね、きっと。

勇者が凱旋したら戦勝祝賀会だのなんだので、文字通りお祭り騒ぎになりますから、わが商会も稼ぎ時となるでしょう。でもそれ、まだ先のはずですよね。勇者はまだ出立すらしていないんですから。

では何故今こんなに忙しいのか。そりゃあすぐ作れる小物や、以前作ったドレスの手直し作業が山のようにやってくるからですよ！

小物はまだしも、手直しの方は作り直しするのかという程、デザイン変更を言い渡してくる顧客もいるんです。新しいドレスを作った方が早いくらいに。

当然それなりの料金が発生するんですが、使っている布地が今現在手に入りにくかったりなんだりという理由で手直しを求めてくるんです。ああ、お金持ちってすごいです。

ちなみにそれらは今すぐ使うものなので、必然的に急《せ》かされる作業と相成る訳です。王宮では、連日のように勇者を中心とした夜会だなんだが開かれているそうですから。連日そんなものに出ていたら、体力削られそうですけど、貴族の人達って結構強いんですね。男性のみならず女性も。

そういえば、王宮で開かれるからといって国王主催とは限らないのだそうです。これは最近教わりました。

何でも許可さえ取れれば、貴族の方でも王宮で舞踏会やら夜会やらを開く事が出来るんですって。でもそれには結構なお金がかかるんだとか。

なのでお金を持っていないと、貴族でも王宮の広間を借りる事は出来ないんだそうです。お金さえあれば平民でも借りられるものなのでしょうか？

「まず無理でしょうね」

エセルがなんでもない事のように答えてくれました。ああ、やっぱり平民には貸せないってとこですか。口には出しませんでしたが、顔に出てしまったようで、エセルはくすっと笑って続けました。

「違うわよ。使用料が平民には払えないような金額だから、よ」

およその金額を聞いた所、文字通り桁違《けたちが》いで驚きました。目の玉が飛び出るほど、という比喩《ひゆ》がありますがまさしくそれです。私なんぞが何年働いても、とても払える金額ではありません。

「それを貴族は払える……と」

「全ての貴族が払える訳じゃないけどね。つまり王宮の広間で夜会やら舞踏会を主催するって事は、それだけの財力がその家にはあるっていう事になるわけ。一種の見栄よね」

「見栄だけでそんな金額を？」

「そうよ。貴族っていうのはね、見栄だけで生きてると言っても過言じゃないわ。だからこそ自尊心を傷つけられるのを一番嫌うの。貴族相手の商売もしている以上、その事だけは忘れちゃだめよ。うちの店だって、その見栄のおかげで儲《もう》けさせてもらってるんだから」

私が直接貴族の人に会う事はないと思いますが、エセルの忠告は忘れないようにしておこうと思います。

そんな日々の中、また勇者に関する号外が配られました。

「出立パレードやるって！」

号外を握りしめてエミーが飛び込んできました。どうやら出勤途中でもらってきたようです。

私は日課の掃除を終えて、丁度掃除道具を片付けている所でした。他の面々も揃い始めて、仕事道具を取り出しています。

「何？　出立パレードって」

「ほら！　勇者様が討伐に出るでしょ？　その出立に際して王都の大通りでパレードを

やるんですって！　ほらここ！」

　エセルの問いにそう答えると、エミーは手に持っていた号外をテーブルの上にばん！と広げました。そこには確かにでかでかと『勇者様出立パレード決定！』と見出しが出ています。

「見てよ！　明後日《あさって》の朝だって！　大通りっていったら店から近いじゃない!?　みんなで見に行こうよ！」

「明後日って、また急ねー」

　誰かのその一言と一緒に、私も紙面を覗《のぞ》き込んでしまいました。本当に明後日って書いてありますよ。これだと、王都とその周辺に住んでる人しか見られませんね。もしかして、その為の急な発表なんでしょうか。いきなり大勢の人が詰め掛けてしまっては、大変な騒ぎになりますから。

「って事は出立が決まったのかー」

「だから一昨日《おととい》辺りから仕事が一段落したのね。勇者様が出立なさるなら、今までみたいに頻繁に夜会だなんだは催《もよお》されないもん」

　そういえば、工房は一昨日から通常の感じに戻っていましたね。殺気だっていないっていうか。通常でも十分忙しい店ではありますが、あの殺人的な忙しさはまた特別です。

「パレードって、それ、ちょうど店を開ける時間帯じゃない。無理だって」

同じように覗《のぞ》き込んだエセルが呟《つぶや》きました。明後日は店休日ではありませんから、普通に店も工房も開けています。エミーはエセルの指摘に頬を膨らませました。

「えー？　店開けたって誰も来ないよ！　みんなこれ見に行くもん」

「それでもよ」

「いいよ。オーガストさんがいいって言えばいいんでしょ!?」

エミーは余程《よほど》パレードが見たいのか、そう言うが早いか、号外を持って店の方へ駆けだして行きました。オーガストさんは今店にいますからね、直談判《じかだんぱん》しに行ったようです。

その背を見送るエセルは呆《あき》れ混じりに苦笑しています。

「まったくエミーったら……」

「でも気持ちはわからないでもないわよ。私だって見たいって思うもの。そうそうある事じゃないし、良いんじゃない？　今は予定もそんなに詰まっていないわよね」

道具を広げながら、エリノーラが微笑んでいます。いつもと変わらぬ穏やかな様子でそう言われれば、エセルも溜息を吐《つ》く以外にないようです。

「まあ……後はオーガストさん次第かしらね」

工房内は、すっかりパレードを見に行くような雰囲気になってしまっています。正直私は行きたくありません。

大通りでパレードをやるのなら、きっとたくさんの人が見に行くでしょう。その人込みの中で、グレアムが私に気付く可能性は低いとは思います。でも彼は目がいいですからね。気付かれたくない、でも気付いて欲しい。相反する想いが心の中でぐるぐると巡ります。

言葉を発せずもくもくと自分の作業の準備をする私を見て、エセルが不思議そうに声をかけてきました。

「ルイザ？　あなたは勇者様に興味ないの？」

ええそうです。そして大嫌いです。あれほど信用ならない連中はいませんよ。平気で嘘吐《つ》くんですからね。まあ私に対してだけですけど。

でもそんな事、ここで言えるはずありません。適当にもっともらしい事を言って誤魔《ごま》化《か》します。なんだか誤魔化しばかりがうまくなっていくようですよ。

「ううん……ただ今作ってる飾り、ちょっと難しくて。それでどうやればうまくいくか、その事で頭がいっぱいなの」

「ああ、それね……本物の花らしく、って注文だったものね」

私の誤魔化しは功を奏したようです。エセルには同情するわ、という目で見られてしまいましたよ。

実際、今作っている花飾りへの注文は結構厳しいものでした。これまでの花飾りと言えば、一目見て飾りですとわかる代物《しろもの》ばかりだったんです。それでもまあ、凝《こ》った作りにはしていましたよ。それが売りな訳なんですから。

なのに今回は本物の花と見まがうばかりのものを作れ、ですからね。どうやれっていうんでしょうか。何度も試作品を作ってはお伺いを立ててるんですが、どれも芳《かんば》しくないんですよね。

一番の問題は萼《がく》と茎の部分でした。布だけで作ると、茎がくたっとなってしまうんですよ。萼の部分は、布を詰めればなんとかなりそうなんですが。

これにはさすがのオーガストさんも型紙担当の二人も頭を痛めていて、私も製作の前段階で相談を受けました。

今のところ花部分のみの製作を進めています。小さい花びらを布で作って、それを布用のノリを使ってつなぎ合わせていくんです。

ちなみにこの飾りの注文主、なんと王女殿下だそうですよ。一番上の。王家からも注文が来るなんて、すごいですね、この商会。

勇者凱旋《がいせん》の夜会に着たいので、それまでに仕上げるように、だそうです。今から凱旋の準備ですか。って事は、もしかしなくても王女殿下も勇者狙いなんでしょうか？　あり得ない話ではありませんが。

今回はもしかしたら王女、魔法使いの公爵令嬢、ちびっ子女神官の三つ巴《どもえ》かも知れません。そんな事を考えていたらまた顔が険しくなっていたようで、エセルに言われて眉間をもみほぐす羽目になりました。ここの皺《しわ》は癖になるのに。

森の中を歩いています。ああ、これ、いつもの夢ですね。隣にはグレアムがいます。手にはカゴ。木の実か何かを拾いに、森に入った時の記憶でしょうか。故郷にある森は、中程《なかほど》までなら子供達だけでも入っていい事になっていました。

ただし絶対に、一人で行かないようにとだけ言われていました。私はいつもグレアムと一緒に行っていたんです。たまにフェリシアや他の幼なじみ達も一緒に行く事がありましたが、基本は二人だけでしたね。

『たくさん摘《つ》めるかな』

『大丈夫！　たくさん摘めるよ。お天気が続いていたから、きっと熟《う》れておいしいよ。それに少し開《ひら》けた所にあるの見つけたから、お日様が当たってたくさん実がなってるよ』

ああ、何かの実を摘みに行った時の思い出ですか。森の中は季節によって採れるものが異なりますから。甘い実なんかは、おやつ代わりによく摘《っ》みに行きました。

森の中でもおいしい実の見分け方とか、木のどの辺りに成っているとか、幼なじみの中では一番私が詳しかったんです。それもそのはず、前世の記憶からの知識でした。

この頃は実際の年齢と同じくらいの前世の夢を見ていた頃です。その中で得た知識を、実生活でも使い始めていた頃でした。

夢の中のグレアムは、不思議そうにこちらを見てきました。

『ルイザは本当に、そういう事をよく知ってるよね』

『教えてもらったの！』

『誰に？』

『あ……えーとね、夢で見た人』

ああ、そうです。そういう事を言っていました。本当は夢で見た前世の記憶なんですが、それをうまく説明出来なくてこう言ったんです。どのみち大分怪しい発言ではありますが。

こういう事を言うと、相手がどう思うのかまだわからなかった頃です。その後少しずつ言ってはいけない、言わない方がいいと学びました。

でもグレアムは、気味悪く思ったりしなかったんです。どころか目をキラキラさせて、すごいと言っていました。

『すごいよ！　ルイザ。夢で教えてもらえれば、ルイザはすごい物知りになれるね！』

今から考えればそれもどうかと思う発言ではありますが、あの時の私はすごいと言われたのが嬉しくて、ご機嫌になっていました。

夢はそこで覚めました。想いを振り切るように故郷を出ましたが、記憶を消去出来ない以上こうして夢に見続けるんでしょう。そろそろこの夢にも慣れてきそうです。

今日は涙を流さなくて済みました。鏡の向こうの寂しそうな自分の顔を覗《のぞ》き込んで、小さな溜息を一つ、吐《つ》きました。


結論から言えば、エミーはオーガストさんを説得する事に成功したようです。明日は午前中店を閉めて、みんなで大通りで行われる「勇者様出立パレード」の見物に行く事が決定しました。

逃げちゃダメですか？

「王都の人のほとんどがパレードを見に行くだろうからね。食堂なんかはかき入れ時になるかも知れないけど、うちは違うから」

それが、オーガストさんが店の半休を決めた理由だそうです。ああそうですか……。

いっそ私は食堂辺りに職を求めた方が良かったのかも知れません。職業選択間違えたかしら。

仕事が終わり、上の自室に戻ると、窓から外を眺めます。この窓からは、かろうじてですが大通りが見えるんです。

明日は、あそこをグレアムが仲間と共に通るんですね。故郷の街で見た姿が最後だと思ってたのに、当てが外れてしまいました。

この同じ王都で、彼は今頃出立の準備に追われているのでしょうか。それとも同行者の誰かが、全てやってくれたりするんでしょうか。女性が二人もいますから。

ただ神官と貴族のお嬢様では、仕度云々《したくうんぬん》はないかも知れませんね。神官はまだしも、貴族のお嬢様なんかはお付きの人が身の回りの事をしますから、他人の世話などした事ないでしょうし。

勇者となったグレアムは、今まで王宮で過ごしていたそうです。王宮で何をやってたかと言えば、有力貴族との会談やら経路の確認やら同行者との顔合わせやらだそうですよ。全て新聞からの情報です。会談なんかは置いておいても、経路の方は大事ですから自分で確認しているでしょう。

勇者の記事が載っている号の新聞はどこでも人気らしく、すぐになくなる事もあるようです。でもまたすぐに刷られて店に出るんです。勇者関連のものは欲しいと言う人が多いので、新聞を出す側としても対応するんだそうです。でないと争奪戦になりますから。

おかげで私も勇者関連の記事が載っている新聞は、全て手に入れる事が出来ました。見たくないと思う反面、やっぱり知りたいんです。この矛盾《むじゅん》する想いは、いつになったら消えるんでしょうね。いい加減楽になりたいのに。

ここしばらくの夢は、子供の頃のものばかりです。思えば、あの頃が一番幸せだったのかも知れません。両親がいて、グレアムがいて、友達がいて、何の憂《うれ》いもなく毎日が充実していました。

今も仲間はいますし、仕事は充実していると思います。でも家族はなく一人ですし、彼もそばにはいません。憂いは、日々小さなものが蓄積されていくように感じます。さすがにこの年になって子供の頃のように無邪気に過ごす、なんて事は出来ませんから。

本当に、どうして彼が勇者なんかに選出されたんでしょうか。勇者なんかにならなければ、あのままでいられたのに。そんな事ばかり最近は考えてしまいます。

窓から空を見上げました。明日は晴れるでしょうか。グレアムは結構な晴れ男だから、あまり心配はしていませんけど。

そして当日、抜けるような青空なのはやはりグレアムの晴れ男体質のせいでしょうか。何だか憎らしくさえ感じます。何が、とは自分でもわかりませんが。

今日は朝も早くから商業区のみならず、王都中がなんだか浮かれているような感じです。それもそうですね、勇者がようやく大魔王討伐に出立するんですから。

エドウズ商会の面々は、ブルーバード通りの入り口付近でパレードを見る事になりました。そこも既《すで》に人で一杯なんですけど、大通りよりはまだましのようです。

大通りの方は、それこそ沿道からあふれるのではないかというほど、人が群がっています。それを整理する「見回り組」という街中《まちなか》の警護に当たる人達も出ていて、なんだかもの凄い状況です。

パレードは王宮の正門から始まって、王都の西門までだそうです。そのまま勇者一行は、西門から大魔王討伐の旅に出るという訳です。

大通りの沿道を埋め尽くした人達から感じるのは、あからさまな期待感ばかりです。勇者様が魔物を倒してくれる、勇者様が大魔王を倒してくれる、勇者様が自分たちを救ってくれる。

なんだか目眩《めまい》を起こしそうな気分です。今までの勇者も、こんな期待感を背負って旅立ったのでしょうか。これは私の知らない部分ですね。

前世のあの三人がどういった経緯を辿《たど》って魔王を倒したかなんて、残された私には知るよしもなかった事です。今のように新聞などありませんでしたから、逐一《ちくいち》知る事なんて出来ません。都の人達は知っていたのかも知れませんが。

気を取り直して周囲を窺《うかが》っていると、沿道の人々の歓声がひときわ大きくなりました。勇者一行が来たようです。

私は、なるべく人の後ろになるように立っていました。元々平均的な身長ですから、人の波に完全に呑まれてますよ。それでも人の頭の隙間《すきま》からなんとか大通りが見通せます。助かりました。いや違うか。見えなくてもいいんですよ、見えなくても。でもやっぱり見たい。複雑です。

みんな手を振ったり大声を上げたりして勇者一行の出発を祝っています。無事帰ってくるという保証はないんですけど、今まで一度も負けた事はないですからね。今回もそうだと思っても何の不思議もありません。

私も彼等が負けると思った事は、ありませんでした。これまでの四回の人生で、ただの一度も。

考えてみたら不思議なものですよね。絶対なんてあり得ないのに。どうしてそこまで信じる事が出来たのか。

「あれ！　先頭は男性よ！　あれが勇者様!?」

周囲の声に負けないように、大声を張り上げたエミーが誰に聞くでもなく聞いています。人の隙間《すきま》から見える姿は、グレアムじゃありません。ではあれがモンクリーフとかいう騎士でしょうか？

「違うわね！　彼がモンクリーフ、騎士よ！」

エセルの答えにエミーはなーんだ、と興味なさそうにしています。隙間から見える騎士は、騎乗してゆっくりと大通りを進んでいる最中です。

濃い茶色の癖の入った髪が、柔らかそうに額にかかっています。遠目ですが、一番の騎士という割には細い方《ほう》ではないでしょうか。

一番強いとか聞くと、つい熊のような大男を連想してしまいますけど、少なくとも通りを行く騎士はそんな事はないようです。

「次がお嬢様のようよ！」

こちらは顔見知りのせいか、店の面々も興味深そうに見やっています。オープンタイプの馬車に座るのは、金色の髪をした女性です。

この距離でもわかるほどの美人です。彼女が例のレイン公爵令嬢だそうです。ああ、あれだけの美形なら今回は公爵令嬢とくっつく確率が高そうですね。

令嬢の乗った馬車の次も、同じタイプの馬車が続きます。そこには小柄な少女が一人で乗っていました。

白だか銀色の長い髪に、これまた整った容姿の少女です。ただ先程の公爵令嬢に比べると、少々幼い印象がぬぐえません。

そばでエミーが「あれが神官のリンジーよ」と言っていました。なるほど、彼女がですか。今のところ公爵令嬢の方が有利そうですね。

ここまでに同行者のほとんどが通りました。という事は次に通るのが……

「勇者様だ！」

「勇者様だぞ！」

「素敵ー!!」

「勇者様ー!!」

「勇者様ー!!　こっち向いてー!!」

男性の声も凄いですが、それ以上に女性の、いわゆる黄色い歓声がものすごいです。

「えー!!　どこどこ!?　勇者様!?」

「あ!!　あそこ!!」

「あれ!? あの人が本当に勇者様!?」

店のみんなも興奮しているようです。周囲の人達の興奮も絶頂といった具合です。

唯一人、私だけがその興奮の中で冷静に見ていました。多くの人の隙間《すきま》から、ほんのわずかに窺《うかが》える彼の姿を。

馬上のグレアムは街を出た時の格好ではなく、青地に銀のラインの入った立派な鎧を身につけています。腰に下げているのも同じ拵《こしら》えの剣で、故郷を旅立った時の様子は全く感じられません。

表情にもどこか自信のようなものが窺えて、なんだか遠い人のように感じます。……いえ、本当に遠い人になったのでした。彼と私を繋ぐものは、もう何もありません。

その時です。前方を見据えていた彼が、不意にこちらに視線を寄越しました。まるで何かに気付いたかのように。

心臓が、止まるかと思いました。

ほんの一瞬、視線が交わったように感じた次の瞬間、ふと彼が微笑んだのです。それは、いつも私に見せていた微笑みでした。どうして。何故ここで微笑みかけたりするの?

それとも私に気付いたんじゃなくて、他の誰か？　特定の人ではなく、集まった人に対して？

いきなりの事に混乱していると、いつの間にか周囲は大騒ぎになっていました。

「きゃあ!!　勇者様が私の方を見たわ!!」

「何言ってるのよ!!　私に笑いかけたのよ!!」

「何ですってえ！　あんたみたいなのに笑いかけるわけないじゃない！」

「ふざけんじゃないわよ、このブス！」

あちこちの女性が似たような事を言っていて、しまいにはとっくみあいの喧嘩《けんか》にまでなっています。見回り組の人達に取り押さえられていますよ。

「危ないから、離れましょう」

そう背後からエセルに言われて、私達はその場から離れようとしました。でも人が多くてすぐには動けないようです。

私も、あんな風に言えたら楽だったかも知れません。ちょっとそう思いましたが、あの喧嘩だけはやりたくないですね。

頭が冷えれば、彼が私を見つけたとは思えなくなってきました。多分何かを見て、それに微笑みを誘われたのでしょう。彼に見つけられたと思うのは、自惚《うぬぼ》れが過ぎるってものですよね。だって結構離れてたし。

徐々に周囲が動き始め、押し合いへし合いが始まりました。私も工房のみんなも、人にぶつかりぶつかられて次第にバラバラになってしまいました。ちょっと、人酔いでも起こしそうです。

人の流れが出来ていて、いつの間にかそれに乗ってしまったようです。どんどん工房のみんなと引き離されていきます。この人込みの中に一人で放り出されるなんて。

その時、背筋を悪寒が走り抜けました。視界が歪み冷や汗が流れ、耳鳴りがします。その耳の奥で、人々のざわめきが聞こえていました。

それは悪意の塊。それは憎悪の塊。頭に直接叩き込まれる、吐き気を催すどす黒い何か。気づけば、呼吸が出来なくなっています。苦しい！

「おい！　大丈夫か？　あんた」

野太い声が聞こえて、誰かの手が私の腕を掴《つか》みました。それを認識してすぐ、私の意識は途切れました。

暗い中を走っています。走っているんですが、足はひどく重くてなかなか前に進めません。それでも何かから逃げる為に、必死で走り続けました。

追いかけられてるのはわかるんですが、それが何なのかまではわかりません。後ろを振り返る余裕すらありません。怖くておぞましくて、逃げたいのに思うように動かない体に苛立《いらだ》ち、それでももがくように足を動かしていました。

やがて背後からとても嫌な感じのするものが追いついてきて、私の手足に絡《から》みつきました。触れられた肌が総毛立つ程気味の悪いそれは、ものすごい力で私を締め上げてきました。

悲鳴を上げたはずなのに、声は出ませんでした。喉の奥に何かが張り付いたように、叫んでも叫んでも声が出ないのです。

あまりの事に恐慌状態《きょうこうじょうたい》に陥《おちい》った途端、その気味の悪いものは私の頭に被《かぶ》さってきました。呑み込まれそうになった私の耳に、誰かの声が聞こえます。

『約束だ』

誰の声なのか、何の約束なのかはわかりません。私はとにかくそこから逃げたくて、めちゃくちゃに手足を動かしていました。怖い、気持ち悪い、おぞましい。

「いやあ――!!」

私は叫びながら起き上がったようです。肩で息をするほど呼吸が荒く、まだ心臓がばくばくと早鐘《はやがね》を打っています。

「気が付いたの!? ルイザ。すごい汗……大丈夫？　叫んでいたけど、悪い夢でも見た？」

そう聞いてきたのはエセルです。よく見れば私は工房の一角にいました。周囲にはみんながいます。こちらを心配そうに覗《のぞ》き込んでいる彼女達の顔を見て、今まで自分は夢を見ていたんだと知りました。良かった。体から一気に力が抜けていくのを感じました。

「あなたパレードが終わった後に倒れたのよ。覚えてる？」

私は、工房の一角に置かれた長椅子に寝かされていたようです。そのそばに椅子を持ってきて、エセルが腰掛けました。

「パレード……」

ああ、そうです。グレアムの出立パレードを、みんなと一緒に見に行っていたんでした。その後、人に流されてみんなとはぐれそうになって、誰かに押されて倒れる寸前に誰かが腕を掴んで、それで……

私は掴まれたはずの左腕を見てみました。夢のせいか、鳥肌が立っています。それだけでなく、細かく震えているようです。夢から覚めたはずなのに、まだ恐怖が抜けません。

「体調でも悪かったの？」

優しい声に、私はふるふると首を横に振りました。何故倒れたのかは、私自身にもわかりません。でも、迷惑をかけたのだけはわかります。

「ごめんなさい、迷惑かけて」

「迷惑なんて思っていないわよ。ああ、でも後でオーガストさんにお礼を言って。彼がここまで運んでくれたの」

あれ？　オーガストさんもパレード、見に行っていたんでしょうか。あの場では見かけなかったと思ったんですけど。

とにかくそれは後でと言わず、今すぐにでもお礼を言った方が良いですよね。私は立ち上がろうとしたんですが、エセルに止められました。

「もう少し横になってた方がいいわ。顔色ひどいわよ」

鏡がないから確認出来ませんが、周囲のみんなの反応を見る限り、相当悪そうです。みんな首を縦に振ってますから。気付いていなかったけど、体調悪かったんでしょうか。

「王都に出てきて、そろそろ疲れが出てくる頃だもんね。無理しないように、なるべく夜は早めに寝なさいね」

「はい」

子供じゃあるまいし、自分の体調管理も出来ないなんて。ちょっと落ち込んでいた所に、オーガストさんが工房に顔を出しました。心配そうな表情でこちらに向かってきます。

「ああ、目が覚めた？」

「あ、あの、運んでいただいて、ありがとうございました」

女で、そんなに大柄という訳ではありませんが、人ひとり運ぶとなったら結構な重労働ですから。オーガストさん細身なのに。それでも運べたという辺り、やっぱり男の人なんですね。

「大した事ないよ。それよりまだ顔色悪いね。今日はもうみんなも仕事にならないだろうから、帰ってもいいよ」

オーガストさんのその一言に、工房のみんなは歓声を上げました。臨時でお休みをもらえるのは嬉しいですよね。

「いいんですか？」

エセルが心配そうにオーガストさんに聞いていましたが、オーガストさんはにこにこと何でもない事のように言いました。

「うん、忙しい時期にみんな頑張ってくれたし。今はそんなに予定も詰まってないでしょ？」

そういう風に言ってもらえるとあの地獄の仕事漬け期間、みんなで頑張った甲斐があったというものです。オーガストさんは工房のみんなの仕事振りも、ちゃんと見ていてくれるんですね。

「わかりました。じゃあそういう事だから、今日はお店は臨時休業だそうよ」

「あー、私店の方に知らせてくるー」

そう言って店側に小走りに走っていったのはエミーです。店には売り子ちゃん達がいますからね。彼女達にも臨時休業を知らせてあげないと。

「ルイザはもう少しここで休んでから、部屋に戻った方がいいわ」

大丈夫だと思うんですが、エセルにそう言われたのでもう少しこの長椅子で横になる事にしました。他のみんなはまだ帰らず、少しおしゃべりしていくようです。

「それにしても、勇者様ってすんごい格好いいのね……」

「いやあ、本当。あんないい男だとは思わなかったわー」

「あれじゃあ王女殿下だけでなく、ご令嬢方が色めき立つのも無理ないわー」

王女殿下も勇者に気があるんですね。じゃあやっぱり今回は争奪戦が凄そうですね。それにしてもみなさん、どうやってそんな情報得ているんでしょうね？

「簡単よう！　うちもそうだし他の店もドレスの注文増えてるからね！　当然採寸の時なんかに雑談するじゃない？　勇者様関連の話題はどこ行っても多かったからねー」

「そんなに言うほどの事かって思ってたけど、あれならありだわー」

ああ、なるほど、女性相手の仕事では雑談ってバカに出来ませんよね。何気ない会話で相手の緊張をほぐすのも大事です。

「勇者様があの色男っぷりだもんね！　貴族のお姫様も金持ちのお嬢様も、熱上げるってなもんよ。まあうちとかは売り上げ上がってありがたい事だわ」

やっぱりみなさん、商魂たくましいですよね。


その日の晩はみんなからの勧めもあって、早めにベッドに入りました。これ以上迷惑をかける訳にいきませんから。早く体調を戻さないといけませんし。

ベッドに入っても、あの奇妙な夢が頭から離れません。一体なんだったんでしょうか。今まで、あんな不気味な夢は見た事ありませんよ。思い出すだけで鳥肌が立つ程です。具体的に何がどうという訳でもないんですが、追いかけられていた事とその追いかけてくるもののあまりのおぞましさに、考えるのすら頭が拒否しそうです。

それと、あの時聞こえた声。「約束」と言っていましたが、一体何の約束なんだか。もしかして、覚えていない前世での何かが原因なんでしょうか。全部思い出した訳ではないの？

内容が内容だけに、誰にも相談なんて出来ないし。眠ってまたあの気味の悪い夢を見たらどうしようと思うと、寝るのが怖くなります。でも寝ないわけにはいきませんからね。

広いベッドの真ん中で、体を丸めて目を閉じました。どうかあの気味の悪い夢は見ませんように。あの夢に比べれば、どれだけ泣く羽目になってもグレアムとの夢の方がずっとましです。

程なく眠りに落ちた私は、その日はこれといった夢も見ず、ぐっすりと眠れました。

六　王国新聞

季節はすっかり移り変わって、もう汗ばむくらいの陽気となっています。王都は相変わらずの活気を呈しています。

我がエドウズ商会も順調で、工房の仕事も相変わらず忙しいです。まあお仕事があるのはいい事だと思ってますよ。

例の花の飾りですが、その後、茎の部分は芯に紙を入れて、緑のリボンをのり付けしていく方法をとりました。

紙を使ったのは程よく固く、程よく柔らかい素材だからです。着る物に紙を使うという発想はなかったらしく、話したらオーガストさんが目を丸くしていました。

「なるほどねえ……これは思いつかなかったなあ」

「本当に……何を見て思いついたの？」

型紙担当のマキシーンまでが興味津々《きょうみしんしん》だったのにはちょっと驚きましたけど。

「何と言われても……子供の頃に作った飾りを思い出して、それで試してみたってところ……かなあ？」

言えません。前世の記憶のおかげだ、なんて。正直、自分でもこんなにうまくいくとは思っていなかったんですよね。それなりに苦労はしましたけど。

今でもあの国でやってるのかどうかは知りませんが、二回目の人生の時に近所の人が紙で芯を作った造花を作っていたのを思い出したので、やってみたんです。知られていないって事は、この国では今までこういう使い方はされなかったんですね。

実は、この紙の巻き方や下処理にちょっとした工夫がいるんですが……それは内緒です。この辺りは私が工夫したものなので、簡単には教えられませんよ。そのせいかはわかりませんが、まだ同じものは出回っていないようです。類似品は出回ってますが。

結構評判が良く、今ではすっかり花飾りはこれが定番となりました。手間がかかるんですがねえ。その分お値段も結構しますから、店の売り上げに微力ながら貢献出来そうです。

この花飾りは大ぶりの物を帽子に飾るのが主流となっています。茎の部分のない、小ぶりの物はスカートの縁飾りとして使われていますよ。

「それにしてもこの花飾りの注文、増えたわねー」

「そうね、余所《よそ》の店では扱っていないから、うちが一手に引き受けてるものね」

「王女殿下には感謝してるわよ」

私の一言に場が沸きます。本当に、きっかけを与えてくれた王女殿下には感謝してますよ。たとえ厳しい要求の果てだったとしても！

「ルイザ！　他の店の子に作り方教えちゃダメよ！」

「ていうか、店以外で作っちゃだめよ！　いつ誰が見てるとも限らないんだから」

「当たり前でしょ！　そんな事。ルイザは店の上に住んでいるんだから、店以外のどこで作るっていうのよ」

「ていうか、自分の部屋では作らないからね？　作業は全部工房でやってるからね？」

本人である私を余所に、周囲がこの花飾りの話で盛り上がってます。工房のまとめ役、エセルもその様子には苦笑していました。

相変わらず工房ではおしゃべりが絶えません。しゃべって仕事のストレス発散、という部分もありますが、このおしゃべりが実は仕事に大きな影響を与えたりするそうです。

たかがおしゃべり、と侮《あなど》ると痛い目を見るのが女性のおしゃべりです。結構そういった所から、有益な情報を得られる事もありますからね。

逆に情報を発信したい時にも、おしゃべりは有効なんだそうですよ。実際ドレスの流行は、意外とお客様とのおしゃべりから誕生していたりするそうです。

中には話すのが嫌いな女性もいたりしますけど、大体の女性はおしゃべり好きで噂好きです。そして新しいものも大好きですね。

相手が話好きかどうかの見極めは大事ですけど、作業中に一言もしゃべらないのはそれはそれで愛想がなさ過ぎて嫌われる要因です。

同じドレスを注文するのでも、感じの良い店とそうでない店とでは、注文する側も考えますよそりゃ。どうせ作るなら、感じの良い所に頼みますよね。

「でも確かにこの花飾りはうちの看板商品になりそうよね」

「え？　いやそんな」

「いやいや〜、余所の店じゃ作れないんだから、立派に看板商品でしょう！　人気も上々だしさ！」

エセルの一言に、さすがにそれは言い過ぎだろうと思ったのですが、エミーはすっかりエセル肯定派のようです。まあ確かに、余所じゃこんな飾りは見た事ありませんけど。

そう考えると、この花飾りを作るきっかけとなった王女殿下には本当に感謝ですね。

王女という立場には、ちょっと色々思うところがありますが。

にしてもこの花飾り、実は針と糸をあまり使わないんですよ。その代わりピンセットとノリを多用します。もう裁縫《さいほう》というよりは工作の域です。

今もピンセットで細かい花弁の部品を、萼《がく》の部分にのり付けする作業をしています。

なんだか針仕事が恋しくなりそうです。


あの後も、新聞はグレアム達の活躍を報道し続けています。彼らは、破竹《はちく》の勢いで魔物退治を続けているそうです。

「そういえば勇者様一行、もう大分進んだんでしょ？」

「うちの国にはそこまで強い魔物っていなかったって言うからねえ。新聞じゃあいくつか向こうの国にまで行ってるってあったわね」

そういえば街が魔物に襲われて壊滅《かいめつ》した、なんて話は聞きませんね。国内の情報なら、それこそ新聞に載るでしょう。普通の魔物でも襲われればひとたまりもないんですから、強い魔物なんていないほうが良いに決まってますよ。

そんな普通の魔物達も、勇者の力に引かれてか、はたまた勇者を倒す本能のせいか、大挙して移動しているそうです。おかげで国中の魔物は消え去ったようですよ。目撃情報が激減していますから。その代わりと言ってはなんですが、勇者の行く方向に目撃情報が集中しているそうです。

「じゃあもう隣の隣の隣の国くらいに行ってるのかしら」

「どころかもっと先まで行ってるって書いてあったわよ、新聞に」

確かにありました。今は聖地のそば近くの国にいるそうです。そこに少し大きめの魔物の集団がいて、その集団を統括する魔物を退治するのが今の所の目標のようです。聖地の近くにも魔物って出るんですね。強い魔物は神官でも手に負えないっていうから、仕方ないんでしょうか。

新聞はじきに退治が成功すると報道していますが、どうなんでしょうね。いや、こんなところで倒れられても困りますけど。ちゃんと本懐《ほんかい》は遂げてもらわないと。苦しい思いをしてまで離れたんですから、せめて勇者としての使命は果たしてほしいと思いますよ。たとえ私のもとに戻ってこないとしても。その可能性大ですが。

「勇者様達には頑張ってもらわないとねー」

「そうそう、私らが王都でのんびり過ごせるのも、勇者様方のおかげなんだから」

こんな風に、工房でも勇者の話題は尽きませんよ。その度《たび》に、仕事に集中する振りして話から外れます。うっかり話に付き合ったら、余計な事まで口走ってしまいそうですから。

そして新聞は、いらない事まで教えてくれます。グレアムを巡る恋の話です。どうやら公爵令嬢が彼に想いを寄せているのは周知の事実らしく、新聞にもそう載っていました。

この間はその令嬢自《みずか》ら新聞のインタビューに答えて、その心情をそれとなくですが語っていました。ああ、そうですか、と生ぬるい目になってしまったのは仕方のない事と思っていただきたい。

新聞には、グレアムもまんざらではない様子だと書かれていました。……やっぱり今回は魔法使いとくっつくんですか。公爵令嬢でもありましたね。では末は公爵閣下ですか。ああ、だめ。その事を考えると、どうしても心がやさぐれていきます。

そうそう、故郷からフェリシア経由で手紙がきました。デリアおばさんからです。

『おばさんから手紙が届いたから、そっちに送ります』

そう綴《つづ》られたフェリシアからの短い手紙が添えられた封書が、私のもとにやってきました。綺麗な押し花の入った便せん。デリアおばさんのお手製です。

『ルイザへ
元気にやっていますか？　こちらはみんな元気ですよ。地方都市は近いしフェリシアが同じ街にいるとはいえ、一人暮らしで不便はしていませんか？

新しい仕事場はどう？　周囲の人とはうまくやれてる？　あなたはフェリシア程ではないにしても、人付き合いは下手ではないから、その辺りはあまり心配してはいないけど。

街の周辺では、もう魔物の心配をしなくてもいいようです。この間、神官の人がそう言っていました。もう少し早くこうなっていれば、と思わない事もありません。複雑だけどね。

あれ以来新聞でグレアムの事をよく読みます。あの子も元気にやってるようで一安心なのだけど、やはり心配はつきません。あの子はお父さんに似て、何考えているかわからないところがあるから。

簡単にお休みはもらえないとは思うけど、たまには帰っていらっしゃい。家がないからなんて考えるんじゃないわよ。うちに泊まればいいんだから。

うちは、第二のあなたの家だと思っています。だから遠慮せずに帰っていらっしゃい。

それではくれぐれも健康にだけは気を付けてね。

デリア・ウィンウッド』

おばさんの文字。お隣の家の庭先によく咲いていた花で作られた、押し花の便せん。優しい気遣いに、涙が出てきそうです。

まだ王都へついてからそんなに経っていませんが、それでもやはり懐かしいと思うものですね。

お隣のデリアおばさんは亡くなった母の親友でもあります。そのせいか小さい頃から可愛がってもらっていて、ずっと家族ぐるみの付き合いがありました。そのおばさんを騙《だま》している事になるんですね。

おばさんだけでなく、他にも色々とよくしてくれた近所の人達をも、ですが。あの人達は、私が地方都市にいると思っているはずです。

もういっそ、本当の事を言ってしまってもいいんじゃないかと思う時もあります。でもそうすると、グレアムとは別れたという事まで言わないとならないんです。ならせめて彼が討伐から戻ってくるまでは、このままでもいいか、とも思います。

勇者が帰ってくれば、その隣にいるのが私じゃないと誰もが気付くでしょう。グレアムは母一人子一人だから、デリアおばさんをとても大事にしています。結婚相手が決まったら、絶対に挨拶に連れていくでしょう。

そうか、そこでグレアムの口から心変わりをしたと言ってもらえばいいんですね。そのくらいはするべきですよ。説明責任は向こうにあります。私に落ち度はないはずですから。あのデリアおばさんですから、グレアムと別れた後でも変わらず接してくれるとは思いますが、それでも私があの街に帰る事はもうないでしょう。グレアムが戻る前も、戻った後も。私は故郷を捨てたんですから。

勇者の動向を知る事が出来る唯一の媒体は新聞です。さすがに新聞記者が勇者一行と共に旅をする事は出来ませんが、世界中に散らばる神殿を通して、彼らの行動を逐一取材して報道する事が出来ます。

そんな新聞は今は勇者一色になっていますが、よく見るとその地方ごとの特色を出していたりもするそうです。

王都で発行される新聞には、当然のように王都での出来事も載ったりします。今何が起こっているか、何が流行っているか。その辺りが詳しく載っています。

「あー!!　順位が落ちてる!!」

朝っぱらの工房に、エミーの悲鳴が響きました。

「え？　本当に？」

エセルが心配そうにエミーの指し示した箇所を覗《のぞ》き込みましたが、一瞬で呆《あき》れた表情になりました。

「ほらここ！　見てよ!!」

「どれどれ……って、これお菓子の店の順位じゃない」

「そうよう！　私のご贔屓《ひいき》の店が、二位に転落してんのよう！　どういう事よこれ!?」

「はあ？　知らないわよそんな事。まったく、うちの順位が落ちたのかと思ったじゃないの」

そう、王都のお店の順位が載っていたりするのです。載るのは大体十日に一度程度なんですが、結構これで店の人気が左右されたりするんですよ。そして人気は店の売り上げに直結します。なので店をやってる人達は割とこまめに見ています。

これ、地元の新聞にはなかったんですよ。地元でもやればいいのに、って思いましたけど、あそこじゃあ順位付けられる程店がないですからね。

そこ行くと王都は違います。順位は上位十位までしか掲載されませんが、王都にはそれは多くの店がありますからね。うちと同じ服飾関連で見たって、十や二十どころじゃありませんよ。

「うちの商会はどの辺り？」

「今の所、服飾関連では一位よ。ありがたい事にね」

私の問いに、先程までエミーと言い合ってたエセルが少し嬉しそうに教えてくれました。自分が所属する商会が一位って、嬉しいですよね。

店の順位は、種別ごとになっています。先程のエミーご贔屓の菓子店は、もちろん菓子店部門、うちのエドウズ商会は服飾店部門です。

ちなみに新聞は基本庶民向けなので、貴族御用達《ごようたし》の店はあまり入りません。でもそれは、別に彼らにとっては不名誉ではないんですって。逆に名前が載ったりしたら、庶民派の店と同列に見られたとして屈辱と感じるんだそうです。難しいんですねえ。

「今回も大きな変動はないみたいね」

エミーが持ち込んだ新聞を、私も横から覗《のぞ》かせてもらいます。こういう順位付けは結構好きですよ。新しいお店を見つけるのにも役立ったりしますし。

「家具部門でもジェフリーの工房が相変わらずの一位だわ」

「あ、本当」

ジェフリーの工房というのは、工業区にある工房が営んでいる直売《ちょくばい》の家具の店です。近所には同じような直売を行っている家具の工房が集まっていて、「家具通り」と呼ばれる一角を形成しているんです。

王都に着いてすぐの頃、ここでいくつか大型の家具を購入したんですが、デザインも使い勝手もとても良くて気に入っているんです。

他にもいろいろな部門のお店が、上位十位まで掲載されています。中には武器防具部門なんて、私には一生縁のないだろう部門もあったりしますよ。それにしても。

「いつも不思議なんだけど、こういう店の順位って、一体誰が決めてるのかしら？」

「ルイザは知らなかった？　ほら、ここ」

そう言ってエセルは新聞の一ヶ所を指し示しました。なになに？

『次の投票の締め切りは今号発行日より八日後です』

「これって……」

「店の順位は一般庶民の投票で決まるって訳。でもこれだけじゃあないのよ。新聞社が独自で調べる項目があるって聞いてるわ。でも私達もこうして投票って形で参加出来るのよ。面白いっちゃあ面白いわよね」

はあ、なるほど。自分が好きな店に投票するのも、ありな訳ですね。じゃあエミーはもちろん。

「よし、八日後ね！　早速《さっそく》今日のうちに投票してこなきゃ！」

ああ、やっぱり。もの凄く気合い入っていますよ。仕事の最中でも、ここまでの気合いは見た事がないかも知れません。

「投票って、誰でも出来るの？」

「出来るわよ。新聞売ってる店ならどこでも投票箱が置いてあるの。四角い木の箱、見た事ない？」

「ああ、あれ？」

新聞はあちこちの角で売ってたり、雑貨屋さんなんかでも取り扱っていたりします。そのどの売り場にも、四角い、木の箱が置いてあるんです。あれが投票箱だったんですか。

「その投票箱に投票用紙を入れるだけよ。投票用紙は新聞の一番後ろについてるわ。ほら、これ」

そう言ってエセルは新聞をめくって、最後の面を見せてくれました。本当にそこには投票用紙が印刷されています。

「これに書き込んで投票するだけ。これ以外の紙で投票しても、無効になるのよ。ちゃんと魔導で調べるから、不正は出来ないんですって」

なるほどー。投票したかったら新聞買えって事ですね。ご贔屓《ひいき》の店の順位を上げたいと考えたら、一人で何枚も投票用紙を入れれば上がるんです。その投票用紙の分だけ新聞買わないとならないから、新聞の売り上げも上がるという訳ですね。うまい手考えますね、新聞社も。

まだお仕事が始まるまで間があるので、エミーに借りた新聞を読んでみます。……ちゃんとお仕事終わったら買いに行きますよ？

王都で起こったあれやこれや、今流行ってる食べ物やお店、服飾関連の流行も載っていたりします。まあほとんどが庶民向けなので、うちで主に扱っているドレスに関するあれこれはあまりありませんが。

それなのにどうしてうちの店が一位を取れるのかといえば、店頭で扱っている品がいいからなんですよ。その辺りは新聞でも取り上げてくれてます。

店に置いてあるのは、買ってそのまま使える小物が中心です。特にこの所は帽子とバッグの売れ行きがいいようです。あ、私の作った飾りもそこそこ売れているようですよ。

後、最近始めた女性用のシャツが人気商品なんです。これはサイズを測って作るものですから、店には出していないんですけど、見本品は飾ってあるんです。これが素敵だと評判なんですね。

余所《よそ》ではあまり見ないデザインで、これだけいい仕立てなのに余所よりお値段が安い、という事でも人気なんです。

今出してるのは夏物のシャツとスカートですね。既《すで》に予約が多数入っている程の人気っぷりですよ。

そして新聞には、あまりいいとは言えない話題も載っていたりします。やれどこそこで強盗があっただの、どこそこで火事があっただの、人が殺されただの。でもこういう記事も、防犯意識を高めるという意味合いからも大事なんでしょう。

「あ……」

ふと目に入ったのは、小さな記事でした。思わず見落としてしまいそうな。珍しい。最初に思ったのは、それでした。勇者の記事がこんなに小さいなんて。でも読んでみて納得しました。たいした情報じゃないんですね。

『勇者様、東方の遠地にて神殿を見舞う』

東方の遠地。この国から遥か東の方にある、遠い国の神殿まで到着したという事ですか。

勇者関連の記事は、全て神殿経由で新聞社に送られてきます。だから日にちにずれが生じる事が多いそうです。

だからこの記事も、実際には数日前の事なのかも知れません。記事が小さいのは特筆すべき事柄ではないからでしょう。勇者が訪れた先の神殿を見舞うのは義務だからです。

神殿は、勇者が次に向かうべき都市や国を指示します。それに訪れた勇者から魔物の情報を得るのも、神殿の仕事です。

どの辺りまで魔物の掃討《そうとう》が済んだかの情報をまとめて、中央神殿に送るのだそうです。そうして神殿側が魔物の動向を押さえておくという訳ですね。

その情報が、神殿から商人や旅人などに無償で提供されるんです。危険な場所がわかっていれば、そこを回避して安全な経路を使えますから。

中央神殿が情報を統括していれば、どの国の神殿に行っても同じ情報を得る事が出来ます。これも立派な神殿の役目なんだそうですよ。

それにしても東の遠国《おんごく》ですか。本当に遠くまで行ってるんですね。

見た事のない場所です。どこかしら？　ここ。元は建物でしょうか？　壁のあちこちが崩れ落ち、ひどく荒れた印象です。崩れた壁の大部分は黒く焼け焦げています。火事でもあったようです。そういえば所々で煙が上がっているのが見えます。

その廃墟のような中を、誰かが歩いています。あの後ろ姿。グレアム？

『やはり無理そうですね』

『ここもか……』

呟《つぶや》く声は、酷《ひど》く苦しそうなものでした。グレアムの隣にいるのは、パレードの時にいた騎士の人です。ちらりと見えた横顔に、苦悩の色が刻まれていました。

『とりあえず、ここはリンジーに浄化してもらいましょう。もう危険はありませんから』

『まだだめだ！』

騎士の人に怒鳴るグレアムは、故郷では見た事もないような表情をしています。何かに追い詰められているような、憤《いきどお》っているような、悲しんでいるような。複雑な表情です。

『心配はいりません。ダイアン殿は外に待たせておきますし、リンジーは若いとはいえ神官です。普通の女性より生死に関わる事が多い分、凄惨《せいさん》な場面にも耐性はあります』

騎士の人が噛んで含めるようにグレアムにそう言いました。彼の言葉を聞いて、グレアムの顔からは段々と険が取れていきました。

『わかった……頼む。……すまない』

最後に小さく謝罪の言葉をつけると、目線を伏せてくるりとこちらを向きました。そのまま騎士の人を置いて歩いてきます。

グレアムはひどく憔悴《しょうすい》しているようです。一体何があったの？　私は彼に向かって手を伸ばしましたが、その手は彼に触れる事なくすり抜けてしまいました。

ああ、これ夢でしたね。

『……？』

グレアムは不思議そうに自分の胸元、先程私が触れようとしてすり抜けてしまった部

分を見ています。

『勇者殿？　どうかしましたか？』

『今……いや、何でもない』

そう言ったグレアムの頬に、わずかながら笑みが浮かんでいました。良かった、少しは気分が上向いたのかも知れませんね。


朝起きて、ベッドから起き上がるまでは覚えていたのに、起き上がった途端昨夜見た夢の内容を忘れてしまいました。何だか、いつもとは違う夢を見たような気がしたんですが。


王国新聞が手広く記事を扱っているのは知っていましたが、その新聞の取材を、まさか自分が受ける日が来るとは思いませんでしたよ！　本当、世の中何が起こるかわかりませんね。

「いやあ、ルイザさんの作ったこの花飾り、王都の上流階級で今大流行だそうですね！」

そう、例の花飾りがただいま上流階級で大流行なのだそうです。おかげさまで店の売り上げも伸びている訳なんですが、私は毎日大忙しでもあります。

そんな日々の合間を縫ってのこの取材でした。店の宣伝にもなるから、とオーガストさんに言われてしまえば断る訳にもいきません。

こんな事慣れていませんから、緊張しまくりですよ。大体庶民派な新聞が、何故上流階級で流行っている品を取り上げるんでしょうか。

と思ったら、庶民「派」なだけであって、上流階級の人が一切読んでいない訳ではないんだそうです。だから今回の取材となった訳ですよ。

「はあ……ありがとうございます」

素っ気ないのは緊張している証拠です。初めての事に、何をどうすればいいのかまったくわかりません。でもここでうまく店の宣伝が出来れば、さらなる売り上げ向上に貢献出来るかも知れませんからね。否やは言えません。

取材にやってきたのは、王国新聞の記者だという男の人でした。メガネをかけて、無精ひげをはやした、ちょっとがっしりした印象の人です。

記者というと、机に向かってばかりでもっとひ弱な人という印象を持っていましたが、目の前の男性はそんな風には見えません。

どちらかと言えば、未だ人が足を踏み入れていない秘境にでも踏み込む冒険者のような、そんな印象を受けます。実際そういう所へ行って取材とかしそうな雰囲気ですよ。

「早速《さっそく》ですが、あの花飾りのできあがった経緯などをお聞きしてもよろしいですか？」

私は正直に王女殿下からの注文がきっかけだったと話しました。

「なるほど。ではあの花は王女殿下のアイデアだったんですか？」

「と言いますか……基本的には『こういうものが欲しい』と言われて作ったものです。『本物の花らしく』という部分は確かに王女殿下からのご要望でした。その後そのご要望にお応えするべく、試行錯誤《しこうさくご》したのは店の従業員です」

どちらかというと私一人の功績ではなく、知恵を出し合った結果生まれた作品という感じです。こういう時一人じゃないっていうのは強いと思います。

では何故私一人で取材を受けているのか。理由は他のオーガストさん、マキシーン、エルヴィラが顧客の間を飛び回っているからです。本当、あの三人はいつ休んでいるんだろうってくらいの仕事振りですよ。

だから三人が店に戻ってくると、誰からともなく心地よく休めるようお茶を出したり、甘い物を出したりするんです。みんな、三人が一番働いている事を知っていますから。

「なるほど……あの花の茎の部分を考えたのはどなたですか？」

「私ですけど」

一瞬、彼の目がきらりと光ったように感じました。何故でしょうか？

「あの茎の部分って、どうやって思いついたんですか？」

「どうって……すみません、それにはお答えできません」

取材を受けるに当たり、事前に言っていい事とダメな事をオーガストさんはじめエセルやマキシーンに、紙に書いておいてもらったんです。その中に、作り方でも重要な部分は言ってはいけないっていうのがあったんです。

今の質問がそれに当たるかどうかはちょっと自信がありませんが、それでも話していけばつい言ってしまいそうだったので、やめておきました。記者さんの方も特に追及する事はなく、引いてくれたみたいです。安心しました。

ただあの飾りも、本物を手に入れて解体してしまえばいろいろわかるはずなんですけどね。その辺りは暗黙の了解ってやつで、飾り付きのドレスを購入した方達は、その飾りを他に流さない、解体させない事になっているようなんです。

約束を破ればどうなるか。この飾りを使うのはほとんどが貴族の女性です。貴族の世界では噂ほど恐ろしいものはないそうで。しかもそのお約束を破ったとなれば、噂はあっという間に社交界に流れるんだとか。

庶民ならその程度、と思いますけど、貴族はそうした噂に自尊心をひどく傷つけられるのだそうです。良くはわかりませんけどね。

その為、今の所、花飾りの秘密は保たれています。それもそのうちばれそうですけど。

いつまでも秘密を保つ事は出来ませんよね。

取材場所は工房の隅だったんですけど、よく見ればみんな仕事そっちのけで耳を傾けていたようですよ。お仕事してくださいね、みなさん。

でもこの記者さん、最初に受けた印象とはちょっと違って見えますね。最初は冒険者のようなその風貌から、ちょっと怖く感じたのですが、話してみるとそんな事ないようです。とても話しやすい人でした。

考えてみたら新聞記者として取材に来てるんですから、話しやすい人でなかったら困りますよね。話を聞かなきゃ記事に出来ません。

そう考えると新聞記者には、おしゃべりの才能も必要なのかも知れません。エミー辺りは結構いけるんじゃないでしょうか。

彼女も顧客とのおしゃべりから、必要な情報を聞き出すのが得意なようですから。本当にどうやってあれだけ聞き出しているんでしょうか？

「じゃあ、リボンよりはレースの方が扱いには気を遣う？」

「それはそうですね。より繊細なのはレースの方ですから」

「レースのリボンだとどうなります？」

「普段以上に扱いに気を配りますよ」

「あの花飾りの花びらのふくらみは、どうやって？」

「小さいこてを使います。本来は別の用途の為のものなんですけど、丁度良かったんで」

「他にも別用途の道具なんかを使ったりは、する？」

「ええ、もちろん。使えるものは何でも使いますよ」

こんな風に他愛もない質問に受け答えしていたら、あっという間に取材は終わったみたいです。でもこんな内容でいいんでしょうか。いいからこそ取材が終わったんだと思っておきます。

終わって正直ほっとしました。やり慣れない事をするのはやっぱり緊張しますね。これで普段の仕事に戻れます。まだまだ今日の分の作業が残っていますから。

記者さんは、手元のメモにいろいろ書き込んでいましたが、それを閉じて荷物の中にしまっています。その様子を見るとはなしに見ていたら、不意に記者さんがこちらを見ました。

「ああ、そうそう。最後に一言」

「はい？」

取材はもう終わったのでは？　私の顔にそう書かれていたのか、記者の方は苦笑混じりに聞いてきました。

「いえ、花飾りとは関係ないんですけどね、勇者様の事、どう思います？」

再び、心臓が止まるかと思いました。


一瞬、グレアムとのあれこれがばれたのかと思いました。故郷の街へ行けば、彼の話も私の話も聞けますから。でも箝口令《かんこうれい》、敷かれていますよね。みんな口をつぐむかしら。

衝撃で固まった口を開くのに、えらくかかったような気がしました。気がしただけで、実際にはそんなに経っていなかったようですけど。

「勇者……様……ですか？」

「ええ。新聞はご存じの通り、しばらくは勇者様の記事で一杯になりますからねえ。今王都でも話題の飾り職人であるルイザさんにも、勇者様をどう思っているか、聞いてみようかと思いまして」

思い過ごしだったみたいですね。ほっとしました。それが相手に伝わらないといいんですけど。

私と勇者の繋がりを、目の前の記者が知ってるはずがないんです。王都には知り合いはいませんし、オーガストさんだって地方都市に来た事はあっても、故郷まで来た事はありません。

そして勇者があの街出身だという事を、知っている人は王都にはいません。というか、故郷の人以外で知っている人はいないはずなんです。勇者の出身は秘されますから。

いくら隠されるといっても、人の口に戸は立てられません。どこからか漏《も》れる可能性はありますが、それすらも国と神殿が一丸《いちがん》となって事に当たれば広まりはしないでしょう。

記者の人も、繋がりがあるから聞いたというよりは、一般的な話題の一つとして振ったに過ぎないようです。変に構えすぎたこちらが悪いんですね。

なんだかこの記者の人は苦手です。心の奥底まで覗《のぞ》き込まれるようで、落ち着かない気にさせられます。

「そうですか……そうですね……大変な使命を負っていらっしゃる方だと思います」

私の答えを、なにやらメモしているのが見えます。こちらに向けられた視線が、先を促しているように見えるのは気のせいですか？

「それで？」

「それで……って何がですか？」

あれ？　やっぱり先を待っていたんですか？　でもこれ以上もう何も言う事はありませんよ。

「もっとこう、素敵な人だ、とか、憧れる、とかないんですか？」

え、そっち？　普通だとそういう感想が出るものなんですか？　でも。

「そう言われましても、パレードの時に見ただけですので」

あの人込みの中で、しかも隙間《すきま》からじゃあろくに見えなかったと言っても通りますよね。本当はすぐそばで見飽きるくらい見ていた顔ですけど。

パレードの時は後で倒れましたしね。嫌な体験でしたが、今なら勇者をしっかり見ていなかったというういい口実になりますよ。

「あ、逆に気にいらない、タイプじゃないってのでもいいんだけど」

「いえ、本当に……」

苦笑しながら言いました。本当に何が聞きたいんでしょうね。言葉を濁《にご》した私に、記者の人はどこか不満げです。

「本当に……よく知らないので……」

嘘です。嫌って程知っています。むしろ誰よりもそばにいました。物心ついた時には、既にそばにいました。本当にずっと、誰よりも一緒にいた人です。でもそれを今ここで言うつもりはありません。

何の為に故郷を捨てて王都まで出てきたと思ってるんですか。って記者の人はそんな事知るわけないですよね。失礼しました。

「いやあ、でもほら、あるでしょ？　噂で聞いたとかさあ」

なんとか誤魔化《ごまか》そうとする私に、記者の人が食い下がってきます。いい加減誤魔化されてくださいよ。いっそ口閉じて愛想笑いしているだけの方が効果あるかしら？

「取材はもう終わったんでしょ？　そろそろ仕事に戻らせたいんですけど」

どうしようかと対応に困っていたら、助け船はエセルが出してくれました。さすが、頼りになります！　いい加減しつこい感じで困ってたんですよね。最初はそんなでもなかったのに、何が変わるきっかけだったんでしょう。やっぱり勇者関連？

そりゃあ新聞は勇者の情報載せておけば売れますけど、だからといって誰かが勇者をこう言っていた、こう思ってる、なんていうのは勇者情報とは言わないと思います。それも一般庶民の私が、ですから。誰もそんなの知りたいとは思いませんよ。

記者の人は、エセルの笑顔の圧力に腰が引けてる感じです。彼女に返す笑顔が引きつって見えるのは、気のせいではないと思います。

「いや、まだ……」

「大体顔も合わせた事のない勇者様の事なんて、それ以上言えるわけないでしょ？　聞く相手、間違えてるんじゃないの？」

エミーも一応助け船らしきものを出してくれましたよ。それに続けとばかりに、今まで聞き耳立てていた他のみんなも、交ざってきました。

「勇者様に興味なくたって、それと飾りの出来は関係ないわよね」

「確か今日の取材って、花飾りの取材よね」

「取材内容ずれてきてるんじゃない？」

「どうせなら王女殿下にでも聞けばいいのにねー」

周囲をぐるっと女性に囲まれたせいか、記者の人が若干慌てた様子に見えます。多勢に無勢ですね。男といえども女の集団には恐れをなすようです。

というか、男性って女性が集まると怖がりますよね。あれ不思議なんですけど。いくら女性の方が数が多くても、基本男性の方が力は上なのに。幼なじみ達もそうでした。

「は、ははは、王家はまた担当が違うからさあ。それにほら、飾りの記事も勇者様絡《から》めていけば、多くの読者に読んでもらえるし」

記者の人はなおも言いつのっていましたが、みんなの雰囲気が変わらないと見るとようやく帰る気配になりました。店の宣伝をしてくれるのは助かりますが、しつこいのは困りものです。

にしても、王女殿下ねえ。本当に勇者狙いなら、王都に残っている分不利でしょうね。

そばにいる公爵令嬢の方が有利でしょう。

荷物を纏《まと》めて帰るのかと思われた記者の人は、最後の最後にまた聞いてきました。笑顔が逆に怖いんですけど。

「じゃあルイザさんは、勇者様には興味なしでいいんだね？」

その一言には曖昧《あいまい》に笑って誤魔化《ごまか》しました。興味ないどころか嫌いですが、ここでそれを言う訳にもいきません。理由を聞かれますからね。

記者の人は両脇をエセルとエミーに掴まれて、半分引きずられる形で裏口へと向かっています。

「はい、お帰りはこちら」

「ご苦労様でした。良い記事、書いてくださいね」

「こ、これ！　俺の連絡先だから！　あ、記事が載ったら新聞持ってくるよ」

妙なガッツを見せた彼は、私に名刺を渡そうと腕を伸ばしましたが、それは別の子に阻《はば》まれて、最後には裏口から文字通り押し出されていました。

「まったく！　王国新聞の記者の質も落ちたわね！」

「何だかしつこい記者だったねー。ルイザ大丈夫？」

「う、うん」

実質被害は何もありませんから。かえって工房のみんなに迷惑かけたようなので、そっちの方が気が重いですよ。

結局名刺は押しつけられたようです。阻んだメイジーから手渡された名刺には、『王国新聞王都本社商業区担当ジミー・バーナード・コーニッシュ』とありました。これを私にどうしろと？

「あら名刺？　もう取材は終わったのにね。まだやるつもりなのかしら」

「ていうか、あれって仕事にかこつけて口説いてたんじゃない？」

「あの内容で？　もしそうならセンス皆無《かいむ》だわね」

「新聞記者なのにダメよねえ」

「ルイザ、それ捨てちゃいなよ」

「取っておく必要なさそうだもんね」

どうしようか考えたあげく、工房の名刺入れに入れておく事にしました。工房には、取引先の問屋の担当者の名刺がたくさんありますからね。

「取っておくんだ？」

「一応ね。何かあったら困るし」

そう言って未分類の箱に、記者さんの名刺を放り込みました。もう取材を受けるなんて事もないでしょうから、二度と会わないと思いますけどね。

七　王都の夏

夏も盛りの今日この頃は、さすがに工房の温度も上がっています。みんなのおしゃべりの話題も、暑さに集中しているようです。

「こうも暑いと集中力が落ちるわよねえ……」

「後で何か冷たいものでも買ってこようかー？」

「それ賛成ー」

……まあ暑さでだれるのはどこでもある事ですよ、ええ。

この夏の流行は、なんと言っても北部で作られるボビンレースとリボンです。かぎ針で編むレースより繊細な模様を描き出すボビンレースは、夏場には欠かせないアイテムです。それに今年はリボンを合わせるのが流行《はや》っているんです。失礼、流行らせたんです。リボンもレースのものや色柄物、それらを組み合わせたものといろいろですよ。ちなみに私の得意はのり付けレースのリボンです。

レースのリボンをちょっと強めにのり付けして、形を整えていくんです。これでドレスを飾るんですよ。

一回洗ってしまうとのりが落ちてしまうので、もう一度作らなくてはならないんですが、これが繊細だと評判になってるんです。

しかも洗ったリボンは、持ってきてもらえば何度でも成形し直すというのも行っています。まあ料金はしっかりいただきますがね。それでも新しいのを買うよりは、全然安いですよ。

今作っているのは、レースと色リボンを重ねて成形した飾りです。しばらく花飾りで工作めいた事ばかりしていたので、針と糸を使う今のリボン飾りは初心に返った気がします。まあ工作めいた事もまだやっているんですけど。のり付け後の成形は、工作に近いものがあります。

そして、忙しくなったのを受けて、そろそろ飾り部門も人を増やそうかという話になってきています。まだ具体的に何人いれるとかはないんですが、近々そんな話にもなりそうだとエセルが言っていました。オーガストさんの方から言われたそうです。

そうなると私にも、職場の後輩が出来る訳ですね。私が入ってからまだ半年も経っていませんから、私より後に入った人っていないんです。なので、これまでずっと私が一番下の新人という事になってました。もっともこの工房は上下関係はほぼありませんから、あまり意味はないですけど。

ただ新しい人が入ると、私が飾り部門のまとめ役をやる事になるそうです。それにはちょっと自信がないですねえ。自分の事で手一杯で、人の面倒まで見られませんよ。エセルとかよく出来るなあと思います。彼女はまた特別気の付く人ですから、当然でしょうが。

「ルイザ、飾り、どのくらいで出来そう?」

そのエセルから、仕事の進捗《しんちょく》状況を尋ねられました。私は手元を確認し、作らなければならない数と今現在出来上がっている数とを比較しました。結果、今日のうちには今製作中のドレスに必要な数を仕上げられそうです。

「今日中には仕上げるわよ。レースの方は明日中かな」

ちなみに、レースの飾りは別のドレスに使います。この言い方でもエセルには十分通用するので、省略しました。

「よし、じゃあこっちのは頑張って仕上げてしまおう。みんな!　これは今日中に仕上げて次に行くわよ」

エセルの声に、ドレス部門の人達が了承の声を上げました。ドレス部門のまとめ役は、エセルが工房のまとめ役と兼任してます。こうやって進行のすりあわせとかをするのも、彼女の役目です。

　今ドレス部門がかかり切りになって作っているのは、夏の舞踏会で使われるドレスだそうです。誰のかといえば、王女殿下のらしいですよ。なので最優先で製作しています。

レースのすかしがスカート部分についたこのドレスは、夏らしく涼やかなドレスです。さすがオーガストさんですね。素敵なデザインです。

　ドレスの型と色は、それを着る時と場所によって厳格に決められています。たとえば、茶会用のドレスを夜会に着ていくなんていうのは絶対やってはいけない事です。

同じように、夜会用のドレスを茶会に着るのもだめです。他にもガーデンパーティー用とか訪問着とか、いろいろ種類があるんです。

　なので、デザインの段階でどんな用途のドレスが欲しいのかを、きちんと確かめておく必要があるんだとか。間違ったら大変ですからね。

　王女殿下のドレスは、特に気が抜けません。いえ、別に他のドレスなら気が抜けるという訳ではないんですが、王女殿下はまた特別という感じなんです。

　例の花飾りの時同様、細かい注文が多い人なんですよね。ただセンスがいいのか、王女殿下が注文したものって、その後社交界で流行するんだそうです。

逆か。王女殿下がお召しになったから流行《はや》る、が正解ですね。普通そういった流行の発信者は王妃様だと思うんですが。

「王妃様はあまり丈夫な方ではないそうよ。だから社交界にもあまりお出にならないって聞いてるわ」

この辺りの情報通はエミーです。一体どこからそんな情報仕入れてくるんでしょうねえ。って、顧客の貴族の方とのおしゃべりですか。

「実際貴族の令嬢や夫人方でなくても、お付きの侍女の人とかからも結構聞けるのよ。こっちも今後流行りそうな小物とか、色柄なんかの情報小出しにするしね」

持ちつ持たれつな関係だそうです。


そうそう、先日取材をもとに書かれた記事の載った新聞が無事発行されました。もっと小さい記事かと思ったら、案外大きく取り上げてくれていていい宣伝になったようです。

あれ以来、店に出す小物とかの売れ行きがいいんです。売り子の三人が嬉しい悲鳴を上げていました。製作担当の私は、違う意味の悲鳴を上げてますが。

エドウズ商会の主力商品はオーダーメイドのドレスですが、既製の小物、ハンカチとか帽子、手袋やリボンなどを店先に出して売っています。あ、もちろん小物のオーダーメイドも受けてますよ。

私の作るリボン飾りや花飾りも、一部は店頭に出すんです。ただ既製品として売るのはものすごく単純な形のものや、昔からある型のものです。

やはり最新のものは注文品にしか使いません。既製品に使うと、いろいろと困った事も起きたりしますしね。上流の顧客が庶民と同じ小物や飾りを持っていた、なんて事になったり、店で買えるようなものはいらないという顧客もいるんだとか。

でも型が単純でも、数が増えればその分手間がかかる訳でして。なので店で小物が売れると、小物担当のメイジー達や私が忙しくなる訳です。

こうした店先に出す小物の製作は、オーダーメイド品のものと並行で製作するんです。だから既製品製作の数が多くなるとそちらに手間を取られて、結果全体的な予定がきつきつになってくる訳です。私達が泣く理由、それは余裕のなさからくるものでした。

そういえばあの後、あの新聞記者、名前は……そうそうコーニッシュさん、彼がちょくちょく出没するようになりました。店ではなく工房に、です。

「やあ！　こんにちは！」

言ってるそばから来ましたよ。二度と会わないと思っていたんですが。

大体は、工房に入る前にエセルに追い払われているんです。エセルが席を外している時には、エミーが面白がって彼を入れています。ああ、今日はエセル、席を外してたんですか。

さすがのエセルも、中に入った彼を追い出す事まではしないようです。大の男を追い出すのは、それなりの労力がいりますからね。

「で？　今日は何の話を持ってきたの？」

早速《さっそく》エミーが彼に食いついています。それにはコーニッシュさんは苦笑で返しています。こんな様子も見慣れるくらいになってしまいました。

「おいおい、情報持ってこなきゃ入れてもらえないのか？」

「あったりまえじゃない」

エミーは、彼からいろいろ情報を引き出そうとしてるみたいですよ。それはコーニッシュさんも一緒だから、なんだか化かし合いのように見えるんですよね。

さすがに新聞記者だからなのか、話題が豊富なコーニッシュさんは工房の面々には気にいられています。エセルはあまりいい顔をしていませんけどね。

話し上手でもあるので、彼が来るとついみんな話に釣り込まれてしまうんです。それで予定がずれ込む訳じゃないんですが、たまに余裕がなくなるのは確かなようです。

「よし、じゃあ今日は市場で仕入れた新鮮な話題を提供しよう」

「ええ？　それって食材の話なの？」

「あら、いいじゃない。安売り情報とかあったら教えてよ」

「大事よね、それ」

こんな感じで、女性の好みそうな話を持ってくるんです。こうしてみると、話題の選び方から情報の出し方から、そつなくこなしている人ですよね。

来るのも朝の早いうちから、昼の休憩時を狙って来ています。一度忙しい頃に来て工房のみんなから追い出されたからでしょうね。さすがの工房のみんなも、納期に追われている時に部外者のおしゃべりに付き合ったりはしません。ちなみに今は昼の休憩時です。

もっとも昼時に来るのは昼食狙いの気がしてなりませんが。それをエセルが注意したら、今度は食材持って現れましたよ。さすがにあれにはエセルも誰も文句を言えませんでした。

「あ、そうそう。これはその市場で仕入れた新鮮な野菜！」

そう言って葉物野菜を籠《かご》一杯に出してきました。重かったでしょうに。受け取った今日の食事当番が嬉しそうにキッチンに向かっていきます。

そういえばコーニッシュさんからよく夕飯のお誘いを受けるんですが、食事は自炊と決めているので、いつも適当な理由をつけてお断りしています。

それをエセル達に話したら、絶対に誘いを受けてはいけないときつく言い渡されました。行く気ないからいいんですけどね。

取材の時のように勇者について聞かれるのはごめんですよ。聞いてこないかも知れませんが、あの時のしつこさはちょっとやそっとじゃ忘れられません。

何度断っても、コーニッシュさんは誘うのをやめようとしません。なんだかもう挨拶の一部になっているみたいです。

「そういやルイザ、今日の夕飯一緒にどう?」

「今日は昨日の残り物があるからお断りします」

こんな感じですよ。それでもめげずに何度でも言ってくるんですけどね。

そんな調子のコーニッシュさんですが、その後数日は姿を見ない日が続きました。そろそろきちんと仕事しないと、クビにでもされそうになってるのではないでしょうか?

「あの手の輩《やから》は要領だけはいいから、それはないわね」

化かし合いをしているエミーはそう断じています。じゃあ普通に仕事が忙しくなっただけでしょうか。こちらとしては安心なんですが。

「いい加減ルイザに脈なしと思って諦《あきら》めたんじゃない？」

脈って何の事ですか。脈がなかったら死んでる事になりませんか？　そう言ったらエミーはお腹《なか》抱えて笑いながら、

「だめだこりゃ！」

と言ってました。いや、エミーの言いたい事はわかりますけど、まさかコーニッシュさんが……なんて、ねえ。

私の方も、まだ誰かとそういう関係になるような心境にありませんし。将来的にはわかりませんけど。

あの後もグレアムの夢は見ます。今は年齢がばらばらで、中には確かに見たはずなのに内容を覚えていないという夢も含まれています。

何度も繰り返し夢で見ているせいか、最近では起きて泣く事はもうありません。何となく胸にぽっかり穴が開いたような気分にはなりますが、それも仕事を始めてしまえば気になりません。

今は仕事第一、ですから。努力が正しく報われるのは、嬉しい事だと思います。仕事は私を裏切りません。頑張った分応えてくれます。

だから、これでいいんです。これで。

「ただいま～」

オーガストさんが客先回りから戻ったようです。今日は型紙担当の二人と一緒だったんですね。と言っても三人は常に客先回りをしているようなものですけど。

「お帰りなさい、お疲れ様でした」

「いやあ、暑いねえ……。王都でもこんなに暑いのは初めてじゃないかなあ」

そう言いながら、オーガストさんは汗を拭いています。私は冷たい飲み物を三人分用意して持っていきました。

確かにここ数日の暑さは厳しいものがあります。私の育った街は王都より北寄りにあった為、夏でもここまで暑くなる事はなかったんです。

王都ならではの暑さだとばかり思っていたら、そうでもなかったんですね。今年だけが特別のようです。この特別暑い最中《さなか》、外回りをしなくてはならない三人にはご苦労様と言いたいです。

客先回りは結構重要な仕事です。これ如何《いかん》で注文を受けられるかどうかが決まるんですから。オーダーメイドが主流のうちの店にとって、注文を取れるかどうかが大変重要です。安穏《あんのん》と店で構えていたってお客は来てくれませんから、自分達から売り込みに行くんですね。

オーガストさんは最新作の描き出されたスケッチブックを持って、あちこちの顧客を回っています。顧客達はそこに描かれたデザイン画を見て、ドレスを注文するかどうかを決める訳です。

その辺りには、型紙担当のセールストークもかかっています。この二人、専門の型紙作成の他にそんな仕事もしてるんですよ。だから普段から三人で客先を回るんです。

この時期は、秋冬物の新作を売り込む時期なんだそうです。この暑いのに秋物？　と思いますけど、今注文を取って製作に入らないと、秋本番に間に合わないんですよ。ドレス製作には日にちがかかりますから。

「それで、どんな感じですか？」

エセルはドレスの仕上げを止めて話を聞いています。注文数によっては、今後の仕事の配分に関わってきますから。

「うん、どこも順調に受けられたよ」

「そうですか」

ほっとしたエセルの表情が見えます。だけでなく、工房の空気も一瞬和《なご》んだ気がしました。いくら売れてる商会とはいえ、努力なくして維持は出来ません。みんなもそれを知っているんです。

「レース飾りの方も評判いいよ。ルイザ、頑張ってね」

「はい」

オーガストさん直々《じきじき》にそう言われてしまっては、頑張らない訳にはいきませんよね。さて、もう一仕事頑張りますか。

毎日暑い日が続いていますが、ここ数日は工房での話題が「暑い」から外れてますよ。それもそのはず、もうじきお祭りがあるからです。

「聖マーティナ祭はね、夜が本番のお祭りなのよ！」

そう力説するのはエミーです。彼女は今からお祭りが楽しみで仕方ないようです。エミーに限った事ではないですね。みんな楽しみにしています。

聖マーティナというのはここ王都の守護聖女だそうで、水に関わる聖女様なのだそうです。王都は水辺にあるわけでもないのに、何故聖マーティナが王都の守護聖女なのか不思議だったのですが、エセルの説明で納得しました。

「王都のあるこの辺りって、都が作られる前は湿地帯だったんですって」

そして都を作る最中にも水の事故で多くの人が亡くなってるんだとか。それで水に関わりの深い聖女マーティナが守護聖女に迎えられた、という訳です。

さて、この聖マーティナの祭りとはどんなものなのか。

「日中は子供が喜ぶわよ。水かけ祭りだから。まあ大人も楽しんでるけど」

その名の通り、通りに出て誰にでも水をかけていいんだそうです。この日ばかりは、ずぶ濡れ確実なんだそうですよ。

ただしこれには一定の決まりがあって、水をかけていいのは昼の間だけなのだそうです。なので濡れたくない人は、昼は外に出なければいいんだとか。

あと、かけていいのは綺麗な水だけというのもあります。聖女様の為のお祭りですからね。汚れた水は不敬って事でダメなんです。その前に、汚れた水をかけられたら誰だって怒りますよね。

「結構みんな外出てくるわよ。大通りなんて、毎年人でごったがえしてすごい事になってるし。その分足下《あしもと》が水浸しになるのよねー。大通りのあちこちでも水かけまくるから。でもやっぱり人は大通りに集中するわね」

暑い盛りですからね。濡れたところですぐに乾きますよ。それに濡れれば少しは涼しいかも知れません。

日中の祭りがそうなら、夜はどうなるんでしょうか？

「夜は見事なパレードが大通りを練り歩くのよー。魔導で光り輝くような仕掛けが施された山車《だし》がいくつも出るから、夜目にも鮮やかでね」

なるほど。光り輝くパレードですか。それは確かに王都でなければ見られないかも、ですね。

ちなみに私の生まれ故郷の祭りは牛追い祭りだったので、そうした華やかなものはなかったですね。守護聖人が違うので当たり前かも知れませんが。

「最後に大きな花火が上がるから。音も凄いけどとにかく綺麗よ」

その聖マーティナ祭は三日後に迫っています。楽しみですね。おかげで少しは暑さを忘れられそうです。

祭り当日は朝から綺麗に晴れ渡りました。といってもここ数日ずっと晴れですけど。おかげで気温がぐんぐん上昇して大変な事になってますよ。

私が借りてるこの部屋、店の上にあるのにあまり暑くならないんです。屋根に近い方が暑くなるはずなのに、どうなってるんでしょうね？　今度オーガストさんにでも聞いてみようかしら。

この時期、朝起きて欠かせないのがシャワーです。寝汗を相当かいてますし、掃除の時にも汗をかきますからね。冷たいシャワーで汗を流してから、朝食の支度です。パンに卵、葉物の野菜で作ったサラダと牛乳。いつもの朝食風景です。食べ終わって片付けを済ませてから身支度《みじたく》です。

今日は祭りの日なので、濡れても構わないような服装にしないといけません。まあ普段からそんな高級な服は身につけていないからいいんですけど。

濡れたくなければ部屋の中でじっとしているという選択肢もありますが、せっかくなのだから参加しない手はないですよ。ちょっと童心に返りそうな気分です。

結局選んだのは木綿のワンピースでした。重ね着したのは濡れて透けないようにです。自衛は大事ですよね。

いよいよ昼になります。神殿が鳴らす昼の鐘が、祭り開始の合図です。工房のみんなは一度店に集まってから、各々《おのおの》散らばっていくんだそうです。

「別に集まらなくてもいいか、とも思うんだけど、何かいっつも集まっちゃうのよねー」

エセルがそう言って笑っています。うちの工房はみんな仲いいですからねー。でも集まらない人も、中にはいますよ。ほかに一緒に行く人がいるとか、家族で回る人とかですね。

そして鐘が鳴る前には、結構な人数が店の裏手に集まってました。

「みんな！　準備はいい!?」

「もちろん!!」

エセルの問いに、みんないい笑顔で応えています。その手には、各々重そうなバケツがありますよ。中身は言わずもがな、たっぷりの水です。

この日この時だけは、誰に水をかけてもいいんです。ええ、通りを歩いている人なら誰でも。誰に水をかけてもかけられても、怒ってはいけません。お祭りですから。

気にいらない相手に日頃の鬱憤《うっぷん》を込めて水をかけてもいいですし、気になってる相手に水をかけてそこから会話にもっていくのもいいでしょう。さて、私は誰にかけましょうか。

わくわくしながら考えていると、不意に鐘が鳴り響きました。合図です。

「さあ、日頃の鬱憤……もとい、聖マーティナの為に水かけまくるわよ!!」

「おお!!」

エセル……本音がちょっと漏《も》れてますよ。エセルも溜まってるんですね、鬱憤。

今日ばかりはみんなとは別行動です。固まって移動してもいいんですが、それだと集中して水をかけられてしまうんだそうです。

最初の水かけは、近所の子供でした。まだよちよち歩きの子が、お母さんと一緒にひしゃくを持っています。可愛いですね。思わず笑みがこぼれます。

お母さんの方と目があったので、軽く会釈してからかけました。別に挨拶せずにかけてもいいんですが、小さい子なのでいきなり水をかけたら泣いてしまうかも知れませんから。

ひしゃくに少し水を汲んで、そうっとその子の足下《あしもと》にかけました。冷たかったのか、キャアキャア言いながらお母さんの後ろに隠れてしまいましたよ。そこからちょっと出した顔は満面の笑顔です。思わずこちらも笑顔になってしまいました。その子のお母さんも笑顔です。

いいですね、こういうの。住居が店の上なせいか、普段は店からあまり出ない生活をしています。おかげでご近所にどういう人達が住んでいるのか、あまり知らないんですよね。

思えばこれまでは、王都に出てきて生活を整えるのと仕事に慣れるのに必死でした。あっという間に季節は移り、今はもう夏ですからね。早いものです。

今回のこのお祭りは良い機会かも知れません。少しはご近所の方々とも、お付き合いする方向でいこうと思います。助け合い、大事ですよ。

小さい子はお母さんに促されて、私の足下に水をかけました。うまく出来た？　とお母さんを振り返るその姿がまた可愛いです。

「最初に少し濡らしておいた方がいいのよ。これから人通りが多くなればずぶ濡れになるから」

そう言うお母さんとはお互いの肩の辺りに水をかけ合いました。その場で親子連れとは別れて、私は大通りの方へ向かいます。どうせなら人が多い所へ行った方が面白そうです。

よく見ると、子供連れの人は多いようです。近所にこれだけ親子が住んでいるって事でしょうか。大きい子や小さい子、中には親に抱き上げられるような年の子までいます。

親子連れを見ていると、私も子供を産んだらあんな風になるんだろうか、とちょっと思ってしまいます。もしもグレアムが勇者に選出されなかったら。今頃はどうなっていたんでしょうか。

普通に考えれば、あのまま結婚の話が出たでしょう。子供も産まれたかも知れません。フェリシアの所のように。

でも彼はいない。今は討伐の旅の途中で、それが終わっても私のもとには帰ってこない。私は勢いよく首を横に振りました。

とっくに覚悟を決めたはずです。もう恋はしない。結婚もしない。一人で仕事をして生きていく。寂しくても、それが私の選んだ道なんです。

そこからは、道行く人に見境なく水をかけていきました。大体は胸の辺りから下にかけるんですが、意地悪な人は顔にかけてきます。もちろんかけ返しましたよ、顔に。

バケツの水はあっという間になくなります。さて、私が今いるここは、どこなんでしょうね？　商業区からは出ていないはずなんですが。周囲は見覚えのない建物ばかりです。

きょろきょろしてたら見知らぬ人が、

「井戸ならあっちだよ」

と教えてくれました。見れば四十そこそこの男性です。

「ありがとうございます」

にっこり笑って感謝を伝えます。相手もにっこり笑って手を振っていました。こんな時には、知らない人とでもすぐに仲良くなれそうですよね。この調子で、近所付き合いが出来るようになればいいですね。自分の努力次第ですから、祭りの後も気合い入れていきましょう！

井戸には使用権があって、普段は割り振られた井戸以外は使えないんです。でも今日ばかりは、街のどこの井戸を使っても怒られないんです。祭りの間だけは、水の補給はし放題ですよ。

水道が発達した今現在でも、井戸は重要な役割を担《にな》っています。洗濯や食器洗い、野菜なんかを洗うのも井戸を使う人は多いです。私は外に出るのが面倒なので、部屋の中の水場を使っていますけど。

そうした井戸は、近所の人達が集まる場としても機能しているんですって。これは故郷の近所のおばちゃんの受け売りです。故郷も水道は通っていましたけど、やっぱりそれとは別に井戸を使う人は多かったでんす。私も故郷ではよく使ってました。

先程の人に教えてもらった井戸に行くと、エセルと再会しました。意外と近場を回っていたようです。

「あら、見事に濡れたわねえ」

「エセルだって」

そう、私も全身ずぶ濡れですが、エセルも髪からしずくが垂れる程ですよ。お互い顔を見合わせて笑いました。周囲の人達も笑っています。

「それはそうと、ここってどの辺り？」

「商業区の端ね。って、知らずに来たの？　店まで戻れる？」

「……多分」

「……ここからは一緒に行動しようか」

という訳で、ここからはエセルにくっついての移動です。いえ、本当に戻れると思うんですよ？　ただ集合の鐘までに戻れるかどうかが問題なんです。集合は次の次の鐘の鳴る時です。

「せっかくだから、時間までいろいろ見ていく？」

「あ、いいね。仕事にかまけてまだろくに見て回ってないから」

王都に来たはいいけど観光で来た訳ではないですから、ついつい日々の生活に追われて王都見物もしていませんでした。

これでは魔王が……失礼、フェリシアが来た時にろくな案内も出来ませんよ。なのでエセルのお言葉に甘える事にしました。

「あそこが王都中央神殿。王都の神殿の中心的存在で一番大きいの。それだけでなく建築物としても有名だから、観光名所の一つよ」

中央神殿というと聖地にある中央神殿を思い浮かべますが、「王都」とつくとまったくの別物になります。目の前の建物がそうですね。

王宮の西側に位置するこの王都中央神殿は、確かに壮麗で巨大な建物でした。比べちゃいけないんでしょうけど、地元の神殿とは雲泥《うんでい》の差ですよ。

細かい装飾はもちろん、よく見ると数多くの彫刻が建物を飾っていますが、建物自体が大きいので、ぱっと見、そうは見えないんです。これだけすごい建物が、数百年も前に建てられたっていうんですから、凄いよなあ。

「今日のこの時間帯は中は見られないけど、時間があったら来てみるといいわ。中にも有名な彫刻が何体も飾ってあるから」

「へえ……」

「で、ここから北に行くと、王立植物園があるの。ここも観光名所よ。でも今日はお祭りだから、日中は閉まってるけど」

「え？　そうなの？」

お祭りの最中こそ開放されてるかと思ったのに、違うんですね。

「聖マーティナ祭は水かけ祭りだもん。植物って水のかけ過ぎはだめなのよね。それにあそこには硝子《ガラス》張りの巨大温室があるから。割れると困るのよ。祭りの時って、暴れる連中が必ず出るでしょ？　だから最初から人が入れないようにしてあるの」

なるほどー。祭りの時って無茶する人も多いですからね。それに子供は加減を知らないし。

「次は……ここから一番近い名所っていったら……ああ、こっちだ」

エセルの後をついていきながら、ついでに水もかけまくります。そしてなくなったら手近な井戸で補充、と。

井戸の周辺はいつでも人で一杯です。そしてみんな笑っています。ここだけ見ると、今現在勇者が魔王討伐に行っているなんて、信じられない感じですよ。

「さて、ここからは工業区よ。何度か来てるけど、歩いて来たのは初めてじゃない？」

「そういえば……」

いつも工業区に来る時は、乗合鉄馬車で来ますからね。でも歩いても来れる距離なんですねえ。

「家具通りは見た事あるから、今日は道具街の方へ行ってみよう」

工業区はその中心に広場を持っていて、そこから放射状に八方向に大きい通りが走っています。迷っても、通りに出ればこの広場までは戻ってこられるという訳です。

商業区にも同じような広場がありますが、ここまで道は整理されていませんね。その代わり個性的な名前が各通りに付けられているので、それを目印に歩けば何とかなる訳です。

その広場から、家具通りとは別の通りに向かいます。こっちが噂の道具街ですか。

「道具街はその名の通り道具を専門に扱ってる工房が集まってるの。家具通りと同じで直接販売もしてるから、来れば買えるわよ」

「うーん。どの辺りがいいのかしら?」

ざっと見た感じ、結構な数の工房が並んでいるようです。家具通りと同じように道の両端にずらっと工房が見えます。

「手前の方は調理道具とかで、中程《なかほど》は日用雑貨系かな。私達が使うような裁縫《さいほう》用のはさみとかを扱ってるのは少し奥の方よ」

そう言って、エセルは通りの奥を指さしました。なるほどー。今度来るとしたら、この奥の方に来る事になりますね。

「針は扱ってる?」

「もちろん。商業区では扱ってないようなのも置いてるのよ」

エセルの話では、用途に合わせて様々な種類の針を扱う工房もあるんだそうです。聞けば、細かい作業に使える小さめの針も扱ってるそうです。思わず覗《のぞ》いていきたい誘惑にかられましたが、続くエセルの言葉で我に返りました。

「まあ今日は祭りの最中だから、買いに来るならまた今度の方がいいわね」

……そうでした。しかも今日はお金、あまり持ってきていませんよ。

「家具通りもそうだけど、王都の道具街っていったら立派に観光名所よ。みんなここに来て道具を買っていくんだから。正直ここでしか扱っていないものも、多いのよね」

なるほど。さすが王都って感じですね。

その後も水かけ祭りは盛況でした。中には本気で喧嘩《けんか》をしかけている人なんかもいましたが、文字通り周囲から水をかけられていさめられていました。

せっかくのお祭り、喧嘩なんかで台無しにしてほしくありませんよね。

通りを少し行くだけで水をかけたりかけられたりするので、相手もこちらもずぶ濡れです。でも暑い季節ですから、髪もすぐ乾きますし、濡れても寒いと感じませんよ。

そんなびしょ濡れ状態であちこち名所を渡り歩き、終了の合図である夕刻の鐘を聞く頃には私もエセルもぐったりと疲れていました。濡れると結構疲れますよね。

でも祭りはこれからが本番、なんだそうです。一度みんな家に戻って着替え、再び店の前に集合です。エセルともここで一度お別れしました。こういう時店の上に住んでいるって、便利ですね。

しばらく後、昼時と同じように工房の裏にみんなが集まりました。これから花火と祭りのパレード見物です。

「こっちこっち！　いい場所見つけてあるんだから」

エミーが張り切って先導しています。私たちは今王都を囲む外壁の中にある階段を上っています。いいんでしょうか？　こんな所に入り込んで。

「この辺りは観光用に解放されてる区域だからね。一般の人でも入れるのよ」

意外と知られていない事ですが、外壁の上の一部には一般人も上れる区域があるんだそうです。外壁の上は見回りの騎士がいるんですが、上れる区域はそことは別なんですって。

観光用なのに知られていなくていいのかと思うんですが、特に入場料を取る訳でもなくただ開放しているだけだそうですから、知られていなくても構わないんだとか。そんなもんなんでしょうか。

所々に灯りが点《とも》された狭い階段を一列になって上っていきます。結構段数がありますよ。足にきそうです。

「ちょっとー、まだなの？」

「もうすぐもうすぐ。あ、ほら」

エミーの向こうに夜空が見えました。ようやく上に到着したようです。

「うわあ……いい眺めねえ」

「高ーい！」

「あ、あっちに見回りの騎士がいるー」

「みんなこっちー」

外壁の上だけあって、見晴らしは最高です。王都の全てが見渡せそうですよ。王都でも一番高い建物である神殿の鐘楼《しょうろう》が、同じ目線に見えます。大変な思いをして階段を上った甲斐がありました。

「ここが一番いいのよ」

エミーはそう言って、階段の出口から少し離れた場所へ移動しました。なるほど、大通りがよく見えます。

「これでパレードは完璧に見物出来るわよ！　花火もここからなら遮《さえぎ》るものなく見られるからね！」

「エミーやるー」

「いつの間に見つけたのよこんなとこ」

「へっへー」

さすがは表の情報通です。みんなに褒《ほ》められてエミーも嬉しそうですよ。みんなで下の方をあちこち覗《のぞ》き込みながらきゃあきゃあやっていると、大通りの方で歓声が上がりました。

「始まるわよ！」

パレードの出発です。


魔導で光り輝く装飾が施された山車《だし》が、いくつも通っていきます。山車の中には、魔導で幻影を映し出すものもありました。とても盛り上がっています。

遠くに賑《にぎ》やかな音楽も聞こえてきます。ここまで聞こえてくるなんて、と思ったら、魔導で拡散してるんだそうです。王都って凄い。

幻影の中には、人形劇で見るような勇者と魔王の戦いを描き出したものもありました。さすがに勇者の容姿にグレアムのそれは、反映されていないようです。当然か。これはいわゆる「物語」としての勇者と魔王ですから。どちらも想像の姿でしかありません。

花や妖精の幻影が飛び出す山車もありましたね。上から見えるのかとちょっと心配だったんですが、エミーが穴場だというだけあります。しっかり見えました。

最後の山車が大通りの中程《なかほど》を過ぎた頃、空に花火が打ち上がりました。大きな音に一瞬びくっとなってしまいます。

夜空に広がる大きな花火に、一緒に見ていたみんなと歓声を上げました。もちろん下からも聞こえてきます。

初めての王都でのお祭り、初めての聖マーティナ祭。とても楽しむ事が出来ました。

また来年も、こうして楽しめる事を祈ります。

八　新人

厳しい暑さがなりを潜《ひそ》める頃、工房に新しい仲間が増えました。飾り部門の新人です！

「パット・ウィンベリーです」

「イーヴィー・クゥエイフです」

同時に二人もです。なんだかそわそわしてしまいますね。見た感じ、私より一つ二つ下のようです。年を聞いたら二人とも十五歳だそうですから、確かに私より二つ下です。

二人には私の下で、主に店先で売る既製品の飾りを担当してもらう事になっています。

既製品は、オーダーメイドの型落ちだったり、簡素化したものだったりです。

最近新作、つまりオーダーメイドの製作数が多く、店頭に出す飾りまで手が回らなくなっている為の人員補充です。彼女達が既製品作りを担《にな》ってくれれば、私が新作に専念出来るという訳ですね。

ありがたい事にあの花飾り以降、飾り付きのドレスを注文する顧客が増えているんだとか。オーガストさんも飾りを意識したデザインをしているそうですよ。なんだか照れます。

そんな訳で、私は絶賛新作製作中です。入ったばかりの彼女達を指導する事が出来ないのは心苦しいですが、その辺りはエセルがうまく調整してくれているようです。

なので新人の二人には、花飾りの工程は見せてません。見せるのは、二人にこの飾りを作らせる頃だろうという事でした。

ただこの事に、イーヴィーはともかくパットの方が難色を示しているようです。エセルが困った顔をしています。

「パットがね……自分も花飾りや新作を作りたいって……」

「え？　でも既製品作成が主軸だって、雇う時に説明してあるんでしょ？」

脇で話を聞いていたエミーが、口を挟んできました。本当に彼女は耳がいいですね。たいていのおしゃべりには首突っ込んでますよ。ああ、好奇心が旺盛なんでした。

「ええ、それはね」

雇い入れる時に各種条件と一緒に、どういった仕事を主に任せるかの説明をきちんとしたんだそうです。

説明自体はオーガストさんがしているので、実際何を言ったのかまでは私たちには知りようもありませんが、エセル達は大まかな事は聞いているようです。

「ゆくゆくは、って形でなら、新作製作の可能性も提示したらしいのよ。だから向こうも入ってすぐに新作製作する、なんて解釈はしてないと思うんだけど……」

「なのに新作を作りたいって言ってきてるの？　まさかと思うけど、ルイザにライバル心持ってたりして？」

「え？」

そんなまさか。確かにあの花飾りは好評ですけど、それだけでライバルとか言われるのもどうかと。でももしそんな事になったら面倒そうですねえ。

女のそういった負の感情は、本当に厄介なんですよ。昔そりゃあいろいろありましたからね、ええいろいろと。仕事の話じゃないですけどね。

一応同じ部門で働く仲間なんですから、ぎすぎすするよりは仲良くやっていきたいと思うのが普通だと思います。

「まあそれでも実力があれば考えなくもないんだけどねえ……」

エセルの困ったような言い方に、そういえば、とパットの提出した課題を思い返しました。……うん、なんとなくエセルが言わんとしている事がわかります。

就職試験の際に、どんな物が作れるのかを見る為、課題を与えて作成してもらい、それを提出させてるんだそうです。

ちなみに私も出しました。というか、別の店に納めにいった品を見て、オーガストさんに誘われたんですけど。私みたいなのは珍しいそうです。

エミー達もそれに気付いたのか、うんうんと頷《うなず》いています。

「あの出来じゃあちょっと微妙だよね。よっぽど化けないと」

「既製品作りには問題ないけどね。新作を一からって事になると、ちょっと……ね」

エセルの言葉に、私もちょっと苦笑気味になってしまいました。多分、入ったばかりでも任せられるとオーガストさんが判断していれば、すぐにでも新作製作の方に入ったでしょうね。

でもそうではなく、基礎的な既製品から、というのなら……そういう事なんでしょう。

「オーガストさんは、既製品作りで技術とセンスを磨いて欲しい、って思ってるみたいなんだけどね」

そう。パットもイーヴィーも技術・センス共に今ひとつなのですよ。それでも既製品作りに支障はないので、雇う事になったのですが。

なので工房で既製品作りをしながら技術とセンスを磨いてもらう、という方向で話はまとまっていたのです。本人達が知っているかどうかは別として。

まだまだ二人とも若いですからね。経験不足からくる技術の未熟さは、致し方ない所でしょう。誰だってそうです。私だってまだまだですから。

「ともかく、この問題はオーガストさんにも報告しておくし、私とマキシーン達とでなんとかするから、ルイザは自分の仕事に専念しててちょうだい」

相変わらずのエセルの頼もしいお言葉です。型紙担当のマキシーンとエルヴィラは、オーガストさんと共に行動する事が多いせいで、工房の面々とオーガストさんとの橋渡しみたいな役目も負っているようです。

いろいろやらされて大変ですね、二人とも。もちろん、工房をまとめているエセルも大変だとは思ってます。いつも感謝してますよ。彼女のおかげで、円滑にお仕事が出来るんですから。

「でも……いいの？」

事が飾り部門に関わる問題です。面倒だと逃げ回っててていいんでしょうか？　私も関わるべきではないんでしょうか。

「いいのよ。それも私たちの仕事の一部だから」

上下関係はない職場とはいえ、一番の古株の三人だから、面倒ごとは請け負う形になってるそうです。

エセルとマキシーン、エルヴィラは、実はこの商会の立ち上げの時からいる人達なんだそうです。いつだったか、一番の古株よ、とおどけて言っていたのを覚えています。

元々別の所で修業していたオーガストさんが自分の商会を立ち上げる時に、前の所から一緒についてきたのがその三人なんだとか。

もめ事が起こった時はみんなで事に当たればいいのでは？　という疑問も聞こえては来ますが、女同士の場合はいろいろ細かいもめ事も多くなりますし、面倒な事になりがちです。それにいちいち全員で当たっていては、仕事が進みません。

なので代表という形で三人のうちの誰か、もしくは三人で当たる事にしたんだそうです。

それで今まで回っているんですから、新参に近い私が口を挟む事ではありませんね。おとなしくお任せしておきます。

大体私、そういったもめ事に巻き込まれる事はあっても、解決出来る人間ではありませんから。

「ルイザさん！　これ、確認お願いします!!」

あの後、イーヴィーとは順調にいい関係を築いています。素直な彼女は、教えた事をすんなりと覚えてくれるので大変助かっています。この分なら技術の向上も早いでしょうね。さほど不器用という訳でもないようですし。

彼女の「さん」付けは癖のようなものらしく、他のみんなにもそう言っているので、訂正しない事になりました。

一度止めさせようとしたら涙目になられたので……。そこまでして呼び方を変えさせる必要もないとの判断からです。

「うん、良い出来。じゃあ同じようにお願いね」

「はい！」

いつもにこにこしていて愛想がいいせいか、工房のみんなのみならず、出入りの業者さんにも受けがいいんです。微笑ましい感じですよ。

パットの方なのですが……彼女は入ってから一週間と経たずに工房から姿を消しました。なんだかいろいろあったようなんですが、エセル達が何も言わないので私も何も聞かない事にしました。

ただパットが消える前日には、ややうんざりした表情の三人がいたのだけが印象的でしたね。……手こずったんでしょうか？

「あのまま居座り続けたって遅かれ早かれ辞めてたね」

エミーはふん！　と鼻を鳴らしながらそう言っています。まあそれは誰しも思う事だったので、あちこちでうんうんという頷《うなず》きが見られました。

パットは新作製作の件もありますが、一緒に入ったイーヴィーと比べると、どうにも鼻持ちならない態度だったんです。それがみんなの癇《かん》に障《さわ》ったんでしょうね。

ほぼ女だけの職場ですからね。何となく気にいらない、っていう部分があると、どうしてもぎくしゃくしがちです。

ただ今回は全員が全員、もやもやしたものを抱えてしまう態度だったので、誰も辞めたパットの肩を持つ人はいないようです。

「どころか、うちの機密情報盗んで他店に売りつけたかもね」

普段はおしゃべりにあまり参加しないアリスンは、さらに辛辣《しんらつ》な事を言ってます。……本当にそういう事する人、いるんですか？

「確かにね。信用という面から見たら最低だったから。与えられた仕事も満足にこなさないうちから大口叩くなんてね」

表情に疲労をにじませながらエセルがこぼすのは、珍しい事です。余程《よほど》だったんですねえ。本当にお疲れ様です。

エセル達三人は、今回の事でオーガストさんに苦情を申し入れたそうです。何でですか？

「私たち現場の意見を聞かないで人を雇い入れるから、こういう事になるのよ。それをオーガストさんにも、いい加減理解して欲しくて」

「幸い今まで問題がなかったから良かったものの、これからもっと人を増やしていくとなったら、少なくとも現場代表という事で私たちの誰かの意見は聞いて欲しいわね」

「本当は工房の全員の意見を聞きたい所だけど、人数増えるとそれも無理になるしね」

マキシーンもエルヴィラもそう言ってエセルに同意していました。確かにそれは問題ですよねえ。

三人は、揃ってその事を説得しに行ったんだそうです。今回のパットの事が、いい教訓になるだろうって言ってました。人と人とが関わり合うってのは、存外難しいものですよね。

秋も深まり、王都の様子も夏から大分変わりました。街行く人の装いも、色味が暗めのものに変化しています。着る物も半袖から長袖に変わり、薄着だと少し肌寒く感じる日もあります。

私が王都に来て半年が経ちました。大分ここでの生活にも慣れて、仕事も順調です。

今は冬用の羽根飾りの製作が中心です。毎日いろいろな鳥の羽根と格闘していますよ。

軽いものなどはふわふわして扱いにくいんですよね。

「今回のドレスには鳥の尾羽を使うから、今のよりは軽くないわよ。少しは扱い易いんじゃない？」

「やったー!!」

エセルに言われて、ついそう言ってしまう程には苦労していましたよ、本当に。思わず諸手《もろて》を挙げて喜んでしまって、工房のみんなには笑われましたけど。

笑いが一段落するのを待って、エセルから釘を刺されました。

「ただその次のドレスは水鳥の羽根を使うから、かーなーり軽いのを覚悟してね？」

「うえー」

「そう言わない。軽い羽根の方が優雅に見えるって好評なんだから」

「こんな事なら、鳥の羽根使うなんて言わなければ良かった」

そう、鳥の羽根を飾りに使う案は私が出したものでした。まさかこんな厄介な代物《しろもの》だとは！　案を出した時の自分の口を、塞《ふさ》ぎに戻りたいくらいです。

数が少なければまだそうでもないんでしょうけど、ここエドウズ商会で扱うドレスの数は半端ないですからね。いえ、商売繁盛で良い事なんですけど。

「あたしドレス部門で良かったー。面倒な部分は飾りのルイザがやってくれるもんねー」

エミー、ひどくないですか？　じろりと睨《にら》んでも、ぺろりと舌を出すだけです。まあ本心から言っている訳じゃないって知っているからこそ、流せる一言ですけどね。みんなも相変わらず笑ってますし。

この羽根飾りも、どちらかと言えば工作風味です。この羽根飾りと並行して、例の花飾りの方も作っています。こちらの人気も未だに落ちません。

ただ大分流行が変わってきていて、大ぶりのものより小ぶりで茎の部分がないものがもてはやされるようになりました。

でも、小ぶりのものは数を必要とするので手間がかかるんですよね。その分お値段は張りますが。それでもこれがいい、と注文してくださるお客様が多いんです。

この小ぶりの花飾りを、ローブの縁に隙間《すきま》なく付けるのが今の流行です。それにさらに羽根飾りを付ける人もいれば、毛皮を使う人もいます。

うちの店では羽根飾り推奨という事で、羽根との格闘の日々が続いているという訳です。ああ、大変。

王国新聞では、相変わらず勇者の続報を載せています。彼らが魔物を駆逐《くちく》し、蹂躙《じゅうりん》されていた国を解放した回数は既《すで》に両手に余る程です。

その進行はかなり速いらしく、新聞の記事でもその辺りは特に取り上げられています。神殿の一部の予測では、このままの速度で進み続ければ来年の春には大魔王の城に到達出来るそうです。約一年ですか。速いですね本当に。

これまでの記憶にある限り、一年程度で討伐を終えた事はないと思います。最終決戦勝利の報《しら》せが来なかった最初の時でさえ、魔王城突入直前の時点で二年以上かかっていたんです。途中の魔物討伐が思いの外大変だと聞きましたから、その辺りで手間取るんでしょう。

そう考えると今回は本当に速いですね。さすがは歴代随一の実力の持ち主、といった所ですか。

そうした記事を読む度《たび》に、頑張っているんだなと思います。体にだけは気を付けて、無事に故郷に戻って欲しいと思います。

新聞で勇者の情報を得るのは、相変わらずやっています。記事の部分は切り抜いて取ってあるので、結構な数が溜まりました。

この記事も、最初は読むのが辛かったんです。昔の幸せだった頃の夢を見ては、その差によく泣いていました。真っ赤な目をしては、工房のみんなから心配そうな目で見られたものです。

今は、夢を見ても泣く事はありません。夢自体あまり見なくなりました。グレアムとは、二度と会わないんだというのをようやく受け入れてきたんだと思います。

頭ではわかっていても、感情が追いつかないって事があると思いますが、グレアムとの事はまさしくそれでした。頭では別れたと思っていても、心の奥では納得していなかったようです。

いっそ、生きて帰らなければいいと思った事さえありました。どこまでも自分勝手ですよね。その頃の自分を思うと、本当に嫌になります。

春が終わり、夏の気配を感じる頃には徐々に夢を見て泣く回数は減っていきました。あの頃の新聞では、勇者の活躍もそうですが、公爵令嬢との関係が取りざたされたり、王女殿下も勇者に心を寄せているという事が多く書かれていました。これは今もですか。

そんな記事を読む度に段々と、ああ本当に遠い人になったんだな、と実感していきました。そして夏の終わりを感じる頃には、ただ無事で帰ってほしいと思うようになりました。私のもとでなくても、デリアおばさんの待つ家には戻ってほしい。

彼の隣に公爵令嬢がいてもいい、他の誰か、王女殿下でもあの女神官でも誰でもいい、彼を癒《いや》し支える人がそばにいればいいと、そう思うようになりました。

心境の変化、と言えばいいのでしょうか。なんだか、感情も突き抜けると真逆になるようです。

思えばこれまでの人生は、勇者となった元恋人を恨《うら》む気持ちで一杯だった気がします。最初の時も一途に待っていたと言えば聞こえはいいですが、どこかで捨てられた事を信じたくないという意地がありました。

旅立って何年も帰ってこない、そして村の周辺で魔物が出なくなって、魔王という存在が倒されたらしいとなれば、勇者が帰ってこないのは何故だ、という話になりました。誰もが、勇者は魔王と差し違えたんだと言いました。そんな中、必ず帰ってくるという約束にすがり続けたのは、やっぱり私の意地なんでしょう。

二回目の時も、三回目の時も、彼らの結婚話を聞いた時に「やっぱり」と思って、彼らを自分を捨てた裏切り者としてさげすんでいました。結婚した夫達が私のもとを去ったのは、そうした醜い感情が表に出て、それを厭《いと》われたのかも知れません。

その感情の共通点、それは彼ら勇者に対する執着だったのでは、と今なら考えられます。執着したから私を置いて行くのを恨み、戻らない彼らを憎み、そしてさげすんだんです。

この王都に来た当初も、グレアムの事を恨みました。勇者になんてならないで、ずっと自分のそばにいてほしかった、と。

でも実際そんな事になっていたら。彼が勇者として討伐の旅に出なかったら。今頃はこの王都も、魔物に呑み込まれていたかも知れません。

私の故郷の街も、例外ではないでしょう。私の両親も魔物に殺されたのですから。あのままだったら、確実に魔物に滅ぼされていたはずです。

彼から、また彼に関わる全てから逃れるつもりで来た王都ですが、私は色々な意味で良かったと思っています。

グレアムから離れて、一歩引いて見られるようになりました。そうする事で見えてきたものも、確かにあるんです。これまでの勇者への思いも、その一つです。

私は、この変化をいい事だと捉《とら》えています。彼への恋情は薄くなりましたが、その代わり長く共に過ごした幼なじみへの、家族としての愛情が強く残った感じです。

グレアムの事は恨《うら》みたくありません。仕方のない事だったんだって、今なら言えると思います。そう、仕方のない事だったんです。誰にも、どうにも出来ない事。

これまでの人生でも、そうやって過ごしていれば幸せになれたのかも知れません。そうだとするなら、私はとてももったいない事をしてたんですね。

そしてもう一つ、私の中で変化した事があります。もう一度、恋をしてみようかという気になりました。というか、結婚したいという思いが芽生え始めたようです。

結婚して、家庭を持ち、穏やかに暮らしていきたい。そういう願望が出てきたようなんです。王都に出てきた頃に比べると、随分と変わりました。あの時は一人で生きていく気満々でしたから。

女の職場ですからそうそう出会いがある訳ではありませんが、まったくないわけでもないというのは、周囲を見ているとわかります。

その最たるものは工房の仲間であるアリエルです。彼女はこの冬、結婚するのだそうです。おめでたい話題に工房のみんなも惜《お》しみなく祝福をしています。

「おめでとう！　アリエル」

「ありがとう、みんな」

笑顔で応える彼女は、とても綺麗です。元々綺麗な人だけど、さらに磨きがかかった感じがします。幸せが、彼女を普段よりもっと輝かせているんでしょうね。

「仕事はどうするの？　続けられそう？」

「ええ、その事はもう話し合い済みなの。今まで通り続けるわ」

良かった。彼女も腕のいいお針子ですからね。今抜けられると大変ですよ。聞いたエセル達も、一安心という表情です。

彼女は夏の初めに恋をして、この秋に婚約しました。通常ならこんなに早く話が進む事はありません。人にもよりますが、結婚までは一年以上はおつきあい期間があるのが普通でしょう。

「何か急がなきゃいけない事情でもあるのー？」

エミーがにやにや顔でアリエルに詰め寄りますが、彼女は笑ったまま否定します。

「そんな訳ないわよ。ただ、このまま付き合ってもいずれは結婚するなあって感じたから、だったら早いほうがいいかなって」

とても幸せそうなその笑顔を見ていると、なんだかこっちまで幸せになれそうな気がします。いいですね、幸せ空気。

それともう一つ、幸せのお裾分け的報せ《しら》が来ました。フェリシアが無事男の子を出産したそうです！　出産したのは夏頃だったそうですが、ついこの間報せが届きました。母子共に健康で、落ち着いたら王都に見せに来ると手紙に書いてありました。無茶だけはするなよ。

今は実家に帰っていて、旦那さんが週末だけ通ってきてるそうです。この手紙も旦那さんに頼んで地方都市に戻ってから出してもらったそうですよ。

産まれたばかりの赤ん坊の世話は大変だって、散々聞かされてきましたからねえ。お嫁にいった近所のお姉さん達が出産の為に実家に帰ってきていて、その様子をそばで見た事があったけど、本当に大変そうでした。

思えば過去三度の人生でも、子供を持つ事はなかった身です。今生《こんじょう》では一度でいいから出産を経験してみたい、自分の子供をこの腕に抱いてみたい、その思いがここに来て強くなっています。それもあっての心境の変化でしょうか。

最悪、仕事を続けてさえいれば、万一前回や前々回の人生の時のような事になっても、一人で子供を育てていけるでしょう。

こういう考えを持つあたり、私の中の男性不信は結構根深いものがあるのかも知れませんね。その割には毎回幼なじみと恋に落ちますが。

あれは何なんでしょうね？　ふと気付けばそうなっていたので、今まで原因とか考えた事なかったんですけど。よく考えてみれば不思議ですね。

あれだけ捨てられて、結婚しても不幸な終わり方をして、男性不信に陥《おちい》っている割には、ですからね。もしかしなくても、私は学習出来ない女なんでしょうか？

「そういえばルイザの方は？　その後あの記者さんとはどうなってるの？」

ちょっと自分の考えにふけっていたら、いきなりエミーに話を振られました。え？

記者さん？

「記者さん？　……ああ、もしかしてコーニッシュさん？　そういえばあれ以来あまり顔見ないわねー」

一時期は毎日のように工房に来ていたコーニッシュさんですが、夏からこっち、姿を見ていません。仕事が忙しいんでしょうか？

最後に顔を見たのは……ああ、そうそう、一度夕食を一緒にした事がありました。あれ以来ですか。そろそろ工房に来るのに飽きたんじゃないでしょうか。

「そういえば……変な話を聞いたわね」

エミーにそう言おうかと思ったら、脇で眉間に皺《しわ》を寄せていたエセルがふと漏《も》らしました。

「エセル？」

「うん、新聞社の中で、勇者の記事を書く為に、勇者の旅に途中参加するって言ってた記者がいたんですって」

それはまた自殺行為ですね。誰ですか、そんな命知らずな事を言い出すのは。

勇者の討伐の旅は、文字通り魔物を討伐しつつ、最終的には大魔王を倒す為の旅です。従って、その道中は戦いにつぐ戦いになるのだと言います。

そんな旅に戦う術《すべ》を持たない記者が同行するなど、自殺行為以外のなにものでもありません。一体誰でしょうか？　そんな無謀《むぼう》な事を考える人は。

「でもそんな事、新聞社の方でも許可しないでしょう」

「それが、その話、途中で途切れてるのよ。行ったとも行かないとも、行ったなら誰が行ったのかも、情報が出てこないのよね」

思案顔のエセルに、なんだか不安をかき立てられます。まさか、誰もそんな危ない事、してませんよね？


早いもので来月でもう今年が終わります。私が王都へ来て、初めての年末です。そしてそんな季節に、忘れていた人物がやってきました。それもかなり歓迎出来ない形で。

「じゃあ今日はここらであがりましょうか」

そのエセルの一言でその日の作業は終わりを告げます。私も丁度区切りのいい所だったし、道具を片付けて掃除の準備に入りました。

「はー、それにしてもここ最近めっきり寒くなったわねー」

「そうね。冬本番はもうすぐそこって感じよね」

アリエルが二の腕を手のひらでこするようにしています。工房はまだ暖房を入れる程寒くはないので、みんな厚着で頑張っています。でも厚着すると動きにくくなるんですよねー。

「こう寒くなると、温かいものがおいしくなるわよねー」

「エミーはやっぱり食い気よね」

「やっぱりって何よ！」

笑いながらもみんな掃除道具を手に、あちらを掃いたりこちらを拭いたりしています。ゴミ出しもこの時にいっぺんにやるんです。

いつも一日の作業の終わりは、この工房の掃除です。布を切ったり糸を切ったりしますから、細かい糸くずだのなんだのが出るんですね。放っておくと埃《ほこり》がすごい事になりますから、一日の終了時にはみんなで手分けして掃除します。

そして私の周囲は見事に羽根だらけです。掃除でまで手間かけさせるなんて！　でもこれの売れ行きが良いらしく、オーガストさんからお褒《ほ》めの言葉があったので良しとします……

工房には結構な人数がいますから、広いとはいえ掃除もあっという間に終わります。ちなみに店舗の方は売り子達がやってます。こんな所でも分業制です。

「じゃあお疲れ様」

「お疲れ様」

帰り仕度《じたく》が終わった人から、各々《おのおの》帰っていきます。大概最後まで残るのは、まとめ役のエセルです。今日も彼女が最後でした。私は住んでるのがここの上なので、いつものんびり支度します。

「ああ、そうだ。ルイザ」

「何？」

工房を出ていきかけたエセルが、急に振り返りました。何かを思い出したようです。

「さっき聞いた話なんだけど、昨夜近所で泥棒に入られた店があるらしいの。怖がらせたくはないんだけど、気を付けて。戸締まり、しっかりね。見回り組もこの辺りを重点的に回ってくれるっていうから、何かあったら大声上げて」

「わかったわ、ありがとう」

泥棒ですか。治安がいいと言われている王都でも、出るんですねえ。故郷でも強盗なんかは出ましたが、うちの場合隣にいるのが自警団でも有名なグレアムでしたからね。泥棒は近寄ろうともしなかったみたいで、一度も入られた事ないんです。

王都では夜も見回り組が回っているそうなので、不審者がいれば捕まるでしょう。見回り組というのは軍の下部組織で、組織自体は軍の管轄になりますが、その実態は市民による自警団のようなものです。

自警団と違うのは、軍の組織という事で国軍による訓練を最低三年は受けなくてはならない事、有事の際以外にも、当番制で王都内の警邏《けいら》の任を受ける事です。

それと自警団は専業ですが、見回り組は兼業です。他に仕事を持っていて、なおかつ見回り組の任務も引き受ける形です。

結構損してそうな見回り組ですが、軍からの給金も出ますし、志願者は多いんだそうです。その見回り組が夜間も見回ってくれるので、王都の治安は余所《よそ》にくらべて格段にいいという訳ですね。


その音に気付いたのは、寝入って間もない頃だったと思います。ふと目覚めた時に、どこかで何かの音がしたんです。下？

「嘘……」

帰り際のエセルの言葉が脳裏に浮かび上がりました。本当に泥棒!?　急いで寝間着の上から上着を羽織り、掃除道具を置いてる場所からモップを一本手に取ります。

そっと扉を開けて耳を澄ますと、やはり何やらガチャガチャいわせている音がしました。鍵か！

音を立てないように踊り場に出て、階段の上から下を窺《うかが》います。まだ音立ててる。私はモップを持ったままそっと階段を下りました。ここまで音が響いてるって、相当ですよ。寝ていたせいか暗いところに目が慣れていて、灯りがなくても動く事が出来ます。階段を降りてる最中に扉が開いたらどうしようとも思いましたが、階段の陰の部分に身を潜めれば、死角になってなんとかやり過ごせると思ったんです。泥棒が階段を上ってこない事を祈ります。

鍵を無理に開けようとでもしているのか、ガチャガチャと響く音は止まりません。店に盗みに入ったところで、現金なんて置いてませんよ。一日の売り上げは毎日業者に預けて保管してもらってるんですから。そうこうしているうちに一階に到着したので、物陰に潜みました。

現金は置いていませんが、ドレスの布地だのレースだのは、他で売れば結構な値になったりもします。あ、私が使う飾りの羽根も、でした。その辺りを狙ったのかしら。

どうしましょう？　一人くらいならなんとかなるかも知れませんが、複数となると、ちょっと。エセルに勧められた通り、大声を上げてみましょうか。

そこで思い出したのがバケツでした。バケツを叩いて音を鳴らせば、それに気付いてくれるかも。声を上げるより効果的かもしれません。幸い手にはモップがありますし。

私は物陰から出て、一階の掃除道具置き場へ移動しようとしました。その途端、鍵の開く音がして、少し軋《きし》み音を上げて扉が開いてしまいました。

「やっと開いた……ああ、でも鍵、壊れちゃったよ」

「鍵一つ満足に開けられないの!? まあいいわ。どうせ壊れた所で私が困る訳じゃないもの」

男女の声です。……っていうか、この声、なんか聞き覚えがある！

「で、でもパット。やっぱり盗むなんてだめだよ」

「何言ってるのよ！　店持ちたいんでしょ!?　王都で流行ってるあの飾りの作り方さえわかれば、いくらでも稼いで店なんてあっという間に持てるじゃない！」

やっぱり！　この店を辞めていった新人のパットです。何やってんのあの子。かっと頭に血が上りそうになりました。店辞めてまで迷惑かける気か！

物陰に戻って扉の方を窺《うかが》うと、手に持った小さな灯りで照らされたパットともう一人の姿が浮かび上がっていました。何だかひょろっとした感じの、男性というよりはまだ男の子という雰囲気です。他に人影が見えない所をみると、二人だけで盗みに入ったようです。

相手がわかったので、ある意味安心できました。これがごつい男が何人もいるような盗賊団だったら、一も二もなくバケツを叩いてたんですが、相手があの子ともう一人くらいならなんとかなります。というかパットに対して、はらわたが煮えくりかえる思いです。

短期間で勝手に辞めていったくせに、辞めた後まで勝手な事を言って泥棒しようだなんて！　しかも狙いはあの花飾りだなんて！　人の苦労をなんだと思ってるんだ、本当に。

ここは一つ懲《こ》らしめてもいいですよね。悪い子にはお仕置きが必要ですよね。ふふふ。あらやだ、なんだかわくわくしてきてしまいましたよ。

そろそろと物陰から移動すると、工房から灯りが漏《も》れています。それとがさがさという、何かを探している音。

「おかしいわ……いつもここに置いてあったのに」

「パット、早く！」

「うるさいわね！　あんたは黙って手元照らしてればいいのよ!!」

聞く限り彼女が主犯と考えていいですね。では行きましょうか。都合良く工房の扉は開けっ放しですしね。返り討ちにあいそうになっても、すぐに逃げられるでしょう。

モップを両手で構え、深呼吸を一つ。さて。

「どおりゃあああ!!」

「ぐえ！」

「ひぎゃあ!!」

モップで、男性の背中を突き飛ばしました。すっかり油断していたせいか、綺麗に倒れてくれましたよ。そばにあった椅子も巻き込んで派手に。ついでに前にいたパットも巻き込んで。

おかげで周囲にものすごい音が響きました。深夜では近所迷惑になりますね。明日にでもお詫《わ》びしに行かないといけません。皆さん、安眠を妨害してしまってすみません。

でもよく考えたら、バケツ打ち鳴らしても近所迷惑になりましたね。どのみち泥棒に入られた時点で、迷惑は決定だった訳ですか。余計二人が腹立たしい存在に思えます！

追い打ちとばかりに、倒れた男性の首根っこめがけてモップを振り下ろします。

「うぐ！」

くぐもった声と共に、男性はぐったりしました。この辺りを狙えって、教わったんですよね。誰にかって？　前世で近所に住んでいた元騎士にですよ。何か文句でもありますか？

あの頃は今程治安が良くなかったんですよ。離縁した後でしたから、男性に頼る気もなかったし、なら自分で自分を守れるようになろうと思ったんです。丁度いい教師役が近くにいましたし。

習った前世でも今生《こんじょう》でも一回も使う機会はなかったんですが、意外と綺麗に決まって自分でもびっくりです。これ、相手が素人でかつ鍛えていなかったからでしょうね。鍛えた人なら避けられてしまったと思います。見た目通りのひ弱な人で助かりました。

私にこの方法を教えてくれた人は、元下級騎士で引退後、私の実家の近くに住んでいました。いろいろと物知りなので他の事も教えてもらいましたが、中でもこの護身術が一番の収穫でした。おかげで泥棒も退治できましたよ。その人は既《すで》に故人なので、心の中で感謝しておきました。

泥棒二人のうち、男性の方はまだ気を失ったままですが、パットの方は薄灯りに照らされた私を見て腰を抜かしている状態です。失礼ですね。そんなに怖い顔していませんよ。そりゃちょっとモップの柄を床に勢いよくたたきつけて、殴った男性の背中を踏みつけていたりはしますが。


そうこうするうちに、見回り組が音に気付いて駆けつけてくれました。気のせいか、駆けつけた見回り組の人達が、工房の中にいる私達を見て微妙な表情をしていましたよ。

彼らに泥棒二人を引き渡し、倒れた椅子とか元に戻して、さあ寝直そうと思ったら……裏口の鍵、壊されててかけられません。これじゃ戸締まりできませんよ！　おのれ泥棒め。

結局、その日はそのまま朝まで起きてる羽目になりました。まあ見回り組の人にいろいろ聞かれたので、それに答えているうちに朝になった、とも言いますが。

翌朝工房に現れたエセルは椅子に座る私を見て驚いていました。

「ど、どうしたのルイザ!?　すごい顔色よ？　それに裏口の鍵、あれどうしたの!?」

「ああ、エセルおはよー」

何だか対応がおかしい気がしますが、寝不足だから仕方ないですよね。

「おはよう……じゃなくて！」

「うん、昨夜ちょっと泥棒らしき連中が来てね。そのせいで眠れてないの。詳しい事はもうちょっとしたら見回り組の人が教えてくれると思うー」

ええ、ほぼ徹夜ですから、朝っぱらからすっごい疲労でぐったりです。私の話を聞いたエセルは、口をあんぐり開けています。どうしたんでしょう？

「エセル？」

「ちょ！　それ！　で、ど、どどうなったの!?　怪我はないの!?」

凄い勢いで聞かれましたよ。というかエセル、落ち着いて。もう全部終わってるから。

「私は大丈夫。ただ鍵壊されてて戸締まり出来なかったから、結局起きてるしかなくて……眠い……」

「あの……気のせいかしら？　『私は』って聞こえたんだけど」

気のせいかしら？　エセルの頬の辺りが引きつってるように見えるんですけど。とりあえず今は聞かれた事に答えた方がいいですよね。

「うん、泥棒の片割れの方は、怪我してるかもね。何せモップで突《つっ》いて、その後首根っこ殴ったから」

今度こそエセルが口を開いたまま、驚きの表情で固まりました。彼女が元に戻ったのは、すぐ後に来たエルヴィラに声をかけられた時でした。

そして後から来る人来る人に、同じ事を聞かれました。そんなにひどい顔なんですかね？　一応エセルに答えたのと同じ内容を話しましたけど、みんな驚くんですよね。そんなに完徹《かんてつ》っておかしいかしら？


結局、その日は特別にお休みをもらえました。なので自室で夕方近くまで寝ましたよ。ああ、幸せ。朝食も昼食も食べずに寝ていたので、目を覚ました途端お腹《なか》が盛大に鳴りましたが。

工房の方ではみんなが作業を終える所だったので、残しておいてくれた昼食をありがたくいただきました。それからみんなが帰る前に、今回の泥棒騒ぎの事を色々と教えてくれました。見回り組の人が説明に来てくれたそうです。私はその時部屋で熟睡していましたから、気付きませんでした。

結論から言うと、周囲の店であった盗難と今回の件は別だったそうです。丁度昨夜はその盗難の泥棒も別の場所で捕まったそうで、しばらくは安心出来そうです。

「なんでもうちを辞めた後、パットは小さい工房に入ったんですって。そこであの男性と知り合ったそうなんだけど」

「その男騙《だま》してうちに盗みに入ろうって唆《そそのか》したんだってよ！　やっぱりろくなもんじゃなかったわね！」

エセルは困惑気味に、エミーはぷりぷり怒りながら教えてくれました。なんでも私の作ってる花飾りを作る事が出来れば、飛ぶように売れるはずだからすぐに儲《もう》かる、そうすれば店が持てる、と持ちかけたそうです。

男性の方は、実家が錠前職人《じょうまえしょくにん》で子供の頃から鍵に関しては知識があったんだとか。それを知って、パットから近づいたんだそうです。計画的な犯行だった訳ですね。その割には鍵、壊してましたけど。あれ開けられなくて結局は壊したんですよね、多分。

「まったく、辞めた後にまで問題を起こすなんて」

「それも今回で終わりでしょう。鍵の方も今日中に直してもらえたし」

なんと昨夜泥棒二人を捕まえてくれた見回り組の人、錠前職人さんなんだそうです。泥棒の身元も、その職人さんから割れたそうです。昔お世話になった親方の息子だったそうです。世間って狭いですね。ていうか、見回り組の人も驚いたでしょうね。恩人の息子が泥棒なんて。

その職人さんが昼頃に来て、とっとと直していってくれたんだそうですよ。仕事早いですね。

「それにしてもルイザ。危ない事したわね」

眉間に皺《しわ》を寄せたエセルにそう言われ、そういえば危ない事だなあ、と今頃思いました。でも言い訳はしておきますよ。

「えー？ でも声聞いてパットだってわかったし。それに男性の方も、なんだか随分ひ弱な感じだったし。これならいけるかな？ って」

私の言葉に、エセルは頭を抱えてしまいました。そんなにだめな事言いましたか？

「とにかく！ 今度そんな場面になったら、素直に大声出して助けを呼ぶか、大きな音立てて周囲の人間の気を引いてちょうだい。こっちが心配だわ」

そう言われてしまっては、頷《うなず》く以外にありませんよね。ぜひ今回のような事に出くわさない事を祈ります。でも次に同じ事が起こったら、やっぱり相手によって出方を考え

ると は思います。

こうして冬の初めの事件は終わりました。季節も変わろうかという時期の、何とも言えない出来事でした。

その後、パットは王都から余所《よそ》の街へ連行されたそうです。そこでどんな風に過ごすかまでは知りませんが、牢屋とかに入るかも知れませんね。まあどうなっても自業自得《じごうじとく》だと思うので同情はしませんが。

九　王宮

私はただ今、王宮に来ています。何故かと言えば、仕事の為ですとしか言えませんが。

それにしても、何故私が来る羽目になったんでしょうね？

ただいま私の目の前には「お姫様を描け」と言われたら、十人中八人くらいはこう描くんじゃないかな、と思えるほどお姫様然とした人がいます。

それもそのはずです。この方が我が国の第一王女、カレン姫だそうです。

「だそうです」というのは、私は今まで一度もその姿を見た事がないからです。そりゃあ、一介の庶民がほいほい会えるような身分の方ではありませんからね。

もっとも王都辺りに長くいれば、バルコニーで一般庶民にお目見えする際にその姿を見る事も出来たかも知れませんが、私が王都に来てからこっち、その機会はありませんでした。あったとしても見なかったかも知れませんけど。

それにしても、この方が王女殿下ですか……。大丈夫、もう古傷は痛みません。私は克服したのです。

「まあ！　ではあなたがあの花飾りを作ったのね!?」

「さようにございます、殿下」

そう答えたのは私ではありません。私とオーガストさんをここまで案内してきた侍従の方です。

何でもやんごとないご身分の方には、私たち下々の者は直接声をかけてはいけないのだそうです。あーそうですか。

ではどうやって採寸とかデザインに対する要望を聞くのかといえば、この侍従の方を介して会話するそうです。ああ、面倒臭い。

部屋の中は、それはそれは見事な調度品で整えられています。今、私とオーガストさん、それに侍従の方は王女殿下の前に立ったままです。下々の者は高貴な方の前では座ってはいけないそうです。本当に面倒臭い。

対する王女殿下は、豪華だけど華奢《きゃしゃ》な椅子に座っていらっしゃいます。本日のお召し物は若々しい花柄のドレスですね。花飾りが付いているという事は、我がエドウズ商会のドレスですね。そういえば見覚えのある布地です。毎度ご贔屓《ひいき》にありがとうございます。

その王女殿下はこちらにひたと視線を合わせて、はしゃいだ様子で話しかけてこられるのですが。どうすればいいんでしょうか？　答えちゃいけないんですよね？　頷《うなず》くのもだめでしょうか。結果私は少々引きつり気味の笑みを貼り付けて、その場に直立していました。

「あれには私《わたくし》、感動していてよ！　私の思い描いたものをああまで完璧に作り上げるだなんて」

「恐れ入ります」

え？　このセリフまで侍従の方が言ってますよ？　あなたが褒《ほ》められた訳ではありませんよね？　思わず驚いて侍従の方を見てしまいましたが、彼は無表情のままです。

複雑な表情でオーガストさんを仰《あお》ぎ見れば、苦笑しながら軽く頷いています。流せという事ですねそうですね。

答えているのが侍従の方だというのに、王女殿下は私に向けて話を続けておられます。

これ、わざとでしょうか？　それとも素？

「本当にあの花飾りはどうやって作り上げたのかしら？　それをぜひとも聞きたいと思って」

「申し訳ございません殿下。あれは秘密にてお教えする事がかないません」

「まあ、そうなの。残念ね。ああ、でも、今日は他にもいろいろと聞きたい事やお願いしたい事があるのよ」

「仰《おお》せのままに、殿下」

ちなみにここまでにしゃべったのは王女殿下と侍従の人だけです。もう「方《かた》」とか言いません。私、ここに来る必要なかったんじゃないでしょうか？

本日、ここに来るまでにもいろいろありました。まずは今日着ている服です。朝一番に工房でオーガストさんに渡されました。

「ルイザ、悪いんだけどこれに着替えてきてくれる？」

そう言って渡されたのは、色こそ地味な紺ですが、襟と袖口の上品なレース使いといい、胸元に入るタックといい、スカートのギャザー部分といい、上物《じょうもの》だというのが一目でわかる服です。いい仕立てですね。

「あの、これは？」

上物だというのはわかるんですが、今からこれに着替えるその意味は？　見上げるオーガストさんは少し困った様子です。

「うん、急なんだけど、今日これから一緒に王宮に行ってもらうから」

「は!?　王宮!?」

オーガストさんの口から出た言葉に驚きました。いや、そりゃあ驚くでしょう。いきなり王宮ですよ？　普通入れませんよ。

「な、何故ですか？」

「実は、王女殿下があの花飾りを作った人に会いたいって言ってきてね」

つまり王女殿下のわがままだそうです。あー、こういう時身分社会が呪わしく感じます。

「実は、もう随分前から会わせろって言われていてね」

苦笑気味にオーガストさんが弁解しています。王宮から来た迎えの馬車に乗っているんですが、さすが王宮の馬車、乗り心地がすごくいいです。

王宮へ行くには、乗合鉄馬車で近くまで行って歩いても行けるのですが、今回は王女殿下からのお召し、という事で王宮から迎えの馬車が出たそうです。

「でもお忙しい方だから、なかなか予定が整わなかったんだ。僕が行く時も予定の調整が大変らしいよ。で、昨日急に来るように連絡が来たんだよ。使者の人の話だと、今回はかなり無理に予定を詰めたらしいんだ。それだけ王女殿下はルイザに会ってみたかったようだね」

はた迷惑な話ですね。でも一国の王女の命令ですから、背《そむ》く訳にもいきません。で、それとこの服との関係は？

「それで、どうしてこの服なんですか？」

今着ていますが。これ私にぴったりなんですけど、いつの間に用意したんでしょうか。オーガストさんはいつもの柔和《にゅうわ》な笑みを浮かべて答えてくれました。

「ああ、王宮に行くのにいつもの普段着って訳にはいかないでしょ？　ルイザがどういう服持っているかわからなかったから、失礼にならないような服をこっちで用意しておいたんだよ」

確か先程、昨日急に連絡が来たって言っていましたよね？　それでこの私にぴったりの服を用意したんですよね？

道理でエセル達が朝からぐったり疲れていた訳です。徹夜させられたんですね。申し訳ありません。って、私のせいではないんですけど。

まあさすがエドウズ商会ってところですか。型紙さえあれば、この程度の服ならば一晩で作れますね。生地と仕立てはいいですが、形自体はいたってシンプルですから。

私のサイズ云々《うんぬん》に関しては店に勤める時にきちんと採寸されてますから、その時のものを使ったんでしょう。

何故採寸までされるのか疑問だったんですが、こういう事もあるからですか。

「それもあるけど、単純に工房のみんなはうちで服作るから。割引もあるんだよ」

なるほど。自分たちの服は自分たちで作る、と。まあ、普段作るものが作るものなだけに、当然かもしれません。今度私も注文してみようかしら。

そんな今回の経緯を聞いている間に、馬車は王宮の門をくぐりました。門も大きいですが、王宮はさらに大きいです。私は、馬車の窓からぽかんと口を開けたまま見上げていました。

門をくぐった先にはまだ道が続いていて、その先に王宮はありました。広大な庭園の中に建つ白亜《はくあ》の城です。ここが国の中枢。グレアムもしばらく滞在した場所。そして当然ながら、王や貴族が多く存在する所。

不意に、目の前に石造りの無骨な建物が浮かびました。あれ？　そう思った次の瞬間にはもう消えていました。目の錯覚《さっかく》でしょうか。

　今見えている王宮に重なるようにして見えたそれは、灰色でどことなく重苦しい印象を受ける建物でした。ほんの一瞬見えただけなのに、いやに頭に残る建物です。

　もう一度王宮を見上げると、今度は背筋を悪寒《おかん》が走りました。足もすくむ感じです。行きたくない。それが正直な気持ちでした。

「ルイザ？　どうしたの？　緊張してる？　顔色が悪いよ」

　オーガストさんにそう言われて、はっと気付きました。馬車はいつの間にか止まっています。王宮へ着いたのです。

　あれですね。庶民ですから、お城なんていう慣れない場所に気後《きおく》れしてるんですね。我ながら本当に肝の小さい事ですよ。

「え……ええ……いえ、大丈夫です」

「大丈夫だよ。王女殿下は怖い方《かた》じゃないから。……まあ無茶な注文はなさる方だけど」

　それはある意味『怖い方』なのではないでしょうか？　曖昧《あいまい》な私の返答に、王女殿下に会うのを怖がっていると勘違いしたオーガストさんが、なだめるように微笑みました。

　王宮へは一般用の出入り口から入ります。貴族の方々と私たち一般庶民とは出入り口が違うのだそうです。

　何故一般用の出入り口があるのかといえば、私たちのような出入り業者が来るときの為もありますが、地方からの一般謁見者《えっけんしゃ》という存在がいる為です。

　出入り口から入ると衛兵の詰め所のような場所があり、そこに名前と何をしに来たか、どなたの所に行くかを申し出ます。面倒ですが、警備上大事な事だそうです。

　その申請をする為の人達で、詰め所はごった返していました。王宮に用事のある一般庶民がこんなにいるんですねぇ。

　やっとオーガストさんの番がやってきました。

「カレン王女殿下に呼ばれて参りました。エドウズ商会のオーガスト・アンドルー・エドウズとルイザ・アトキンソンです」

　オーガストさんがそう言うと、衛兵の人が待つように告げ、どこかへ連絡しに行きました。

　程なく一人の男性がやってきました。しっかりした仕立ての服を着ていますが、貴族という程きらびやかな感じではありません。

　でもその視線が、あからさまにこちらを見下していますよ。なんだか嫌な感じです。

「遅かったな、エドウズ」

「申し訳ありません、ベッセマー様」

「ふん、まあよい。急ぎなさい。殿下が先程からお待ちだ」

見た目もなよなよした感じですが、しゃべり方も尊大な割にはなんだかなよっとしてます。正直気持ち悪いです。貴族の男性というのは、皆こんな風なんでしょうか？

オーガストさんが振り向いて、

「彼は王女殿下の侍従なんだ」

と小声で教えてくれました。

「じじゅう……って？」

「王族の方の身の回りの世話をする者だよ」

私の小声の質問に、これまた小声で返してくれました。なるほど。あれ？　でも身の回りの事って侍女の仕事ではないの？

「侍女は生活面でのお世話。いわば内向き。侍従は表向き、公務とかそういった面でのお世話なんだ」

はー。私の知らない世界ですね。

王宮というのは、なんというか、想像以上にすごい所でした。一体私は今いくつめの部屋を抜ける所なんでしょうか？

あの後出入り口の近くにある小部屋に通され、そこからさらに奥の扉を抜けて、次の部屋へと通されました。

それぞれの部屋には着飾った貴族らしき人達が何人かいらっしゃいました。その誰もが私たちには目もくれません。慣れてるんでしょうか。

部屋を次から次へと抜けていき、今現在もまたどこかの部屋を通り抜けようとしています。もうここから一人で帰れと言われても無理です。帰れません。

そんな私の事はお構いなしに、侍従の方はずんずんと進んでいきます。その後ろをオーガストさん、そのさらに後ろを私が歩いている状態です。

男二人の速度に合わせなくてはならない私はもはや小走りですよ！　少しは女性の歩幅ってものを考えていただきたい。

それにしても、さすが王宮ですね。通り抜ける部屋の全てに豪華な装飾が施されています。白い漆喰《しっくい》地に、金で飾りが施された壁。フレスコ画が描き出された天井、クリスタルのシャンデリア、細かい彫刻がなされた扉、優美な取っ手。

置いてある調度品も、手の込んだ細工だというのが一目でわかるものばかりです。すごいですねー。田舎者《いなかもの》丸出しできょろきょろと見回してしまいました。その様子がおかしかったのか、扉のところで警護に当たっているらしい騎士様に笑われる事数回。恥かきに来たようなものですね……

やっと前の二人の足が止まったと思ったら、一つの扉の前に到達していました。これまでの扉は全て開け放されていましたが、ここは閉まっています。侍従の方は扉の両側に控えている、帯剣した騎士様に一つ軽く頷《うなず》いて見せました。

「殿下、お召しの者が参上つかまつりました」

侍従の方のなよなよとした声で扉の向こうまで通るんでしょうか？　と思いましたけど、通ったようです。程なく扉が向こう側から開かれました。

あれからも王女殿下は少し興奮気味にあれこれ話されていますが、それに言葉少なに答えるのはこの侍従です。本当に私、何の為にここに呼ばれたんでしょう？

「それでね！　今度作って欲しい飾りなのだけれど」

金色の巻き毛、空色の瞳、通った鼻筋に薄紅の頬、赤い唇。本当に美少女という言葉がぴったりな方です。

その王女殿下がふっと脇に視線をやると、その辺りにいた侍女さんの一人がさっと何かを手に、そばまで来ました。すごいですね侍女さん。主《あるじ》の意を汲むとはこういう事でしょうか。

「まずはこれを見てちょうだい」

そう言って侍女さんの手からオーガストさんの手に渡ったのは、小さなかごのようなものでした。これは……虫かご？　それにしては銀細工でかなり高価なもののようですけど。中には一頭の蝶がいます。綺麗な羽根を畳んで、じっと小さな枝に止まっています。これ、作り物ですよね？　宝石がついているみたいですが、いったいおいくらなんでしょうか。

「蝶、ですか」

「蝶でございますね」

「ええそうよ」

オーガストさんのつぶやきに、侍従がとっさに言葉を重ねています。やんごとない方とは云々《うんぬん》ってやつですね。なんかもうどうでもいい感じです。

「実は今度は……ああそうだわ、ベッセマー」

「はい殿下」

「庭園の庭師から花をもらってきてちょうだい。あれも必要なのよ」

あ、侍従の顔が嫌そうに歪《ゆが》んでます。いいんでしょうか？　あんなに顔に出してしまって。お願いした方は至ってにこやかですけど。なんだか対照的です。

普通仕える主の命は絶対だと思うのですが、王宮ともなると違うのでしょうか？　見るからに不服、と顔に書いてあるんですけど。何が不服なのかまでは知りませんけど。

あれですか？　下々の者と王女殿下を置いて部屋を出るのが気にいらないとかですか？　でも侍女さん達も大勢いるんですから、別に構わないと思うんですけどね。

「ですが殿下」

「今すぐよ。お願いね」

「……仰《おお》せのままに」

王女殿下がにっこりとお願いするのに、侍従が敗北しました。おお、王女殿下お強いですね。相手に全てを言わせません。

侍従は一礼すると、さっさと体の向きを変えて部屋を出ていきました。扉の閉まる音だけを部屋に残して。

「あー、やっといなくなりましたわね」

「お疲れ様でございます、姫様」

「ああ、オーガスト達も楽にしてちょうだい、ベッセマーならしばらく戻ってこれないから。まったく、私《わたくし》のお客様だというのに」

えーと、侍従が部屋からいなくなった途端、侍女さん達も王女殿下もなんだか感じが違いますよ？　なんというか、のびのびして見えます。王女殿下なんて扇で隠していますが、明らかに大きな溜息を吐《つ》かれましたよね？　この変貌振りは一体。

思わず私は目を丸くして、王女殿下を見てしまいました。それを横で見ていたオーガストさんに小さく笑われて、やっと我に返りましたよ。

「あれは私も好きではないの。王宮にはあの手のが多いけど、そればかりでもないのよ。追々《おいおい》わかると思うけど」

そう言ってにっこり微笑んだ王女殿下は、それこそ花が咲きほころぶような様子です。お美しいですねえ。

「あれ」って、まさかさっきの侍従の人ですか？　発言内容に一部ひっかかるものがありますが、高貴な方と直接口をきいちゃいけないんですよね。なのでこちらも流させていただきました。

「二人とも、こちらへ」

侍女さん達に促されて、部屋の奥にあるソファセットに移動です。なんと、王女殿下を前にソファに座っていいんですって。

移動の際に、少しだけ王女殿下のそばに寄る事になりました。小柄な方なんですね。頭が私の肩くらいですよ。

緩く、でも綺麗に結ってある髪には、白いリボンが揺れています。レースですね。いい編み柄《がら》だと思います。

そうっと座ると、隣にオーガストさんが座りました。すかさず侍女さんの一人がお茶を出してくださいましたよ。ありがとうございます。

私が疑問符を一杯頭の上に飛ばしている隣で、オーガストさんは苦笑気味に王女殿下に言いました。

「殿下、庭師の方まで巻き込んだんですか？」

あれ？　直接話してしまっていいんですか？　まあ侍従の人はいなくなってしまいましたし、代わりに侍女さん達が仲立ちをしてくれる訳でもないようですし、直接しゃべる以外にはないですよね。

「まあ失礼ね。ちょっと協力を願っただけよ？　それにペイトンもベッセマーの事は嫌いだもの。前に花を勝手に切り取ってしまったんですって。ペイトンはとても怒っていたわ。だから手を貸してちょうだいってお願いしたの。庭園の方ではあれこれ言って足止めてくれるはずよ」

　ああ、思い切り「ペイトンも」って言っちゃいましたよ。先程の「あれ」はやはり侍従の人の事だったんですね。

「うるさいベッセマーがいないから、いつも通りにしてちょうだい、オーガスト」

「はい殿下」

　言われたオーガストさんはくすくす笑っています。いいんですか？　こんなで。なんというか、すごい気安いというか。いつもこんななんですか？　オーガストさん。

「では殿下、改めまして。こちらがあの花飾りを製作したわが商会のルイザ・アトキンソンです。ルイザ、ご挨拶を」

　慌てて立ってお辞儀をします。私も話していいんですよね？　自己紹介ですけど。

「アトキンソンです。お目にかかれて」

「ああ、堅苦しい挨拶は抜きでいいわ。ねえ、本当にいろいろ聞きたかったのよ」

　そう言うと王女殿下は座っているソファから身を乗り出して詰め寄って来られます。ちょっとその勢いが怖いです。腰が引けるのは見逃してください。

「あの花飾りはどうやって考えついたの？　他の仕立屋に注文しても、あれほどの出来の物を持ってきた店はなかったのよ。あなたとても腕がいいのね」

「お……恐れ入ります」

それ以外に何を言えと。ていうかあの花飾り、他の店にも発注してたんですね。まあ最終的にはうちの品をお気に召していただけたようですけど。

そして前のめりになっているせいで、ついつい目が行ってしまいます。王女殿下の胸元に。うん、成長の余地が大分あるようです。

べ、別に見ようと思って見たわけではありませんよ!? ただこう、相手が下から見上げてくるものだから、その顔を見るとどうしてもそこにも視線が。不可抗力というやつです。

「あら? あなた……」

ふと王女殿下の視線が下がり、私の胸元に集中し始めました。今日の服は紺色で、凹《おう》凸《とつ》はわかりづらいですからね。でも近寄ればわかるという。

なんか凝視《ぎょうし》されています。ああ、なんか複雑そうな表情をしてますよ。いやいやそこでご自分の胸を見られるのは……ああ、比較なさらないでください!

ものすごい肉感的なスタイルという訳ではありませんが、それなりにはっきりしたボディラインはしてるんです、私。

で、でも! 女は胸の大きさじゃあないと思います! って私が言っても嫌みですねそうですね。

王女殿下は、ご自分の胸元をぺたぺたと触ってらっしゃいます。確か殿下は私の一つ下でしたね。何も言えません。

後ろに控える侍女さん達も、生ぬるい視線で王女殿下を見守っています。王女殿下は、まだじとっとした視線で私の胸元を見ておられます。触られたらどうしましょう？

「ところで殿下、この蝶は？」

オーガストさんが先程の虫かごを持ったまま、王女殿下にお伺いをたてました。さすがです！　オーガストさん。話が仕事の方に戻りました。そうですよ、今日はお仕事で来てるんですから。

王女殿下もその一言で我に返ったようです。あのままジト目で見られていたら、私どうなっていたんでしょうか？

「ああそうそう。今度は蝶の飾りを作って欲しいのよ」

「なるほど」

まさか今度は本物に見える蝶の飾りを作れと？　ど……どうやって？　改めて目の前の小さめのテーブルに置かれた虫かごを見ます。見れば見る程綺麗な細工物ですね。

「蝶は不死・再生の象徴でもあるでしょう？　勇者様のご無事を祈る意味でも、ふさわしい飾りだと思うの」

「そうですね。素晴らしいお考えです」

オーガストさんはにこやかにそう言いました。そういえば神殿の教えに、蝶は不死と再生の象徴であるというのがありましたね、確かに。

それにしても、ここでも勇者ですか。仕方ない事ですが。彼が無事に討伐を達成してくれないと、私たちの命もないですからね。

それに私は克服したんです。王女殿下が勇者の事を口にしたくらい、どうって事ないです。そのはずです。

「私《わたくし》がそれを身につける事で、社交界で流行《はや》らせようと思って。みんなで勇者様のご無事を祈る為に！」

王女殿下の後ろでは、侍女さん達が口々に「ご立派ですわ、姫様」と言っています。す、すごく力強いです。

確かに不死・再生の象徴を飾りとして流行らせるのは縁起がいいかも知れませんが、それって意味あるんでしょうか？　まだしも神殿でお祈りしておいた方が効くような気がしますが。

「王女殿下も、勇者様の事がお好きなんですね」

何でもない事のようにオーガストさんが漏らします。今そこいきますか。ちょっとオーガストさんが恨めしく感じましたが、それをここで顔に出す訳にもいかないんですよね。私は、膝の上に置いた手をぐっと握り込んで耐えました。

でも王女殿下は、そんな私にはお構いなしの様子です。当たり前か……

「まあ！　当然ではないの。救世の為に存在する方ですのよ！　ですから私も同行したいと申しましたのに」

え!?　この王女殿下が討伐に同行!?　さすがにそれは無理なのでは？　ああ、無理だから今も王宮にいらっしゃるんですね。

オーガストさんも、王女殿下のお言葉に苦笑するしかありません。

「さすがにそれは無理でしょう。殿下は将来女王としてこの国を背負う身。その大切な御身《おんみ》をそう易々《やすやす》とは外に出せません」

「わかっていますわ、それくらい。でも私には妹もいるというのに。お兄様は同行が許されたのよ。不公平だわ」

王女殿下はぷいっと可愛らしく横を向いてしまわれました。もしかしなくても不興《ふきょう》を買ってしまったとか？　どうするんですか!?　オーガストさん！

と、焦ると同時におかしな事に気付きました。オーガストさん、今変な事言いませんでしたか？

先程、王女殿下は「お兄様は同行が許された」と仰《おっしゃ》いました。兄というと王子殿下ですよね？　年上の王子殿下がいらっしゃるのに、この王女殿下が将来の女王？　どうしてでしょう？　普通兄である王子殿下が次代の国王になられるのでは？

訳がわからずぽかんとしている私を余所《よそ》に、オーガストさんと王女殿下は話を進めています。

「王子殿下は、じき臣籍《しんせき》に降りられる身。今からその為の実績作りといった所でしょう」

「女なんてつまらないものね」

再び私の頭の上には、疑問符が大量に飛んでおります。しんせき？　それって何ですか？　でもそれ、ここで聞いてしまっていいの？

話が理解出来ずおたおたしていると、私のその様子に気付かれた王女殿下がこちらを不思議そうに覗《のぞ》き込んでこられました。

「あら？　ルイザと言ったかしら、どうかして？」

「あ……いえ……あのう……」

そうは聞かれましても。何をどう言えばいいのやら。余計へどもどしてしまった私に、王女殿下は鷹揚《おうよう》に仰いました。

「何か聞きたい事があったら仰いな。あなた、王宮に来るのは今日が初めてなのでしょう？」

ありがたくももったいない、王女殿下のお言葉なのですが。こんな基本的な事、ここで聞いていいんでしょうか？

「ええとですね……大変基本的な事で恐縮なのですが……なにぶん地方から出てきて間もないもので……」

でもそろそろ半年は経つんですけどね。しどろもどろになりながら続ける私の言葉を、王女殿下もオーガストさんも後ろの侍女さん達も、静かに聞いています。

「その……なぜ王子殿下がいらっしゃるのに、王女殿下が次の女王になられるんですか？」

部屋の中が静寂《せいじゃく》に包まれました。皆さんの視線が突き刺さってくるのが感じられます。い……いたたまれない！　身の縮まる思いです。

仕方ないじゃないですか！　本当に知らないんですよ！　王族の継承云々《うんぬん》なんて!!　神殿じゃあ教えてくれなかったし！　よしんば教えてくれてても、多分魔物の事で記憶を上書きされて覚えてられなかっただろうし！

庶民の生活には、王族の継承なんて関わりのない事なんですよ。でも知りたいです。

ここまで聞いてしまったら、真相を聞かない限り落ち着きません。

やや《つぶや》して、オーガストさんと王女殿下が呟くように言いました。

「ああ、そういえば。ルイザは知らないんだったね」

「オーガストが知っているから、他の者も知っているとばかり思っておりましたわ」

知ってるって、何をですか？

「まずはこの国の継承順は知ってる？　ルイザ」

オーガストさんが優しく聞いてきますが、私は首を横に振ります。知りません。まさしく今それを聞きたいのですよ。上から順に、とかじゃないんでしょうか？

「我が国の王位継承は、王妃様がお産みになったお子様の上から順に、なんだ。男女関係なくね」

ああ、それで王女殿下が次期女王に……って、ちょっと待って。だから王子殿下は？

「ちなみにお兄様と私《わたくし》は母親が違うのよ。私の母は王妃だけど、兄の母君は侯爵夫人なの」

え？　それはどういう事でしょうか？　母君が侯爵夫人なら、その御子は王子ではなく侯爵令息になるのでは？　まさか……

「え？　じゃあ王子殿下って……」

「愛人の子、という事ですわね」

恐る恐る聞いた私に、王女殿下はばっさりと言い切りました。そんなはっきり愛人なんてー!!　確かに他に言い様はないでしょうけど。

行儀悪くも大口を開けて驚く私を咎《とが》めるでもなく、王女殿下は加えて説明してくださいました。

「我が国も当然一夫一妻制ですから、妻以外の女性との関係は女神様がお許しになりません。神殿の教えにもきちんとあるわね。でもその教えに背《そむ》いてそういった相手を持つのは、貴族社会のみならず一般庶民にもある事だと聞いているわ。特別驚く事でもないのではなくて？」

「王女殿下……」

「まあ、いくら私が王宮から出ない身とはいえ、そのくらいの情報は持っていてよ」

そう言うと、王女殿下は口元を扇で隠されました。オーガストさんが苦笑してます。後ろの侍女さん達も、なんだか苦笑気味です。まあ深窓《しんそう》のお姫様がこんな泥臭い話をするのは、誰だって見たくないですよね。

ええと、話題を少し変えた方がいいんでしょうか？　でも話題と言っても、私が振れる事なんてたかが知れていますよ。

「あー、と、国王陛下には、その、他にも、その侯爵夫人のような方……が？」

思わず口を突いて出てきましたが、この場でこの話題って、まずくないですか？　もしかしなくても、やってしまいましたか？　私。

王女殿下にとっては国王陛下って、自分の父親ですよね？　父親の愛人は他にいないのか、なんて他人に聞かれたら……

自分の発言の迂闊《うかつ》さに青くなっている私の前で、王女殿下は一瞬目を見開かれました。そりゃそうですよねー。ああ、穴があったら入りたい。というか穴掘って自《みずか》ら埋まりたい。

いっそ謝ってしまおうか、と思った私に先んじて王女殿下が口を開かれました。すわ、叱責《しっせき》か!?　もしくは冷たい嫌みが飛び出すのか!?　全て自業自得《じごうじとく》ですが！　それとも一足飛びに不敬罪行きですか!?　あれ確か極刑《きょっけい》……ひー!!　私の命、ここまでですか!?

混乱する私の耳に、王女殿下の穏やかな声が聞こえてきます。

「父である国王陛下には、今現在侯爵夫人以外の愛人はいないのよ。侯爵夫人との間にはお兄様と妹がいます。本来愛人の子供は庶子扱いなのだけど、成人するまでは王族として扱うのが我が国の慣習なの」

そう言った王女殿下を、私はまた間抜けな表情で見つめてしまいました。てっきり怒られるか、気分を害されるかだと思ってました。ですが王女殿下には一切その様子は見られません。

殿下はそのまま続けられました。

「お兄様はもう成人していらっしゃるのだけど、この情勢でしょう？　大魔王討伐が終わるまでは、成人の儀も控えていらっしゃるのよ。そして先程オーガストが言っていたけど、庶子には継承権はないの。だからお兄様は成人なさると臣籍《しんせき》に降りられる、つまり王族を降りて臣下になられるの。おそらく新しい公爵家が興《おこ》されるのではないかしら」

私は王女殿下の言葉を聞きながら、我が国の王族を思い浮かべました。たしか、王子殿下は二人で王女殿下が三人いらっしゃるはずです。という事は、王妃様がお産みになったのは目の前の殿下含め、王女殿下二人と王子殿下一人、ですね。

それ以外の王子殿下と王女殿下は、本来なら庶子扱いですか。この場合悪者は国王陛下と思うのは、私だからでしょうか？　浮気男は滅すればいいと思います。

ああ、いけない。思わず見た事もない国王陛下に、軽い殺意がわきそうになりましたよ。それにまだ聞きたい事はあるんです。そっちを聞いてしまわなくては。

「それと……先程王子殿下が勇者の旅に同行したとかなんとか」

「ええ。見届け役としてですけどね。お兄様、剣とか魔法はからっきしだから。皆様の足を引っ張っていないか、それだけが心配ですわね」

ほう、と頬に手を当てて溜息を吐《つ》く王女殿下は、なかなか絵になるお姿でした。

「あのう、見届け役って？」

勇者には都合四人ほど関わりましたが、初めて聞きますよ。そんな私の内心を知らず、王女殿下は嫌な顔一つせず答えてくださいました。

「先々代の勇者様の時から始まったと聞いていますわ」

「何でも、きちんと勇者様が敵の総大将を討ち取ったかどうかを確かめるんですって」

続きは侍女さん達が教えてくれました。勇者が魔王や大魔王や竜王等を倒さなかったら、すぐにわかってしまうのではないんですか？　だって世界が滅ぶと言われているんですから。倒したと嘘を吐いたところですぐにばれますよ。

首を傾げる私を余所《よそ》に、王女殿下は扇で隠した口元からふう、と軽い溜息を吐かれました。

「まあそれは建前《たてまえ》ですけれど」

「建前？」

「ええ。勇者様の戦いを見届ける、なんて言ってはおりますが、本当は他国に対する牽《けん》制《せい》と国内に対する実績作りなのよ」

王女殿下は、やれやれといった様子でまた扇で口元を隠しています。

「では王子殿下が勇者一行に同行する意味って……」

「救世という意味では、まあ、ありませんわね。先程も言ったように実績作りの一環といった所で、救世の旅に同行したという事実が必要なのですよ。その間外交もやっているから、まったくの無意味という事ではないはずですけど。ちゃんとやってるのかしら？お兄様ってば」

あー、また言っちゃいましたよ王女殿下は。結構容赦《ようしゃ》のない言い方ですね。

「今この時だけは、無礼講《ぶれいこう》という事にしておいてちょうだい」

にっこりと微笑んで王女殿下はそう仰《おっしゃ》いました。まるでこちらの考えを読んだかのようなお言葉です。一つ下だというのに怖いお姫様です。オーガストさん、嘘吐きましたね。

でもそうすると成人の儀を伸ばし伸ばしにしているっていうのも、なんだか引っかかりますね。公爵に収まる前にこの救世の旅で箔《はく》を付けてそれから、って風に勘ぐってしまいます。

成人前に救世の旅に同行した公爵、っていうと、なんとなく凄そうな印象受けますから。庶民なんてそんなもんですよ。

「王子殿下もいろいろ考えて行動してるんですねえ。箔付けとか」

思わず口から漏《も》れてしまいました。慌てて口元を押さえましたが、後の祭りってこういう事を言うんですね。今日一日でどれだけ失言したんでしょうか？　私。

でも王女殿下はおろか、侍女さん達もオーガストさんも、誰も怒ったり非難したりしないですね。……いいんですね、無礼講って事で。

王女殿下の方を窺《うかが》えば、目が合ってにこりと微笑まれました。美少女の微笑みって、凶器になるんですね。危うく心臓が止まるかと思いました。ま、まだばくばくいっています。

「それはもちろんそうよ。王侯貴族たるもの、いついかなる時でも先を考えて行動しなくてはね。お兄様も、そういうお考えで同行を希望されたのでしょう。その点は私《わたくし》も評価していてよ」

うわあ。妹が兄を『評価』ですかあ。本当、王侯貴族って大変なんですね。色々と。

「まあ、姫様。殿下が同行なさったのはそれだけではありませんわよ、きっと！」

「そうですわ！　ダイアン様の為でもあると思われませんか？」

「ダイアン様、大分勇者様に惹かれていらっしゃったものねえ」

おおっと。侍女さん達が話に食い込んできましたよ。みなさん、目が生き生きとしていらっしゃいます。

忘れていましたが、ここも女性の多い場所でした。男性はオーガストさんだけですよ。

当然おしゃべりはみなさん、大好きでいらっしゃいますよねー。

にしても、ダイアンというと例の公爵令嬢ですか。王女殿下にそれらしいところが見られないという事は、今回勇者は公爵令嬢というか魔法使いと一緒になるんでしょうか。そういえば、魔法使いと一緒になるというのは今までありませんでしたね。

王子殿下が勇者の大魔王討伐の旅に同行するのは、臣籍《しんせき》に降りる前に箔を付けておけ、という考えからだというのはわかりました。でもそこに公爵令嬢の名前が出るのは何故？

首を傾げていると、私の疑問に気付いたのか、くすりと笑った王女殿下が的確な答えをくださいました。

「ダイアンはお兄様の婚約者ですのよ」

婚約者ー!?　あの公爵令嬢、王子殿下の婚約者だったのー!?　なのにグレアムとの事を新聞に書かれていたわけ？

新聞の記事がでたらめなのか、令嬢が婚約者を振ってまでグレアムに入れ込んでるのか。その前に王子殿下って振れるもんなんでしょうか？　てっきり家同士のあれこれがあって、決まった結婚は断れないとか思っていました。

私が驚きと諸々《もろもろ》で口をぱくぱくさせていると、王女殿下はまた扇で口元を隠して少し遠い目になられました。

「新聞で読んで知っているでしょう？　ダイアンは大分勇者様に入れ込んでいる様子なの。でたらめな記事かとも思ったのだけど、王国新聞はその辺り間違った事だけは書かないから」

という事は令嬢の方は本気って事でしょうか？　グレアムがどう答えるかは別として。

「でも帰ってきた暁《あかつき》には、お兄様とダイアンはきちんと結婚させるつもりでしてよ。さすがのダイアンも勇者様が別の相手と結婚してしまえば諦《あきら》めるでしょう」

ああ、まあそうですよね。公爵令嬢ともあろう人が、余所《よそ》の旦那様に横恋慕《よこれんぼ》するなんて。

でもグレアムが誰と結婚するんですか？　そんな相手もう決まってるの？　吹っ切ったとはいえその辺りは気になりますよ。

「殿下、勇者様にそのようなお話が？」

オーガストさんが実にいい質問をしてくれました！　そうです！　そこが知りたいんです!!

「いいえ、私《わたくし》が知っている限りはありませんわね。でも……」

でも？　王女殿下は今度はにっこり笑って爆弾発言をなさいました。

「私の婿としてこの国の王配《おうはい》にと思っておりますの。いい案でしょう？」

……って事は、今回もお相手は王女殿下ですかそうですか。

話が一段落して本来のお仕事の話に移りました。今度は蝶の飾りだそうです。

「なるべく軽い素材がいいと思うの。それをたくさんドレスにつけようと思って。重いと布地を引っ張ってしまうし、ドレス自体も重くなってしまうでしょう？」

「そうですね。軽さを求めるなら金属系はやめておいた方がいいでしょう」

王女殿下に聞かれて、私もかごの中の蝶を見ながら答えました。ドレスの全体を考えるのはオーガストさんの仕事ですが、こと飾りの事ならば私の仕事ですからね。

って事はやっぱり布ですかー。いっそレースで蝶を編んで、それをノリで固めて飾りにしましょうか。それとも胸当ての部分に大きめの蝶の飾りを作って付けましょうか。

「それとね、色をたくさん使って欲しいのよ。こんな時ですもの、女性のドレスくらい明るく華やかにしたいでしょう？」

色を使うとなるとレースは却下《きゃっか》ですね。何使いましょう？　布以外の素材も一応考えてみましょうか。でも軽くとなると、悩みますね。堅さと軽さかー。

私がうんうん考えている隣で、オーガストさんは持ち込んだスケッチブックにさらさらとデザインを描いています。それを時折王女殿下に見せて確認しながら、何度かの描き直しを経て一枚のデザイン画に仕上げていきます。

「こんな感じでどうですか？」

「そうねえ。もう少し形がはっきりしている方がいいわ。今回は蝶だとわからせる事に意味があるんですからね。一目ですぐわかるくらいにして欲しいの」

そう王女殿下に言われて、オーガストさんはデザイン画に何やら描き加えていきます。

作業を終えて、描いた面を王女殿下に提示して、さらに詰めていきます。

「ではこちらの方が？」

「ええ、こちらの方がいいわ。これは別のデザインにも流用できて？」

「そうですねえ」

やっぱりこの王女殿下は凄いと思います。先程の王配云々《おうはいうんぬん》も、あんな考えが裏にあるとは思ってもみませんでした。先程の話の後に、殿下のお考えを聞いたんですが。

『勇者様を婿に迎えたとなれば、近隣諸国へのにらみが利きますでしょ？　隣国のどちらから婿を迎えたとしても、残りの国には遺恨《いこん》が残りますものね。それに婿を迎えた国としか確実な結びつきは得られません。その点勇者様ならばどこからも恨《うら》まれませんし、我が国が優位に立てる国の数は多くなりますもの。お得でしょう？』

国どころか世界を救った英雄。彼のいる国を、誰も攻撃など出来はしません。勇者の力に敵《かな》うものはなく、勇者に寄せられる民衆の思いも、国を越えて大変強いものです。そんな存在である勇者を一般庶民として野放しにするより、国の頂点にほど近い場所に置いておく方が、国としても効果が大きいという事でしょう。

そこにあるのは純粋に政治であって、感情の入り込む余地がありません。もしかしたら最初の彼の時も、そういった事情があったのでしょうか？

それにしてもご自身の結婚に損か得かという部分を入れなくてはならないなんて、王族というのも厄介なものなのですね。

その事をぽつりと漏《も》らすと、王女殿下はさも驚いたという表情をなさいました。

「あら、庶民だってある程度は計算するでしょう？　この相手と結婚して将来やっていけるのか、稼ぎはどのくらいあるのか、舅《しゅうと》や姑《しゅうとめ》はどうなのか、周囲の人の反応はどうなのか。私《わたくし》の場合、それが国単位というだけに過ぎませんのよ？」

……なんだか耳の痛い話です。前回がまさしくそんな結婚でした。で、でも！　嫌いな相手と結婚した訳ではなかったんです。それなりには好きだったんですよ？　相手には伝わってなかったようですけど。

まあそれなりと言ってしまう辺りで、察してくださいって感じですね。結婚となると、恋愛と違って生活がかかってきますから、慎重にもなるし計算だってしますよ。

「私だって、勇者様の事はそれなりに思っていましてよ。素敵な方ですし。でもそれ以上に、あの方を婿に迎える利益の方に目が行っているだけですもの」

ほほほと笑う王女殿下を前に、私はやっぱりどこか笑えない気分でいました。グレアムはその結婚を受け入れるんでしょうか？　彼もそんな風に考えるんでしょうか？

そんな事を考えてしまったせいでしょうか、気付けばふと漏らしていました。

「勇者は、どうなんでしょうか？」

「え？」

私は俯《うつむ》いたまま、王女殿下を見ずに続けました。

「他に好きな人とか、いないんでしょうか？　それこそ公爵令嬢とか。他にも。そういった人がいても、やっぱり王女殿下の婿に収まるのでしょうか？」

室内が再びしんとしてしまいました。そこでようやく、自分が何を言ったのか自覚しました。

やばい！　と気付いた時にはもう遅かったです。ああ、やっぱり穴掘って埋まりたい！

それにしても、『好きな人』のところで自分が出てこない辺り、もう終わってるんですねえ。しみじみしてしまいます。

いいえ、こう思えるって事も前進している証拠です。彼の事を過去のものにして、前を向いて生きていけばいいんです。でもやっぱりこの静寂《せいじゃく》はいたたまれません。さっそく挫折《ざせつ》しそうです。

その静寂を破ったのは、侍女さん達でした。

「でも、姫様と結婚すれば未来の女王陛下の婿になるんですよ？　これ以上名誉な事などありましょうか」

「そ、そうですよ！　勇者様だってそう思われます！」

「そうですわ！　姫様。あなたも、妙な事は言わないでちょうだい」

「す、すみません」

侍女さん達から総攻撃です。失言でした。そうですよね。彼女達にしてみれば、大事な主《あるじ》である王女殿下をこけにするような内容でしたよね。いくら無礼講《ぶれいこう》とはいえ、こんな……

って事は王女殿下ご自身も、そう思われたのでしょうか。やっぱり不敬罪でしょうか？

私はまた自ら墓穴を掘ったとか!?　怯えていると、不意に柔らかい声がかかりました。

「勇者様にそういった方がいらっしゃると聞いた事はないけど、その時はその時と思っておりましてよ」

王女殿下でした。こちらをまっすぐに見つめるその瞳には、口調とは裏腹に強い意志が見られます。

おお、もしもの時には潔く諦《あきら》めて勇者の幸せを祈るんですね？　器《うつわ》の大きい所を見せるんですね!?　って別にまだ王女殿下が勇者に迫った訳ではないんでしょうけど。

でも、現実は私の予想の遙《はる》か斜め上を行ってましたよ。ぐっと拳を握って、決意も新たに王女殿下が言い切りました。

「その方《かた》より私《わたくし》の方《ほう》が魅力的だと思わせればよろしいだけですわ！」

「さすがですわ！　姫様！」

「そうですわ!!　姫様の魅力に落ちない殿方などおりませんわよ」

「頑張ってくださいまし！　姫様！」

ああ……そっちに行くんですね。

グレアムの今後をちょっと心配しつつも、無事本日のお仕事を終了させる事が出来ました。良かったですよ、本当に。

そういえばあの侍従ですが、話が全て終わって私たちがさあ帰ろう、という頃になってようやく部屋に戻ってきました。

両手にいっぱいの白い薔薇《ばら》の花束を持って、その表情には深い疲労の色をたたえて。彼に何があったかは……聞かない方がいいでしょうね。

よれよれの状態で、王女殿下に花束を捧げました。対する王女殿下の方は、これまた実に見事な笑顔で受け取っていましたよ。嫌いな人がよれよれになっているのが、楽しかったんですねそうですね。決して口には出しません。私も似たような思いだったからです。

なんだか王女殿下に会って、これまで持っていた「お姫様」のイメージを打ち砕かれた気がします。いいんだか悪いんだかはわかりませんが。

余所《よそ》の国のお姫様も、皆様こんな感じなんでしょうか？　そうだとしたら、やはり王宮なんてのは恐ろしい所だと思いますよ。私は一般庶民で良かったと、心の底から思います。

「疲れた？」

帰りの馬車の中、ついつい溜息を吐《つ》いてしまい、目の前に座るオーガストさんにそう言われてしまいました。

確かに、色々な意味で疲れましたねえ。決して仕事だけの疲れでない辺りがなんとも、もの悲しい気がしますが。

そう、仕事でも結構頭を使って疲れました。大体の方向性は決定したので、帰って早《さっ》速《そく》試作品作りですよ。でも取りかかるのは明日からですね。今日は気力的にも、もう無理です。

朝っぱらから王宮に行ったにもかかわらず、帰る今は夕方ですよ。その間ずっと王女殿下の相手をしていたのかと言われれば、実は違います。

あの後王女殿下のお部屋を辞したのは昼少し前でした。殿下の計《はか》らいで王宮で昼食をいただけるとの事だったので、オーガストさんと二人で別室にて昼食をいただきました。

王宮で勤めている人達の為の食堂なんだとか。王宮勤めの人は身分は様々で、下働きなんかは平民もいるんだそうです。なので食堂も身分別に用意されているんです。

私達がお世話になった食堂は、当然そうした下働きの人達が使う食堂です。でもおいしかったですよ。材料は、やんごとない方達に出す料理に使ったものの余りなんだそうです。道理でおいしい訳ですね。

ただ使っている調味料は違うそうです。やんごとない方々の分はお高い調味料をふんだんに使っているそうですが、平民用はそうはいきません。その分手間暇かけて調理しているんだそうです。味だけでなく、見た目も綺麗に仕上げてあるので、街の食堂で出してもいいお値段取れそうですよ。

その後はひたすら営業行脚《えいぎょうあんぎゃ》でした。ええ、行脚というのがぴったりだと思います。

王宮という場所には、常に貴族の方が誰かしらいるのだそうです。そしてそういった貴族の中にもオーガストさんの顧客はいるわけです。

そしてその貴族の方から別の貴族の方を紹介してもらうと、その相手もうまくすれば顧客に化けるという。今日はそんな営業をひたすら二人でしてきました。

二人でと言っても実質はオーガストさんが一人でやったようなものです。私は後ろにいて相づちを打ったり、持ってきた布地の見本帳を取り出して、オーガストさんに渡すといった程度の事しかしませんでした。

それにしても、オーガストさんはさすがですね。新しく紹介されたあちらこちらの貴族の方々の事も、言葉巧みに丸め込んで注文をもぎ取ってしまいましたよ。感服しました。

普段こんな大変な事をしているから、商会が繁盛《はんじょう》してるという訳ですか。いつもはマキシーン達がこんな大変な事についていってるんですね。改めてお疲れ様です。

「丸め込むはひどいなあ」

オーガストさんは苦笑しながら、柔らかくそう言いました。無意識のうちに、心の中がダダ漏《も》れになっていたようです。気を付けなくちゃ。

でもあの話しぶりを聞いていると、どうしてもその単語が浮かんでしまうんですけど。にこやかに人当たりが柔らかい風に見せて、やんわりと押しの強い営業をしているのを見たら、誰でもそういう感想を持つと思いますよ。

「でも嘘は言っていないよ？　王女殿下のドレスを手がけているし、公爵家の夫人や令嬢のドレスだって作ってる。それに見せたデザイン画は確かに僕が描いてるものだしね」

そうですね。そういう意味では嘘は一つも言っていませんね。ただ何というか、話術とでもいいましょうか、相手をその気にさせるのが大変お上手というかですね。

巧みに身分の高い方達の名前を出して注意を引きつけ、ご婦人方の競争心を煽《あお》るような事を口にし、さらに目の前の夫人を褒め、デザイン画でとどめを刺す、そんな感じでした。

あれですね。貴族は見栄で生きているとエセルに聞いた事ありますが、女性はさらにそうなんだなと思います。他の人より美しくあれ。それが彼女達の大部分を占めているようです。

もっともそれは、貴族に限った事ではないですよね。女性なら誰でも、「あの人より美しくなりたい」という思いはあります。それを手っ取り早く叶えてくれるアイテムとして、「あの人」のドレスを作った仕立屋に、競争相手以上のドレスを作らせるんです。

「あの人」というのが、人によって異なるようですが、オーガストさんはその辺りもうまく突いていましたよ。相手によって使う名前を変えていましたから。それが王女殿下だったり公爵夫人だったり伯爵夫人だったりする訳です。

今まで考えた事なかったですけど、オーガストさん、きっと女性にもてるでしょうね。これだけ弁が立てば、意中の相手など一発で落とせそうです。

でも工房では、そういった噂は聞かないんですよね。さすがに雇い主の色恋沙汰《いろこいざた》は、話題にのせづらいのかしら。それとも本当にもてていて女性をとっかえひっかえしているから、今更一つや二つくらいじゃもう話題に乗せる気にもならないとか？

「ルイザ……何だか視線が痛いよ？」

気のせいですよ、きっと。


季節は冬の気配を感じる頃になりました。近頃では上着なしには外へ出られません。空気の冷たさが今までとは明らかに違います。

あの後作った試作品は王女殿下のお気に召したようで、早速《さっそく》ドレスに使われる事となりました。ただいま鋭意製作中です。

後付けの飾りの場合、既《すで》に完成間近のドレスにも取り付けが可能なので、仕様変更という形で最新の飾りを製作中のドレスに使う事もあります。

今回の蝶の飾りは、そんな形で最速で取り入れる事となりました。ドレスの布地の柄、花模様で助かりましたよ。下手に蝶とぶつかる柄だったら目も当てられません。今なら鳥の柄は危険でした。

基本は胸当ての部分に大きさの違う蝶の飾りを入れ、スカート部分には別の布に刺繍したものを切り抜いて取り付ける形で蝶を入れる事になりました。まだ素材が決まっていないので、苦し紛《まぎ》れの方法でしたが、立体的になって意外と綺麗ですよ。


その仕事の合間のお休みを利用して、食材の買い出しに来ております。これでもちゃんと自炊はしています。……たまにずるをして外食しますが。

場所は、商業区の中央付近にある広場で開かれる市場です。ここには毎日のように新鮮な食材が並べられます。

ここはエドウズ商会から歩いてこられる距離です。結構ぎりぎりですけど。でも乗合鉄馬車を使う程ではないので、やっぱり歩きます。

私はお休みの時にしか買い物に来られませんが、来る人は毎日のように通うんだとか。日によって扱っている食材が違うんだそうです。

それを聞くと毎日来たいと思うんですが、最近は本当に忙しくてですね。仕事が終わって買い物に出たとしても市場、閉まってるんですよね。

そういえば工房のお昼に使う食材は、この市場に店を出している所から仕入れているのだそうです。量が多いので配達をお願いしているんですよ。

数日ぶりに訪れる市場は、いつも通り活気にあふれています。店先の品物を確認しながら歩くのも、また楽しいものです。

こういった人の多い所に来ると、聞くとはなしに色々な噂話が聞こえてきます。エミーじゃありませんけど、中には結構有益な噂話もあったりするんですよ。どこそこの店が安いとか、品質がいいとか悪いとか。

その噂は、そんな時に耳にしました。

「聞いたかい？　あの噂」

「何さ」

「なんでも勇者様が大魔王討伐から帰ってきたら、お城のお姫様と結婚するっていうじゃないか」

「それ本当!?」

「本当だとも！　うちの近所に王宮に勤めてる娘の知り合いがいてさ、そいつから聞いたんだから、間違いないよ」
「へえ……勇者様とお姫様がねえ」
「昔から言うじゃないか。勇者様とお姫様は末永く幸せに暮らしましたとさ、めでたし
めでたしめでたしって」
「あったっけ？　そんな話」
あやうく妙な声を出す所でした。あの話が広まってますよ!!　どっから漏れたんで
すか!?　い、一体どうすればいいんでしょう？
声のした方を見てみれば、近所のおばちゃんでしょうか。二人でまだなにやら話して
いますよ。私はそそくさとその場を離れました。
一人あたふたとしてしまいましたが、ふと我に返ってみると、別にどうする必要もな
いのだという事に思い至りました。
噂が流れているっていう事は、多分あの王女殿下がわざとそうしているはず、と思っ
たからです。
だってあれだけ腹黒……失礼、頭の回る王女殿下なら、流れてまずい噂話は流さない
だろうし、万一流れたとしても何らかの対策を講じるでしょう。
それらを一切していないって事は、そういう事ですよね。これは計算のうちで、外堀

から埋めていこうという訳ですね。

あのグレアムがそう易々《やすやす》と捕まるかどうかは謎ですが、王女殿下が本気で「勇者」を婿として迎えるつもりでいるのだけはわかりました。

そういえば王国新聞で大魔王の居城までもう少し、と出ていましたね。最新の情報のはずですから、うまくすれば春、遅くとも来年の夏までには帰ってくるのではないでしょうか。

その時、彼の隣に公爵令嬢がいる可能性も高いんですけどね。そばにいないっていうのはやっぱり不利だと思いますよ、王女殿下。私はふと王宮の方を見て、そんな事を思いました。でもここからじゃ王宮、見えませんけどね。

買い物を無事終えて、店の上にある自室に戻りました。食材をしまった後は、なんだか疲れを感じてそのままベッドへ倒れ込みました。

この疲労はあれですね、あの噂話を聞いた事による精神的疲労だと思います。市場へ行って帰ってくるくらいでこんなに疲れるはずはありませんから。

翌日は、いつも通りのお仕事風景でした。私は蝶の飾り製作の他に、イーヴィーの作った飾りを確認する仕事もあります。

仕事が立て込んでくるとイーヴィーの事はエセルに任せきりになってしまいますが、今ぐらいの込み具合ならまだ私でも見られますからね。

「できました！」

「はい。……うん、大丈夫です。じゃあ次の作ってね」

「はい！」

一事が万事こんな感じです。彼女の素直さは未だに損なわれず、一番若いという事もあって、工房全体の妹的存在として可愛がられています。

そんな彼女が今作っているのは、店で出す用のリボンの飾りです。基本的な飾りなので、これをたくさん作って技術向上を狙っているわけです。

「そういえばさあ」

そして工房のお仕事中の噂話も、もう毎度の事です。さて、今日の話題は何でしょうね？

「街で王女殿下と勇者様が結婚するって話が流れてるね」

マリアンの一言に、驚いてもう少しで声を出す所でした。だって私がこの噂聞いたの、つい昨日の事ですよ!?　もううちの工房にまで届くんですか!?

と思っていたら、あっという間にみんなその噂に食いついてきました。

「ああ、聞いた聞いた。あれ結構広まってるのよね」

「てか勇者様、帰ってきてもいないじゃん」

「その前に大魔王討伐、まだ終わってないわよ」

みなさんさすがに耳が早いですねー。でもそうですか、あの噂はそんなに広まってるんですか。さすが王女殿下です。まずは民衆の噂から、ですか。

「その話さ、この間行ったお屋敷でも聞いたんだよねー」

「っていうと例の」

「そう例の」

「例の」伯爵夫人ですね。何が「例の」なのかと言いますと、何かと醜聞《しゅうぶん》の多い伯爵夫人がいらっしゃるんです。うちの顧客に。

何でも旦那さんが地方の領地にこもっているのをいい事に、昼間から愛人を屋敷に引っ張り込んでいるとか、はたまた余所《よそ》の旦那さんと不倫してるとか、そうかと思えば王都以外の小さな街にある教会や孤児院に多額の寄付をしているとか。

いい噂も悪い噂も、たくさん流布《るふ》してる伯爵夫人です。もっとも悪い噂の方が多いですが。真相は誰も知らないという辺りが、また噂に拍車をかけているようです。

ただうちとしては、大変やりやすい顧客なのだそうですよ。採寸の際も文句が出るでなく、無茶な注文もなく、期日もごり押しされる事なく、しかも支払いがいい、ときては上得意客ですよ。でも噂話はしますけどね。

「いつも通り仮縫いに行ったんだけどさー、そこでもその話出たのよ。結構上流社会でも流れてるみたいね」

なるほど。民衆の間だけでなく、貴族社会にも流布させる事でさも既成事実のように思わせていく訳ですね。さすが王女殿下です。噂って本当、怖いですからね。

「そういえばさ、この間変な話聞いたんだけど」

そう言ってちらりと私の方を見るのは、ベアトリックスです。ドレスの裾の方の始末をしてる最中の一言でした。

「……何？」

意味ありげに見られたら、気になりますよね？

「ルイザ、あの王国新聞の記者、覚えてる？」

「ああ、コーニッシュさんね。それが？」

ベアトリックスはなんだか言いづらそうな雰囲気です。一体何を聞いたというのでしょうか？

「その……小耳に挟んだんだけど」

「うん」

「彼、王都を出て勇者様一行に同行してるって」

「え!?」

まさか。と思ったら、今まで別の会話に参加していたエミーとアリエルが食いついてきました。さすがですね。

「嘘!? あの人が!?」

「え? でも待って。勇者様が出立した後も、彼しばらく王都にいたわよね? ここに取材に来たんだし」

そうです。いくら交通手段が発達したと言っても、他国まで行っていた勇者一行に追いつけるとは思えません。一体、誰が流した噂なんでしょう。

確かに長距離用の鉄馬車を使えば歩く距離はかなり短縮されるはずですが、そもそも他国や勇者一行がいる場所まで鉄馬車が伸びているかどうか。あったとしても、行ってくれるかどうか怪しいものです。

何せ勇者達は、大魔王の居城を目指しているのです。大魔王のお膝元に近い場所であればあるほど、人のいない未開の土地となります。大魔王のいる魔王城から一番近い国まで、かなりの距離があると聞いた事があります。

魔王が出現しない時期でも、魔王城の辺りは深い森で、人は入れない場所とされています。そんな場所に向かっている勇者達に、大分遅れてこの王都から出たとして、追いつけるものなのでしょうか。

「私も詳しくは知らないの。でもいつだったか、エセルが新聞社の噂話してたでしょ？　どうもそれがあのコーニッシュさんだっていう話なの」

私は信じられない思いで、ベアトリックスを見ました。まさか、あのコーニッシュさんが今グレアム達と一緒にいるなんて。

グレアムの口から私の名前が出たら？　彼との関係も全部わかってしまう？　それを新聞で報道されたりしたら、王都まで出てきた意味がありません。それとも、もう勇者は私の事なんて忘れて同行の公爵令嬢か女神官のどちらかと恋仲になっていて、私の名前なんて出てこないとか？

違う意味で衝撃を受けている私を余所《よそ》に、周囲は好き勝手に盛り上がっています。

「そういやあの人あの辺りから姿見せなくなったのよね」

「最近の新聞、勇者様関連の記事がやたらと詳しいわよね」

「そういえばそうね。前はそれこそ、神殿側から教えてもらった内容をそのまま記事にしました、って感じのものばかりだったのに」

「最近のは、まるで見てきましたーとでも言わんばかりの内容だもんね」

ここに至って、またあの記者が本当はみんな知っていたんじゃないかという疑惑が私の中で浮かびました。知っているからこそ、あの時しつこいくらいに勇者の事を聞いてきたのかと。その後も私の所に顔を出したのは、私から勇者の情報を得る為だったのかと。

「あー‼」

「何⁉　エミー、いきなり」

それまでしばらくだんまりだったエミーが、大声を上げました。自分の考えにふけっていた私はびっくりです。周囲のみんなもびっくりです。でもおかげで泥沼の考えから脱出出来ました。エミーにお礼言うべきかしら？　当の本人は、頬を紅潮《こうちょう》させてすごく興奮しています。

「そうよ！　神殿‼」

「はあ？」

エミーのいきなりの一言に、私も周囲のみんなもついていけません。神殿がどうしたというんです？

「ほら！　神殿って神殿と神殿を結ぶ、高位神官専用の特別な移動手段を持ってるっていうじゃない！」

なんか聞いた事があります。高位神官の移動を安全に行う為に、神殿の奥には特殊な移動手段がある、という話です。でもどこで聞いたんでしたっけ？

なんでもその移動手段を使うと、どんなに離れた神殿同士でも、一瞬で行き来が出来るのだとか。噂ですけど。

「ああ、あの」

「えー？　あれってただの噂なんじゃないのー？」

「たまに出てくる話よね。でも本当にあるなんて言ってる人、見た事ないわよ？」

一般の人が見た事ないのは当たり前ですね。高位神官専用で、滅多《めった》な事では使用されないとも言われていますから。だから大半の人は眉唾物《まゆつばもの》だと思っています。

じゃあなんでこんな噂が出回るんでしょうね？　その辺りが不思議ですよ。

「いや、あるんだって！」

何故かエミーは自信満々にそう言い切ります。何か根拠でもあるんでしょうか。

「随分言い切るわね」

「ふっふーん。だって使ったって人と会った事あるんだもん！」

「ええ!?」

一気にエミーの周囲にみんなが押し寄せました。みんな、この手の話には目がないですよね、本当。

「うちの近所に住んでる神官見習いの子の伝手《つて》で、神殿の奥の方に入らせてもらった事があったのよ。まあ理由はちょっと割愛《かつあい》するけどさ。その時隣の国の祭司とかいう人が、さらに奥から出てくるのに出くわしたのよ。そんでその場は柱の陰に隠れたんだけどさ、その時その人が『移動陣は便利ですが、準備が面倒なのが困りものですな』って言ってたのよ」

みんなの手元は、もはや完全に止まっています。それが本当なら、確かに噂の移動手段っぽいですよねえ。

「それ『会った』じゃなくて、『見た』じゃない。それに、実物見た訳じゃないんでしょ？」

「そりゃあね。すんごい警備厳しいらしいわよ。武装神官の中でも特に腕の立つ人達が守ってるんだって。近づく事すら出来やしない。あの時も結構な数の神官がいたんだもん」

武装神官というのは、神殿を守る兵士のようなもので、当然神官でもあります。着ている法衣の型が普通の神官とはまるで違うので、一目でわかるんです。でも大きい神殿でないといないんですよね。地元じゃ地方都市で一番大きな神殿にしかいませんでした。

エミーの話だけで判断すれば、それだけ奥にあって神官の数も多いとなると、噂は本当かも知れません。大事なものはやっぱり奥にあるでしょうし。

それにしても移動陣ですか。そんな便利なものがあるのなら、一般にも開放すればいいのにと思いますよ。どうして神殿でだけ独占するんでしょうね。

「でもその移動陣？　とかいうのとあの新聞記者とどう繋がるのよ」

「だからー、どんだけ遠くに勇者様一行が行ってたとしても、その移動陣使えばすぐに追いつけるでしょって事！」

「あ……」

なるほど、そこに繋がるんですね。

どんなに小さい神殿にもその移動手段があるのだとしたら、勇者一行に追いつくのは無理ではないかも知れません。

人の住まないような辺境の地であっても、小さい神殿があったりするからです。あの神官達の情熱は凄いと本気で思いますよ、ええ。

でも、ちょっと気になる事があるんですが。

「神殿がそんな大事なもの、おいそれと貸すかしら？」

そう、それです。エセルの問いに私も同意しました。しかも、コーニッシュさんは新聞記者です。移動陣の事を神殿が秘密にしているのだとしたら、一番知られたくない立場の人間ではないでしょうか。

「そこはそれ。ほら、勇者様って神殿にとっても特別な存在じゃない？　その特別な存在の記事を新聞に事細かに載せる為、とかなんとか言われればさあ」

そうなんでしょうか。ちょっと無理のある説ではないかと思うんですけど。確かに神殿は勇者に対しては最大限の便宜《べんぎ》を図るものですが、それ、新聞記者にまで適用されるものなのかしら。

話に聞いただけですが、中央に行けば行くほど神官も『政治』を行うようになるらしく、権力争いも激しいんだとか。

王都中央神殿も聖地の中央神殿同様「中央」ですから、ここにいる神官達がそんな新聞社の言葉に簡単に乗せられるでしょうか？　神殿と交渉する以上、一記者では無理ですから新聞社としてするでしょうし。

「そんな簡単にいくとも思えないわ」

「でも神殿にとって、勇者様が特別なのは本当よ？」

あくまで慎重な意見を翻《ひるがえ》さないエセルに、エミーはなかば意地でしょうか？　なおも移動陣を使ったんだという持論を曲げません。

それに周囲のみんなも、悪のりで口を挟んで来ました。

「それに神官達なんて、結構世間知らずだったりするわよね。神様の事以外何にも知らない純粋培養だったりさ」

「だとしたら、海千山千の新聞記者には簡単に乗せられちゃうかもね」

「と、私も思うのよ。で、その移動陣使えばすぐに勇者様一行に加われるじゃない？だからその新聞記者同行の噂、もしかしたら本当の事かも知れないよ」

そう言いつつ、エミーもみんなも私の方を見ます。何故私？　今更グレアムとの事がばれた訳では……ないですよね？

「え……何？」

「何、じゃなくて。いいの？　ルイザ。コーニッシュさん、そんな危険な仕事に行っちゃって」

「いいも悪いも、噂が本当ならもう追いついてるって事よね？　今更何か言ってもしょうがない気がする」

「そっかー」

「やっぱダメかー」

「まあ望みは薄かったわよね」

何なんですか？　みんなして。すごいがっかりした顔を向けられるのは心外です。

「まあ、ルイザも出会い求めてるっていうし、また次の出会いがあるわよ、きっと」

切に願ってますよ、それ。

十　降臨祭

今月は目の前にお楽しみがあります。降臨祭です。これの前に感謝祭があったりしましたが、あれは基本食べて飲んで騒ぐだけのお祭りですからね。

それでも工房のみんなと、騒いで盛り上がりはしましたけど。夏の聖マーティナ祭や今回の降臨祭のようなものとは、やっぱり違います。

降臨祭はその昔、女神様が現世にご降臨あそばされ、聖地の中央神殿に降り立たれたとされる日を祝って行われるものです。

「んで、その中央神殿ほどではないけど、王都でも毎年そりゃ賑《にぎ》やかな祭りをするんだから」

エミーがそれはそれは嬉しそうに教えてくれました。私が生まれた街でも、降臨祭は一番大きな祭りでした。そしてこの祭りは、別名恋人達の祭りとも言われています。

故郷の地方都市の祭りである花祭りも恋人達の祭りと言われていますが、あちらは所詮一地方都市のものですからね。御利益で言えば、降臨祭の方が上です。

この祭りの最中に神殿で祝福を受けた恋人達は、永遠に離れず幸せになれると言われています。一年のうちで、一番神殿が忙しい時期かもしれません。この場合の祝福っていうのは、結婚式の事です。

また独り身の男女にとっては、出会いの場にもなります。結婚式って、新郎新婦の友達だの職場の同僚なんかも呼ばれますから。

という訳で、我が工房にとってのこの冬一番のイベントがやってきます。アリエルの結婚式です！

新婦であるアリエルの婚礼衣装はもちろん、新郎の衣装もうちで作る事となってます。普段は紳士服は作らないんですが、お祝いですから特別です。

これは工房からの結婚祝いになる為、アリエル本人には指一本触れさせないように製作したんです。本人は作りたいような事言ってましたけどね。

「こればっかりは、だめよ。このドレスは、私たちからの心づくしの贈り物なんだから」

代表してエセルがそう言えば、アリエルも引き下がらざるを得ません。苦笑しつつも、任せると言ってくれました。

みんな正規の仕事が終わった後に、工房に残って衣装製作をしていました。ドレス部門は人員を二班に分け、新郎と新婦の衣装それぞれを同時進行で仕上げました。

私はドレスとヘッドドレス、それにブーケとブートニアの作成に関わりました。

ドレスがオーソドックスな白なので、花飾りを白で整えて肩と腰の辺りに飾り、蝶飾りを細かい白レースで作って散らしました。

白に白では目立たないだろうって？　いいんですよ、婚礼衣装なんですから。舞踏会や夜会のようにその場で目立たなくてはならないドレスとは訳が違います。

夜会だの舞踏会だのに使用するドレスは、ある程度目立たなくては意味がありません。なぜならそういった場は、お若いお嬢様方やお坊ちゃま方の出会いの場でもあるんですから。あれですよ、綺麗な羽根の鳥が目立つのと一緒ですよ。

その点、婚礼衣装は違います。花嫁さんはその場、その時の主役ですから、十分みんなの注目を引きます。なので華美になるよりも、清楚さが際立つように心がけました。

それに白に白を重ねるのって、綺麗に仕上がっていいんですよ。

花嫁衣装は白が基本ですが、その分ヘッドドレスに色鮮やかな花を使ったりして色を入れる事が多いんです。ブーケもそうですね。まあ花の方も白を選ぶ人は、意外と多いですが。

ヘッドドレスの方は、花も蝶もレースで仕上げました。それらをヴェールに散らすんです。なのでとても小さく作らねばならず、結構手間がかかりました。

ヘッドドレスの作成は、イーヴィーも手伝ってくれました。彼女の技術も大分上がってきて、そろそろ店頭で扱う既製品ならば任せられるようになってきています。

軽く揺れて欲しいから、総重量には一番気を遣いました。どんなに小さい飾りでも、付けすぎると重くなってしまいますから。これに当日花冠をかぶせるんです。綺麗ですよ、きっと。

花冠とブーケとブートニアは、市場の花屋さんと相談して花の色と種類、使うリボンの色と材質をすりあわせ、当日それぞれの形に作った花を神殿まで持ってきてくれる事になっています。

一式ができあがった時には、工房のみんなと喜びを分かち合いました。普段以上の達成感です。

「出来たー!!」

「結構きつきつだったけど、なんとかなったわね」

「アリエル、サイズ変わってないわよね？」

「その辺りは本人にきつく言っておいたから平気よ」

工房のみんなもできあがった婚礼衣装を前に、やりとげたという自負と、仲間が幸せになる喜びとではしゃいでいます。後はお式当日を待つだけです。

商会の力を結集して作り上げた婚礼衣装は見事なものでした。正直貴族や富裕層の婚礼衣装にだって負けてません。

そして当然、出席者たる工房のみんなの衣装も整いました。それぞれ色や形は微妙に変えてます。それぞれの部門が頑張ってみんなの分も作ったんです。お式当日はみんなしてこの新しい晴れ着で参列しますよ。

式の前日は、新婦は女友達と、新郎は男友達と最後の夜を楽しむのが普通です。なので前日はアリエルを囲んで、工房のみんなと早めの夕食を取る事になっています。

お式は降臨祭の真っ最中に行われるんです。降臨祭は七日間続くので、この時期に結婚式を挙げる人達は実は多いんですよ。例の言い伝えにあやかって。アリエル達も当然そうです。実は旦那様になる人の希望なんだとか。

私含む工房の独身組は、今回のお式が出会いの場になる事を祈っています。普段仕事ばかりしていると、そうそう出会いなんてないですからね。本当、アリエルはどこで出会ったのかしら？

という訳で、二重三重に降臨祭が楽しみな今日この頃でありました。

冬の最大の祭り、降臨祭。その時期を狙い澄まして奴が来ました。推定魔王、フェリシアです。家族で祭り見物に行く、と手紙が届きました。

相変わらず抜け目ないフェリシアは、王都見物と祭り見物をいっぺんに済ませようという魂胆《こんたん》らしいですよ。あ、赤子を私に見せるのも含まれるそうです。でも私はついでだな、この分だと。まだ赤ん坊小さいだろうに、大丈夫なのかしら？

まあドレスの方も無事に仕上がりましたし、アリエルの結婚式は祭りの中日《なかび》に行われるので、それ以外はフェリシアに付き合おうかと思います。

案内出来るくらいになっておくといいながら、仕事に追われて結局王都探訪はそんなに出来ていなかったんですよねー。魔王に何言われるやら。

そんなフェリシアが到着するのは、祭りの始まる二日ほど前です。祭り見物の前に王都見物するつもりのようですよ。


「フェリシア！」

「ルイザ!!」

長距離鉄馬車の停車場で、懐かしい顔との再会です。王都に来る時に会って以来ですから、半年ぶりですよ。前は開いても三ヶ月程度だったのに。
車両から降りてきたフェリシアの腕には、おくるみにくるまれた小さな存在がありま
す。おお、赤子だな。本当に産んだんだなあ。推定魔王の赤子で男の子だから、魔王子《まおうじ》
でいいか。名前知らないし。
足下《あしもと》を確かめるように、デッキの階段部分を慎重に下りて目の前に立つフェリシアは、
別れた春先よりも少しふっくらしているように見えます。
そしてそれ以上に幸せそうに輝いています。やはり人生充実している人は違うんです
かねえ。
「見てー!! 産まれたわよー!!」
そんな私の思いを知ってか知らずか、フェリシアは満面の笑みを浮かべておくるみを
こちらに向けてきます。
覗《のぞ》き込むと、帽子をかぶった小さな赤ん坊がすやすやと眠っています。レースのそれは、
私が贈ったお祝いの品の一つです。これとミトンと靴下と服の一式を贈りました。もち
ろん手作りですよ。
にしても、ち、小さいー。見た目だけなら魔王子というよりも天使! 時折口元とか
が動くんですよ。何か夢でも見てるんでしょうか? って、その前に赤ちゃんって夢、

見るんですかね？

私が魔王子の顔を覗き込んでにへらと笑っていると、フェリシアの背後から軽い笑い声が聞こえてきました。フェリシアの旦那で魔王子の父親です。いい人なんだけど、存在感が薄いせいでついその存在を忘れがちになるんだよな。いや、フェリシアが存在感ありすぎるんですね。

おっと、彼にもおめでとうを言わないと。

「二人とも、本当におめでとう」

手紙でお祝いの言葉と、それ以外にもお祝いの品を贈っているけど、やっぱり面と向かってお祝い、言いたいですよね。

「ありがとう」

和《なご》やかな再会は、寒いこの季節に温かい何かを運んでくれるようでした。

立ち話も何なので、親子が滞在する宿に先に行きました。住所を聞けば、ここから乗合鉄馬車を使った方がいい距離です。私たちは停車場の脇に設置されている、乗合鉄馬車の乗り場へ向かいました。

この鉄馬車は長距離用とは違って市内を走る専用です。なので普通に馬が引いています。通常の馬車に比べ、車体が長いのが特徴です。それ以外は至って普通の馬車ですよ。

変わっているのはその車輪です。これは長距離用と同じく鉄で出来ています。その車輪で、石畳の道に埋められている鉄で出来た専用道を走る訳ですね。

その特質から、鉄馬車は決まった経路以外走らせる事が出来ません。だから鉄馬車は乗合に限定されるんです。

貴族や一部の富裕層は、専用の馬車を持っています。こちらは普通の馬車なので、幅さえあれば大抵の道は通れるんです。

そんな乗合鉄馬車に揺られる事少し、フェリシア家族が泊まる宿が見えてきました。

場所は商業区の西端の方です。

商業区は王宮の南側に、横長に広がる区域です。交通の便がいいのと、どの区域にも行きやすい事から、王都の宿屋は商業区に集中しています。

宿泊手続きを済ませ、荷物を一旦部屋に置く事になりました。荷物持ちは当然旦那です。その間私とフェリシアは、宿屋の食堂で先にお茶を飲んで休む事にしました。

「赤ん坊、疲れてないかなあ?」

「大丈夫でしょ。機嫌も悪くないみたいだし、よく寝てるし。だっこしてみる?」

そう言って、私の方へ魔王子《まおうじ》を差し出してきます。うお、落としたらどうするんだ。

それでもだっこさせてもらいますが。うわー、ミルクの匂いがするー。

小さなその体を抱きかかえると、意外とずっしりと重みを感じます。こんなに重いんだ、赤ん坊って。こんなにちっちゃいのに。

「うわ……結構重いんだね」

「男の子だからね。同じくらいに産まれた子でも、女の子だともっと軽いよ」

近所に、魔王子と同時期に産まれた女の子がいる家庭があるそうですよ。お互いの子供の成長を一緒に見守る協定のようなものが既《すで》にできあがっていて、家にも行き来してるのだそうです。

おっかなびっくりな私に抱かれている魔王子は、一向に目を覚ます気配がありません。泣かれたらどうしようと思っていたから、良かったというべきでしょうか。

それにしても魔王子のかわいさよ。鼻も耳もちっさいちっさい。手なんて本当にちっさくて、その指にはちゃんとちっさい爪もついてるんですよね。

何でしょうね、赤ん坊って。見てるだけで自然と笑顔になってしまいますよ。

「さすが、あんたの子だけあって肝が据わってるね。他人にだっこされても起きないよ」

「気にいらない表現があったけど、あえて無視してやろう。鉄馬車の中で授乳したしね。お腹《なか》いっぱいだからもうしばらくは目、覚まさないと思うよ」

母になって少しは寛容になったのか？　推定魔王よ。

結局その日は昼食をその宿で取って、商業区の辺りを少し見回る程度にしておきました。やはり環境の変化と移動距離の長さから、赤子の体調を気遣った結果です。

商業区見物の際に、エドウズ商会も訪れました。といっても今日は店は休みですけどね。なので外側から店舗を眺めただけで終わりました。

祭りの期間中は、工房はお休みです。本当なら明後日《あさって》から休みなんですが、今回はアリエルの結婚式の準備があるので、二日前の今日から休みとなりました。

店舗も休みにするかという話が出たのですが、売り子ちゃん達から、

「人が多くやってくる時期は稼ぎ時なんですから、在庫一掃売り尽くしやりましょう！」

とかけ合ってきたので、祭りの間は開ける事になったそうです。本当に商魂たくましいですね、うちの女性陣は。あ、もちろん式当日は店、閉めますよ。売り子ちゃん達も列席しますから。

なので、工房の方は昨日までが忙しかった感じです。在庫一掃といいつつ、小物もシャツも飾りも、新しいデザインの既製品を出す事になりましたし。

今まではオーダーでしか受けなかったいくつかの商品が、上流では少々流行遅れと

なったので、それを店舗用に幾分か簡略化して出す事になったんです。当然、飾りも含まれます。

なので、その作成方法をイーヴィーに教えて自分でも作って、とつい昨日までは怒濤《どとう》の忙しさでした。もちろん他の部門も同じです。

その合間を縫って、例のアリエルの婚礼衣装作りも予定に入ってましたからね。さすがの工房の面子《メンツ》も、おしゃべりする余力すらなかった感じです。

でもその繁忙《はんぼう》期間があっての今の休みですから、文句なんて言いません。おかげでフェリシア達にもつきあえますよ。


翌日は、もう少し足を伸ばして王都を見物しました。といっても、王都の半分は一般庶民立ち入り禁止区域にあたる、王宮、官庁区、貴族街区です。王宮と官庁区は、立ち入りが許可されている部分もありますけど。

住宅区は見ても意味はありませんから、どうしても見る場所は商業区と工業区に集中しますね。その二つだけでも見所はあると思います。

それでも明日からの祭り本番前に、出来るだけ見ておきたいという要望通り、駆け足とはなりましたが、王都見物は出来たと思います。

朝一で王宮の一般立ち入り許可区域を見て、王都中央神殿と、植物園を回りました。あ、例の外壁にも上りましたよ。さすがに寒いせいか、私たち以外誰も上っている人はいませんでしたけど。

「さすがに王都は違うわねー。さっきの市場といい、この店といい」

そう言いながら夕食の為に入った店を見回して、フェリシアは感嘆の溜息を吐《つ》いています。そうだろうね、地方都市にこれだけ大きな店はないもんな。当然私たちが生まれ育った街にもありません。

この店は王都でも一、二を争う大きさで有名で、もちろん味の方も評判です。広い一階にはいくつものテーブルがあり、中二階にも席があります。

今日の夕食は、本日のおすすめにしてみました。肉も魚もほどよく含まれた、味も量もとても満足出来る内容でした。昼食を屋台で手抜きにしたので、ここでその分を補う形です。

目の前で、旦那さんは本日の買い物を満足そうに眺めています。今日は市場が開いている日だったので、そこにも案内してきたんですが、その前に旦那さんの要望で工業区にある道具街の方にも行ってきました。

ここでは一般家庭用の道具も販売していますが、なんといっても特徴的なのが職人用の道具を扱っている所でしょう。こればっかりは商業区では扱っていません。

また客の注文にその場で応じる店も多く、今売っている道具以外にも以前購入した物を要望によって使いやすく手直ししてくれる為、国中の職人達が買い付けにくるんだそうです。

そういえば、旦那さんもある意味職人でしたね。彼は下宿の経営者であるだけでなく、そこの賄《まかな》いを一手に引き受ける料理人でもあるんです。その職人の胃袋を掴《つか》んだんだから、魔王ってやっぱり凄い。

フェリシアが嫁《とつ》いだ下宿屋は、今は食堂を昼間のみ一般の人に開放しています。あの下宿にいるのは多くが学生で、昼間は学校の食堂で食べる為、昼間の賄いは付いていないんです。

それでも食堂自体はあるんだから、と今までは下宿人にしか使わせていなかった食堂を、彼女の提案で昼間に限り定食を出すようにしたんだとか。

これが評判で、肉体労働者や周囲の店で働いている人達だけでなく、近所の奥さん方も連れだって食べに来てくれるんだそうです。フェリシアはそう言って、にんまり笑っていましたよ。さすが推定魔王……

その食堂を一人で切り盛りしている料理人なフェリシアの旦那さんは、この道具街で調理道具を購入していく気満々でした。

包丁から鍋、レードル、キッチン用のはさみ、挙げ句の果てに何に使うのか私にはわからないような道具まで嬉々として選んでいました。

フェリシアも私も、道具選びに口は挟みません。というか挟めません。子供がおもちゃを選ぶように、次から次へと道具を品定めしていく旦那さんを、私とフェリシアは少し離れた所から見ていました。

「まったく、子供みたいなんだから」

そう言いつつもやさしい目で旦那さんを見つめるフェリシアを見て、初めて「うらやましい」と思いました。

そうか……自分もこんな幸せが、本当は欲しかったんだ……

一人で生きて幸せになるんだと意気込んでいましたが、今は素直にフェリシアのような幸せが欲しいんだと思えます。これも心境の変化の賜《たまもの》でしょう。

これから出会う誰か。その誰かと、今度こそ幸福な家庭を築きたい。

「なあに？　なんだかうらやましそうな視線を感じるわよ？」

本当に変なところで聡《さと》いよな、君は。にやりと笑うフェリシアに、見透かされた思いがしてちょっと悔しく感じます。

まあでも、隠す事もないですね。相手はフェリシアなんだし。全て知ってる彼女には、変に構える必要もないでしょう。

「まあね。私も幸せな家庭が築きたくなったって所かな」

そんな本音を口にすると、からかってくるかと思ったフェリシアは、一瞬驚いた表情になりましたが、すぐに慈愛に満ちた顔で私を見つめました。

「あんたがそう気付いてくれたならいいわ……。そうよ！　頑張ってうちに負けないくらいの幸せな家庭、作んなさい！　グレアムとね」

最後の一言に苦笑を隠せませんでした。だから、彼とはもう終わってるって言ったのに。それが顔に出たのか、フェリシアは今度はいつものちょっと黒い笑顔で囁《ささや》きました。

「何度も言うけど、グレアムに限ってあんたを逃すなんて事、絶対にないいね。賭けてもいいわよ。その事だけは覚えておきなさい」

発言者が発言者なだけに、フェリシアの言葉はなんだか託宣《たくせん》めいて聞こえました。でもそんな託宣、いらないよ！

冬の朝は空気が澄んでいて、寒いけどとてもすがすがしい気分になります。今日も空は晴れ渡っていて、すっきりとした青色です。

さあ、待ちに待った冬の祭典、降臨祭です。もう何日も前から、王都中がこの祭りに向けて、盛り上がっていました。今日はそれが最高潮になったといった所でしょう。既《すで》に店の外には人の気配があって、日常とは違う雰囲気です。こういうのも、いいもんですよね。

祭りの最中は、フェリシア達とは別行動になります。向こうは向こうで、親子のみで見て回るそうです。では私はというと。

「ルイザ！　こっちこっち!!」

「ごめん！　遅れた!?」

「大丈夫よ、エミーもついさっき到着したばかりだから」

「ばらさないでよエセル！」

当然工房の面々と回りますとも。といっても、全員が全員一緒に回る訳ではありません。家族がいる人、恋人がいる人は当然別ですよ。夏と一緒です。つまり、独り身の者ばかりが集まったという訳ですね。ちなみに、人数はこうしてイベントなどで集まる時の半分程度です。

祭りの中心は、当然神殿です。でも王都だけでも神殿は大小合わせて二十六、ありますからね。その中でも最大規模の神殿であるのが、王都中央神殿です。

祭りの始まりに当たる本日は、ここから御輿《みこし》が出るのです。花で飾られたそれは大変美しく、何十人という人の手で引かれるもので、中には黄金の女神像が載せられているそうです。

この女神像は神殿から御輿で運ばれ、祭りの期間中は王宮の特別室に安置されます。どうしてそうなのかは知りませんが、しきたりなんだそうです。

女神像には布がかけられていて、直接見る事は出来ません。年に一度、春の犠牲祭には一般公開されるそうですけどね。

私たち工房の面々も、ここ王都中央神殿前に来ています。既に人でごった返している神殿前は、気を抜いたら流されてしまいそうです。まるで勇者の出立パレードの時のようですよ。

「すごい人ねえ」

「まあ祭りの最初の部分だしね。今日はこれ以外、目立った催《もよお》し物はないんだし」

そう言っているみんなの声が、何だか遠くに聞こえてきました。嫌だ、何だかおかしい。耳鳴りがして、意識まで遠くなりそうです。

「ルイザ？　大丈夫？　なんだか顔色が悪いわよ？」

エセルに言われてしまいました。動悸も、なんだか激しい気がします。どうしよう。

こんな所で倒れたら、パレードの時の二の舞です。動ける今のうちに、ここから離れた方が良さそうです。

「前に勇者様の出立パレードの時も、具合悪そうにしてたわよね。人に酔ったのかしら？」

「どこか、脇の方で休んでるね」

そう言って、私はこの人込みから抜け出そうとしましたが、押し戻されるだけで進む事さえ出来ません。

王都に来てからですよ、こんな人酔いなんてするようになったのは。確かに故郷と王都では人の数が桁違《けたちが》いですけど、それだけでこんなになるのかしら。

動けなくて困っている丁度その時、神殿の入り口付近から歓声が上がりました。御輿が出てきたようです。

周囲の人達の関心も、そちらに一斉に向かいました。あれ？　ちょっと気分が良くなったかも？　女神様効果でしょうか。御輿が出てきた事で、人が神殿の方へと流れ始めました。ここから抜け出すのは、流れに逆らう事になり、困難のようです。もういいや。ちょっと楽になったし、このままで。

「なんか、大丈夫みたい。御輿、出てきたんでしょ？　見ようよ」

まだ顔色は戻っていないみたいで、エセル達が心配そうにしていますが、なんとか笑えたと思います。

御輿《みこし》は、思っていたより大きいものでした。そういえばこの神殿、もの凄く大きな建物でしたね。入り口の扉もとても大きくて、一体何の為にこんなに大きいのかと思ってましたが、この為でしたか。

普段は、この大きな扉は閉められています。その扉の真ん中には二回りほど小さい扉が作られていて、扉の中に扉がある感じです。こちらは日中開け放たれています。神殿は民に開かれるもの、というのが神殿の大前提だからです。

大勢に担がれて出てきた御輿は、神殿の前にある車に乗せられ、今度はそれを引いて決まった経路で王宮に向かうんだそうです。これには意味があって、車で古語を描き出すんだそうです。上から見るとわかるそうですから、例の壁の上にでも行けばわかるのかも知れませんね。

御輿は縦にも横にも大きく作ってありますが、乗せられている女神像はそんなに大きくないと聞いています。せいぜい、普通の女性と同じくらいの大きさなんだとか。

その女神像を布でくるみ、御輿の中央に置いてその周囲を花で飾ります。色とりどりの花は、この祭りの為に南の方から取り寄せられていると聞きます。植物園の大温室の花は使わないんですね。

沿道には既《すで》に人が多く待機していて、通りかかる御輿に花を振りまきます。建物の二階や三階からも振りまかれるので、街中《まちじゅう》が花だらけになるような感じです。この日ばかりは花屋が大繁盛《だいはんじょう》です。

「車が動くわよ」

人垣から垣間見える御輿の方を見ながら、エミーが教えてくれました。

「今年の花は黄色が中心ね」

「って事は、春先の色は黄色で決まりね」

毎年この降臨祭で使われる花の色で、春先の流行色が決まるそうです。なんでも、花の色は毎年女神からの託宣《たくせん》で決まるんだとか。本当ですかね？

そうこうしているうちに、御輿を乗せた車は神殿前を出発しました。私たちの周囲にいる人達も、流れるように移動を始めています。

「さて、これ以上ここに止《とど》まっても意味ないね。どうする？」

「広場を見に行こうよ。例年通り、祭りの市場が出てるはずでしょ？」

「ルイザは平気？」

「大丈夫。行こう」

まだちょっと心臓がどきどきいってますけど、なんとかなりますって。

その後広場に移動した私たちは、降臨祭の間だけ開かれる特別な市場を楽しみました。珍しい品を扱っている店も来たりするんですよ。

広場に着く頃には、私の体調も戻っていました。ここも人が多いとはいえ、やっぱり先程の神殿前に比べれば少ないですからね。厄介ですね、人酔いなんて。

いつもは市場が開かれている広場に、小さめの小屋がいくつも建っています。それぞれで食べ物や飲み物、お菓子やおもちゃなんかを売っているんです。

もちろん妙齢の女性用に珍しい化粧品や装飾品、小物なんかを扱っている所もありますよ。この時期限定のお菓子なんかも、こういったところで売られているそうです。王都にある広場は、どこもここと同じように小屋の形の店が出ているんだとか。

王都にはいくつか広場があるんですが、通《つう》はその広場全てを回るんですって。実は広場によって出ている店が違う為、扱っている商品も若干変わってくるんですよ。それを狙う訳ですね。

店は、祭りの期間中ずっと開いてます。かなり遅くまで開いてるそうで、この時期だけは遅くに出歩いても、そこまで危険ではないそうですよ。もっとも王都は国中のどの都市よりも治安はいいんですけどね。

「あー！　これおいしそう!!」

「どれどれ？　んん！　なかなか良い感じ！」

エミーとメイジーは、早速《さっそく》お菓子の屋台に出されている試食をつまんで評価しあってます。す、素早い。

でもエミー達の舌は確実なので、彼女達が「おいしい」と言った物や店は、本当においしいんです。なので工房内では食べ物系の情報は、とりあえずエミー、メイジー、レベッカ、マリアンの誰かに聞くようにしています。

本当にあれだけの情報、どうやって集めてるんでしょうね？　全部食べてるのかしら？　それでも太らないって、うらやましい体質ですね。

「ルイザは？　何か買うの？」

「んー、おやつ用に何か買おうかなー」

仕事中は工房に何かしらおやつが置いてありますから、ここで買うとしたら休みの日用ですね。自分だけで食べるから、完全に好みで選んでしまいましょう。

「この焼き菓子おいしいわよ！」

「こっちのパイも良い感じ」

「あら、この飴細工《あめざいく》の方が日持ちするわよ」

「このチョコレートとかどう？」

……早速、先程の四人からおすすめを教えてもらいましたよ。でも本当、どれにしよう？　それに。

「材料だけ買って作るってのも、手かな」

「ルイザお菓子作れるの!?」

「そういえば植物園に行った時に作ってきたお弁当、おいしかったわよねえ」

「じゃあお菓子の方も期待出来そう？」

「ねえねえ、今度工房に作ってくる気、ない？」

四人が一斉に詰め寄ってきました。こ、怖いんですけど！　目がぎらついてますよ！

「ちょっと、こんなところでみっともないわよ」

エセルの呆《あき》れた声で何とか四人とも引き下がってくれました。た、助かりました。私は料理も普通にしますし、お菓子も自分で食べる程度には作ります。母が料理好きでしたからね。

「自分で食べる分くらいなら作るわよ。でも味には自信がないから、人には食べさせないの」

嘘です。フェリシアとかグレアムとか、幼なじみには味見と称して食べさせました。初期のとんでも物体から、後期のそれなりのお菓子まで。数をこなしたせいか、それなりに作れるようになりました。これも実験台になってくれた幼なじみの、貴《とうと》い犠牲のおかげですね。

「ええー、残念ー。食べてみたかったのにー」

危ない危ない。エミー達のような、舌の肥えた人達に食べさせるほどの腕はありませんよ。あくまで素人が自分用に作るものですからね。

「おいしい物を食べたいと思ったら、お金出して職人の作ったお菓子を買った方がいいわよ」

そう笑うと、エミー達は本当に残念そうにしていました。本気で食べるつもりだったんだ。

広場の外周に沿って配置された店を覗《のぞ》きつつ、ぐるっと一周してみます。この広場では、お菓子系が中心のようですね。

「工業区にも行ってみない？　戻る事になっちゃうけど。あっちには小物や装飾品が多く出るのよね」

エルヴィラのその一言で、みんなで工業区へ移動する事になりました。移動は乗合鉄馬車です。普段より待ち時間が短くなってるようです。

工業区の広場は、乗合鉄馬車の停車場でもあります。降りれば、そこは商業区の広場とはまた違った雰囲気の店で彩られていました。

中央には移動式の回転木馬があり、子供達が楽しそうに乗っています。賑《にぎ》やかな音楽に紛《まぎ》れて、人々の声もそこかしこで響いています。商業区の広場よりも活気があるようです。

もともと工業区は商業区に比べて活気がある……というか、全体的に賑やかな印象のある場所ですから、祭りともなれば、それが倍増してもおかしくはありませんよね。

「あら、これいいわね」

さすがに装飾品だのになると、先程の四人の出番はあまりないようです。こちらの品定めの中心はマキシーンとエルヴィラ、それにエセルとアリスンのようです。

「うん、いい石使ってるわ」

「色味もいい」

マキシーンが目にした店は、エセルとアリスンにも気にいられたようです。って事はこの店は当たり、ですね。

みんなで回るといっても、買う人もいれば買わない人も当然います。先程の店でも、買った人もいれば買わない人もいました。

とはいえ、祭りは始まったばかりですからね。期間中であればいつでも来られる訳ですし、今日はみんな下見程度に考えているようです。こういう時王都に住んでるって、便利ですよね。

そんな中、少し小さめの店で出されていたそれに、目が引かれました。硝子細工《ガラスざいく》の店です。

「これ……」

「ん？　ああ、綺麗ね」

手に取ったのは、硝子細工の小さな小鳥の置物でした。しかも親子のようです。巣の中に小さな雛《ひな》が三羽ほど、巣の縁に親鳥が二羽止まっている様子を細工で表しています。

「いかがです？　小鳥の置物は評判いいんですよ」

売っていたのは、恰幅《かっぷく》のいい女性でした。人好きのするその笑顔に、思わず釣られそうになりましたよ。何となく、幸せの象徴のように見えたんです。でもどうしよう。

何故悩むかと言えば、結構いいお値段、するんですよね。これだけ細かい細工なら、当然かも知れませんが。うーん。

「悩むくらいなら買った方がいいわよ」

そんな私の背中を押したのは、エセルでした。

「こういった物も、後で、って思ってると買い逃す事になるから」

そうですね。物にも「縁」って、ありますよね。ちょっと痛い出費になりますが、結局私はその硝子《ガラス》の小鳥を買いました。


降臨祭は、夜も街が賑《にぎ》わっています。あちこちに魔導で作られた灯りが点《とも》され、普段の夜よりとても明るくなっています。

これならちょっとした脇道でも、安心して通れますね。普段の街灯の明るさでは、脇道は暗くて通れませんから。まあ、普段こんなに遅く外に出る用事なんてありませんけど。

昼間からの続きで、夜もみんなと過ごしています。日が落ちてからぽつぽつと点り始める灯りを見て楽しみ、あちこちに作られた大小様々な飾りつけを見て楽しみ、ちょっとした芝居小屋を覗《のぞ》き、普段からは考えられないような時間を過ごせました。

「あっはっは、さっきの人形劇サイコー！」

「あれいいのかしらね？　例の伯爵夫人の事よねえ」

そう、さっきまで見ていた人形劇は、とても子供に見せられるような内容ではなかったんです。内容はあの伯爵夫人の話を、さらに過激に仕立てたようなものでした。本当にいいんでしょうか？

「いいんじゃない？　個人が特定出来るような仕上がりになってないし」

「まあ、ああいったものに目くじらたてたら、それだけで面子《メンツ》つぶれるようなものだものね」

いろいろと面倒なんですね、貴族の世界って。

祭り三日目の今日は待ちに待ったアリエルの結婚式です。空は綺麗に澄み渡っていて、とてもいい天気です。良かった。

昨日は近所の店で、工房のみんなとアリエルを囲んで食事しました。小さい店だったので貸し切りです。

「それでは改めて、アリエル！　結婚おめでとう‼」

エセルの音頭《おんど》と共に、みんながグラスを掲《かか》げました。いるのは全て女性です。今日はアリエルの独身最後の日なので、女性だけでの食事会なんです。

「ありがとう、みんな」

幸せ一杯のアリエルは、輝くような笑顔です。それを見て、こっちまで笑顔になりました。

食事会には工房のみんなはもちろん、店の売り子三人も参加です。アリエルの友達もいます。みんな明日のお式にも参列予定です。

食事会は、少し早い時間から始まりました。明日がありますからね。みんなあまり夜遅くまでいるつもりはないようです。

新婦であるアリエルの、年の近い従姉妹《いとこ》も来ていて、店内は非常に賑《にぎ》やかでした。今日の食事会は、花嫁世代のものですからね。明日のお式の為に遠くにいる親戚の人達も王都に来ているそうですが、親世代はまた別のところで集まってるんだそうです。

食事会にはお酒も出ていて、エミー辺りはしたたかに酔っていました。アリエルは始終にこにことしていて、独身最後の夜を楽しんでいたようでした。

何度か、エセルやマキシーンがアリエルに話しかけているのが見えました。落ち着いているアリエルは彼女達と一緒に過ごす事も多いので、エセル達も感慨深《かんがいぶか》いものがあるのでしょう。

式当日である今日の支度は別の友達がやるそうなので、私たち工房の面々は今日はやる事はありません。自分の支度をして、神殿に向かうだけです。

今回の式の為に、ドレス部門の人達は全員の晴れ着を時間外に作った訳ですね。かくいう私も、人数分の飾りを作った訳ですが。よく間に合ったなあ。

でも出来上がりには満足しているので、文句はありません。もちろんみんなもそうです。自分の仕上げた品には、絶対の自信がありますからね。

私の今日の晴れ着は青です。瞳の色に合わせました。白は花嫁さんの色なので、それ以外なら大抵の色が許されています。あ、でも黒はダメですよ。

色は自分で選んでます。みんなもそうでした。やっぱり自分で着る服の色は、自分で決めたいですから。おかげで布地の争奪戦が凄かったのも、いい思い出ですよね……

青に白のレースを使って、清楚に仕上げました。他に赤を使った人もいれば、黄色を使った人もいます。飾りの方も、着る本人の意向に沿ったものを作りました。当然、この服には私の趣味が詰まってます。飾りだって頑張りましたよ。

今回は、袖を少し細めにしてもらいました。スカートの方は、膨らませずに裾が広がるデザインにしてもらってます。流行の型ではないんですが、こちらの方が好きなんです。膨らませていないから一見地味に見えるんですが、回るとスカートが広がるんです。

今日はダンスもありますからね。

お気に入りの色の新しい服に袖を通し、天気もよく、何より仕事仲間の結婚式という事で、今日は朝からご機嫌です。

式が執り行われるのは、商業区にある中規模の第八神殿です。場所は商業区の中でも王都中央神殿に近いですね。普通なら店から歩いて行ける距離なんですが、今日は服を汚したくないので乗合鉄馬車を使います。普段よりも裾が長い分、下に引きずらないとも限りません。

ここでは、今日だけでなんと六組の式を執り行うんだとか。おかげで控え室もなんだか混み合っていますよ。アリエル達は五番目、夕方前のお式です。お昼までに二組、お昼後から夕方までに既《すで》に二組終えているそうです。この後はもう一組入ってそれで終わりなんだとか。

この六組、入れ代わりで式を挙げるので控え室を同時に使わないはずが、神殿に着いたらアリエル達の次に式を挙げる人達が既に来ている状態でした。早すぎますよ。なので彼らの控え室も急遽《きゅうきょ》用意しなくてはならなくなったようで、神殿側があたふたした雰囲気になっていました。アリエル達の前もそうだったんでしょうか。

私たちは式の前に新婦に挨拶しに行きました。控え室には綺麗にドレスを着付けて化粧をし、椅子に座って母親とおぼしき女性と談笑しているアリエルがいました。

「アリエル！」

「とっても綺麗よ！」

「ありがとう！　みんなが素敵なドレスを作ってくれたからよ」

「そこは着てる人がいいんだって言っておかなきゃ」

エミーの混ぜっ返しで、その場が笑いに包まれます。でも本当に綺麗。幸せそうに笑うアリエルは、ドレスのせいだけでなく内側から輝いているように見えます。幸せオーラでしょうか？

「ルイザ、このヴェールの飾り、従姉妹《いとこ》達にすごく評判なの。もしかしたら彼女達から、うちに注文が入るかもしれないわ」

「光栄だわ」

昨日の食事会をご一緒した従姉妹さん達ですね。彼女達も結婚が決まりそうなんだとか。商会の為にも、ぜひ注文が入ってほしいですね。

席に着き式が始まるのを待つばかりの間、改めてこの神殿を見渡してみました。そういえば王都に来てからは神殿に来てませんでした。

元からそんなに信心深い方ではなかったですから。本当に女神様がいるのなら、どうしてこんな厄介な記憶を持って生まれてきたのか、ぜひ聞きたい所ですけどね。

それに勇者達の事も。疑問は山ほどありますから。でも当然ながら一般庶民の私が女神様の声を聞くなんて出来る訳ありませんし、声が聞けるという大祭司長に聞こうにも、こんな個人的な事を聞いてもらえるはずもありません。

そんな事を考えていたら、俯《うつむ》いて溜息を吐《つ》きそうになりました。いけないいけない、おめでたい席だというのに、溜息なんか吐いてたら縁起が悪いですよ。

改めて前を向き、前方に飾られた女神像を見つめます。両手を広げ、慈悲の笑みを浮かべる女神様。彼女のその慈悲は、今の所、私のもとには届かないようです。

私がくだらない事をつらつら考えている間に、参列者達はどんどん集まってきていたようです。周囲の席も、そろそろ空きがなくなってきてます。

やがてざわつく神殿内部に、軽い鐘の音が響きました。これは内部に取り付けられたもので、時を報《しら》せる鐘とは別物です。いよいよ式が始まります。

神殿奥、祭壇の脇にある細めの扉が開き、上級神官が姿を現します。一度祭壇の前に立つと、参列者に一礼し、すぐに祭壇奥の女神像に向き直って、式を執り行う旨を祈りの文言として捧げ始めました。

いくつか文言が続いていますが、独特の発声方法のせいか、その中身はうまく聞き取れません。

　やがて文言が終わり、女神像に向いていた上級神官がこちらに向き直ります。

「今日この場で、新たに夫婦の契《ちぎ》りをかわす者達に大いなる慈悲を」

　そう締めくくると、後ろの扉が開かれ新郎新婦が揃って入場です。私たちはそれを拍手で迎えます。

　出席者の中央をゆっくりと二人が歩いていくのを見送っていると、祝福の気持ちで一杯になります。

　結婚が必ずしも幸福への入り口でない事は、よく知っています。それでも想い合って一緒になる二人の未来に、すばらしい人生が待っている事を祈らずにはいられません。

　祭壇の前まで進んだ二人は揃って両膝をつき、頭《こうべ》を垂れます。一連の動きは決まっているんです。これ、式の前に何度か練習するんですよね。

　単調な動きを何度も繰り返させられるおかげで、最後には飽きておざなりになったのを覚えています。あれは二度目の人生だったなあ……

　その間にも上級神官の祈りと夫婦としてあるべき姿についての教え、そして二人の宣《せん》誓《せい》の言葉が続きました。

「これにより二人は夫婦となった。この者達に女神様の祝福を」

その上級神官の言葉と共に、出席者全員が「女神様の祝福を」と唱和して式が終わります。意外とあっさりしてますよね。でもいいお式だったと思います。

この後は、場所を移して祝賀会です。お酒も出るしダンスもあるしで、結構な騒ぎになるのが通例ですよ。

そして独身組としては、ここでの出会いに期待します！


祝賀会の場所は、街中《まちなか》の店で行われました。ちょっとしゃれた感じの店で、普段なら一人では行かないような場所ですよ。

式に列席していた人達は、全てこちらに移動しています。最後に会場に入るのが、新郎新婦です。二人とも周囲からお祝いの言葉をもらったり、からかわれたりしながら会場を進んでいきます。

「えー、ではこれより、二人の結婚祝賀会を執り行いたいと思います！」

今日の司会進行は新郎側から一人、新婦側から一人出ています。ちなみに新婦側はエセルです。アリエルから是非に、と頼まれたそうです。アリエル、いい人選です。

司会の進行に従ってちょっとしたゲームやお祝いの言葉などが続き、それらが終わるとダンスタイムに入りました。

「お疲れ様、エセル」

　ダンスタイムに入ってしまえば、司会のお仕事もほぼ終了です。さすがのエセルにも、疲労の色が見えました。私の渡したグラスに口を付けながら、エセルは会場を見渡しています。ちなみに祝賀会は立食形式です。

「とりあえず、無事ここまでこぎ着けられて良かったわ」

　肩の荷が下りたといわんばかりの様子のエセルに、思わず笑みがこぼれました。

「ダンスが終われば終了だもんね」

「主役二人のダンスも、もう終わるし」

「後は個人の判断で帰ってもらえればね」

　店自体は明日の朝まで貸し切り状態なので、飲み続けたい人はここで朝まで飲み続けるんだそうです。結構いるそうですよ、そういう人。

　とりあえず私たちは、その前に帰ります。新郎新婦も、ダンスを終えるともうお役ご免ですからね。いつまでも会場にはいないでしょう。彼らの場合この後がありますからねえ。

　工房の面子《メンツ》の何人かは、ダンスを申し込まれて踊っています。ああいうところで出会いがある訳ですね。なるほどー。

「ルイザは踊らないの?」

「相手がいなくちゃ」

「じゃあこんな端にいちゃだめよ、もっと中央の方にいかないと」

そう言ったエセルに背を押されました。え、やっぱりだめですか? 出会いを求めてはいましたが、いざこの場になると、何をどうすればいいのか、さっぱりなんです。

「エセル、つかぬ事を聞きますけど」

「何?」

「出会いって、どうやって見つければいいの?」

「はあ?」

さすがのエセルも困惑気味です。そりゃそうですよね。この場に来てこんな事を言うなんて。それでもエセルはすぐに普段の顔に戻り、生ぬるい視線で一言助言してくれました。

「いいから、もっと中央に行きなさい。ダンスに誘われたら断らない事。いいわね」

エセルにそう言われたので、場所を移動しました。中央付近に。その甲斐あって、ダンスに誘われましたよ。見知らぬ人ですけど、ダンスなんてそんなもんですよね。

ダンスは円舞です。おかげで広がるスカートが目立つ目立つ。季節柄、厚手の布地を使ってるからひらひらする感じではないんですが、それでも周囲の人の服に比べると広がりますからねえ。

何人かと踊ってちょっと休もうか、と思った時に、不意に目の前に飲み物の入ったグラスが差し出されました。私に、ですよね？

「良かったらどうぞ」

「あ、ありがとうござ……います……？」

グラスを持っている手を辿《たど》って相手の顔を見ると、なんとなくどこかで見た事のある顔です。はて、どこで見たのかしら？

「俺の事、覚えてますか？　春先に、うちの店に寝具を買いに来たでしょ？」

ああ！　あの寝具店の店員さん！　あれ？　この人も招待客なんですか？　私のそんな考えが顔に出たのか、彼はすぐに答えてくれました。

「新郎が、うちの店と取引のある店の職人なんですよ」

そうでしたか、アリエルの旦那様になった人は職人さんなんですね。その辺りは聞いてませんでした。

「で、実は幼なじみでもあります。家が近所だったんでね」

ああ、そういえば年頃も同じくらいですね。幼なじみですか。私の方も丁度王都に来てますね、推定魔王《フェリシア》が。そういや、その後無事王都は見て回れているのかしら。

「そうだったんですか」

「仲間内で最初に結婚したのが奴ですよ。絶対、最後まで結婚しないと思ってたのに」

「そんなものですよね」

工房でも、アリエルの結婚が決まったのは結構衝撃だったみたいですから。別にアリエルが魅力的じゃない、という意味ではないですよ？

彼女はどちらかといえば色恋沙汰《いろこいざた》には興味がなく、仕事一筋に生きてる感じがありましたから。そんな辺りが私の理想に重なって、密《ひそ》かに目標にしてたりもしました。

だから彼女が結婚すると言った時には、工房内に衝撃が走りました。あの時の様子は忘れられません。そのくらいみんな驚いていたんですよ。

でもこんな私でも心境の変化なんてものに見舞われるんですから、アリエルが考え方を変えたっておかしくはありません。それだけの出会いをしたという事なんですね、きっと。

「さっき踊ってるところ見たけど、そのスカート、すごいね」

「ああ、これですか？」

そう言って、少しスカートをつまんで見せます。まさかここまで広がるとは思いませんでしたけどね。この辺りはエセルに言えばいいのか、それともエミーなのか。

「広がる裾が、なんていうのか……ちょっと他にない感じで」

ああ、でしょうね。今の流行は広がるのより、膨らませるのが主流ですからね。

「実際、踊ってる所を間近で見たいんだけど」

「はい？」

「一曲、踊ってもらえますか？」

そうくるか。でも特別断る理由もありませんからね。寝具店の店員さん、パトリックさんとその後何曲か踊りました。とても優しいリードをする人でした。

もしかして、これも出会いの一つでしょうか？

十一　春、到来

結論から言いますと、出会いだったようですよ。あの結婚式の後、店の休みにお出かけのお誘いを受けてしまいました。

「店の休日、明後日《あさって》でしょう？　一緒に出かけない？」

夕飯用に足りない食材を急いで買いに出た時、寝具店の前を通りかかったら、中から出てきた彼にそう誘われました。

どうして店休日を知ってるんでしょうね。って、近くだから知っててもおかしくはないんですね。エセルも知り合いのようでしたし。

実は、その場では返答しなかったんです。急がないと店が閉まってしまう時間でしたから。

「返事は明日でいいよ」

本人にもそう言われました。ごめんなさい、今日の料理にはどうしても玉子が必要なんです。

その日は、そのまま買い物を終えて部屋に戻りました。さて、どう返事したらいいでしょうか。

パトリックさんがどういった人なのか、よくわからないのでどうしたものかと思います。でもこれも出会いなら、思い切って踏み込んでみた方がいいでしょうか。

結局一人では決められず、翌日の仕事の時に工房で相談してみました。ちょっとぼかし気味にして。

「よくは知らない人に、休日一緒に出かけないかって誘われたんだけど、その場合どうしたらいいと思う？」

何気ない風を装って、質問を投げかけてみました。何となく歯切れが悪いのは、照れというか恥ずかしいというか、そんな思いからです。

一瞬工房内がしんと静まりかえったので、おかしな事を言い出して呆《あき》れられたか？と思ったんですが。

「誰!?　誰に申し込まれたの!?　交際!?　それともまさか一足飛びに結婚!?」

「嘘!?　ルイザまで結婚!?」

「やだ、先越されたー」

みんな食いついてきましたよ。手は動かしましょうね、みなさん。てか、いきなり話が飛躍してますよ!?　結婚とか、言っていませんから!!

「落ち着きなさいよエミー。申し込まれたなんて言ってないでしょ。休日一緒に出かけないかって誘われたのよ。で？　相手の事は言いたくないの？」

その場を収めてくれたのは、やっぱり頼りになるエセルでした。もう本当、うちの工房、彼女なくしては成り立ちませんよ。

「えと……出来たら……」

何となく言いづらい感じがするので、出来れば誤魔化《ごまか》したいんですが。多分だけど、工房に長くいる人はパトリックさんの事、よく知ってるんじゃないかと。

あれ？　よく知ってるんならいっそ話してどんな人か聞いた方がいいのかな？　結局、私は誰と行くのか話す事にしました。

みんな、どこか納得しているような表情ですよ。もしかしなくても、バレバレだったとか？

「まあアリエルの結婚式の様子見てればねー」

「にしてもパトリックってば意外と行動が早いわね」

「彼もそろそろ結婚してもおかしくない年齢だもん。真剣に考え始めたって所じゃない？」

なるほど。男性の方も一時的な遊びではなく、結婚を前提に付き合いを考える年齢ってあるんですね。それもそうか。女もそうですから。

工房のみんなの読みでは、パトリックさんはそうした伴侶《はんりょ》探しを始めてるんじゃないか、という事です。その相手に私が選ばれたのでは、という事らしいですよ。

私自身結婚を視野に入れてる訳ですから、願ったり叶ったりではあるんですけど、これればかりは相性がありますからね。

「ルイザ自身はどうなの？　彼と出かけてみたいって思う？」

「うーん。正直よく知らないから、ちょっと尻込みしてる」

そう。ほんの少し店で会ったのと、結婚式の時に踊った程度ですから。相手の事、まだ何にもわかっていないんですよね。

「よく知る為に、おつきあいしてみては？」

ああ、そういう考えもあるんですね。って事は出かけた方がいいのかな？

「まあ最終的に決めるのはルイザ本人だけど、出会いを求めてるんなら、いい機会なんじゃないかしら？」

ですよね。何もすぐに交際する、とかいう訳でもないし、もうちょっと軽い気持ちでお誘いを受けてみてもいいですよね。

「悪い人ではないわよ。人当たりもいいし、よくない噂なんかも聞こえてこないし」

とはエセルの談。同じ商業区に店を構える仲間という事で、割と顔を合わせる機会も多いんだとか。

「ただ、『いい人』で終わっちゃう可能性は高いけど」

ああ、そんな感じはしますねー。でもいい人は大歓迎ですよ。正直、濃い恋愛が出来るとは思っていないってのもあります。穏やかで長続きする関係が理想です。

「お試しで出かけてみたら？　それでピンとこなかったら、その後の事は断っちゃえばいいんだから」

ああ、そうですよね。お試し感覚なら、緊張する事も構える事もないですよね。なるほど、そう考えればいいのか。

認めたくないし誰にも言えないですけど、私の恋心はグレアムが全て持っていってしまったのではないかと思います。それはそれで構いません。持っていかれた恋心ごと、彼の事は切り捨てるだけですから。

だからパトリックさんと穏やかな関係を築けるのなら、それはそれでいいのではないかと思うんです。向こうがどう思うかは、また別でしょうけど。

そんな訳で、お出かけ当日です。どこに行くのか聞いても、「内緒」の一言で教えてくれませんでした。どこに連れていく気でしょうか？

とりあえずどこに行っても大丈夫なように、服は無難《ぶなん》なものを選んでおきました。焦げ茶のワンピースに、濃い灰色の外套《がいとう》を羽織りました。

あまり装飾のないデザインですが、胸元のタックとか、ウエスト部分の切り返しとか、地味に手が込んでる代物《しろもの》です。エセル達、ありがとう。これも当然工房で作ってもらってますので。

対するパトリックさんの方は、黒の上下に薄茶色の外套という装いですね。

「あの店で、お昼を買っていこう」

そう言って入ったのは、店の近所にあるパン屋さんです。私も普段ここで買ってます。結構おいしいんですよね、ここのパン。種類も豊富ですし。

でも、昼食なら言ってくれれば用意したのに。そこそこ料理は出来るんですが。……って、いきなりそんな事を言うのは相手が引きますか。

ちょっと考えて、言うのはやめておきました。まだどうなるかはわかりませんから。

今日一回出かけて、それでおしまい、って事もありますよね。

パン屋でサンドイッチとミルクを買って、乗合鉄馬車に乗りました。はて、なんだか見覚えのある経路のようですよ。

促されて降りると、そこは王立植物園でした。なるほど。そういえば夏にみんなで出かけた時、アリエルが恋人同士で出かける場所の定番、とかなんとか言ってましたね。

え？　そういう事でいいんですか？

「植物園ですか。夏に工房のみんなと一緒に来ましたよ」

「え!?　来た事あるんだ……なんだ、それじゃ内緒にした意味、なかったかな」

そう言って、軽く笑うパトリックさん。ああ、来た事ないだろうと思って連れてきてくれたんですね。王都でも有名な場所だっていうのは聞いてますし。色々な意味で。

パトリックさんは、私を促しながら中に入っていきます。相変わらず、ここは人が多いようです。まだ寒いのになあ、と思いながら見ていきました。よく考えれば冬だからこそ、ここなのかも知れませんね。大温室は一年を通して同じ温度に設定されていると聞きましたし、ここなら一年中なにかしらの花が見られますから。

ちなみに、園では今は冬バラが見頃のようです。他にも、いくつかの花が咲き誇っています。てっきり今の時期は常緑樹だけかと思ってましたよ。でもそういえば冬の花って、ありましたね。

中央通りの並木は、綺麗に落葉していてなんだか寒々しい感じでした。秋の終わりは、落ち葉掃除が大変だった事でしょう。でもその後のたき火とか、そこで焼く栗とか、いいですよね。

「こんなに寒いのに、花、咲いてるんですね」

「そうだね。逆に寒くないと咲かない花もあるっていうし」

ほほう。そうなんですね。あ、あの花なんか大きめで多弁だから、飾りにしても見栄えしそうです。お、こちらのバラも、小ぶりですが色が鮮やかでいいですね。寒い時期に咲くバラは、小ぶりだけどその分色鮮やかに咲く感じです。

そんな半分職業病の目で花を愛《め》でていたら、隣で小さく笑う気配がしました。……しまった、今回はパトリックさんと来ているんでした。ついうっかり、いつもの如《ごと》くお仕事の事を考えてしまいましたよ。何やってるんだ、私。

「やっぱり女の子だね。花見てると目の色が変わってるよ」

それは多分、普通の女子的な花きれい～とか香り素敵～っていうのとは違うと思います。でも黙っておきます。勘違いしてくれてるなら、そのままの方がいいと思うからです。人生四回目ともなれば、打算も覚えますよ。

「せっかくだから、大温室の方も行こうか」

「ええ」

やっぱり植物園に来たら、大温室は行っておくべき場所ですよね。

相変わらず外の気温など関係ないとばかりに、大温室の中は暖かく、そして湿った空気に満たされていました。外套《がいとう》を着たままだと暑いくらいです。

そういえば夏の時には睡蓮《すいれん》、見逃しましたね。そう思って、入ってからまっすぐ進んでみました。裏口の近くにあると言ったのは、誰だったかしら？

「あった」

「何が？　ああ、睡蓮《すいれん》？」

人工池には、綺麗な睡蓮が咲いています。アリスンが好きな花だと、あの後聞きました。

「ええ。南の花という訳ではないけど、ここの睡蓮は一年中咲いているようになってるんでしょう？」

「へー、そうなんだ。ああ、あっちの方は冬でも噴水が止まってないよ」

そうなんだ、って……。そういえば先程から、あまり会話が続いていない気がしますね。何というのか、会話がぶつ切り状態というか。

口達者な人じゃないのかしら。でも店で接客やってましたよね？　もうちょっと様子を見てみましょうか。

「どうしたの？　来ないの？」

「今、行きます」

ふと、本当にふと、記憶の底から蘇《よみがえ》った思い出がありました。あれはまだ神殿学校に上がる前だから、私が十歳になる前ですね。グレアムと二人で、森に出た事がありました。

森では果実や木の実を取ったり、花を摘《つ》んだりして過ごす事が多かったですね。近いという事もあって、よく行っていたのを覚えています。そういえば夢にも見ましたね。

そのくらい身近な場所だったんです。

その森へ行った時に、名前を知らない白い花を見つけました。

「きれいねー。なんて花なんだろう？」

「知らないなあ。戻ったら図鑑で調べてみようか？」

「うん！」

「少し摘んでいこう。そうしたらすぐ調べられるよ」

そう言って、彼は根の辺りの土と一緒にその花を掘り出し、持っていたハンカチで根の辺りを包んでそのまま持って帰りました。

あの花は、その後グレアムの家の庭に植えられ、毎年綺麗な花を咲かせていました。グレアムと一緒に、よく水やりをしたものです。

何て事はない、子供の頃の話。花繋がりで思い出したんでしょうか。普段はろくに思い出しもしない事だったのに。

思えばグレアムもそんなに口達者という訳ではありませんが、知らない話題の時でも、静かに聞いているという感じでした。

わかっています。良くない事だとは自覚してます。でもどうしても、比べてしまいますね。こんな小さな事なのに。

グレアムだったら、先程の睡蓮の時も違った反応をしてくれたのではないか、と。そう思い至って、ちょっと後ろめたい気分になりました。

「そろそろ行こうか」

「……そうですね」

何とか笑顔を保てた、って感じでした。


昼食は、大温室のそばのベンチで取りました。買ってきたサンドイッチは好きな具のはずなのに、心なしかいつもより味がしない気がします。

「君は、間近でオーガストさんの仕事振りを見られるんだよなあ。うらやましい」

彼の話題の中心は、何故かオーガストさんでしたよ。えーと、うらやましがられるような事は、何もないんですが。

私よりはエセルとかエルヴィラとかマキシーンとかの方が、よっぽどオーガストさんと仕事してると思います。普段からあまり工房にはいない人ですから。

「そ……んな事ないですよ。オーガストさんと一緒に作業するより、工房のみんなと一緒の作業の方が多いですから」

一緒に王宮に行ったり顧客の所に行ったりした事は、ありますけどね。でもその程度ですよ。

「そんな事ないよ。同じ店で働いてるってだけで、いろいろ吸収出来る事もあると思うんだ」

そうなんでしょうか？　確かに才能ある人だと思いますし、雇い主ですから悪感情は持っていませんけどね。どころか、いい雇い主だと思っています。

でもオーガストさんから吸収するものって、何でしょうね？　ドレス作りの極意《ごくい》とかですか？　あるんですかね？　そんなの。ていうかドレス作りの極意って、何？

今ひとつ話についていけず首を傾げる私には気付かないまま、パトリックさんは少し遠い目をしながら話し続けました。

「彼は凄いよ！　あの若さで商業区のど真ん中に、自分の店を構えるなんて！　俺の目標なんだ」

「そ、そうなんですか」

これ以上何も言えません。何というか、これまでのどんな話題よりも熱く語るその姿に、ちょっと気圧《けお》された気がします。

「えーと……確かにオーガストさんは、才能のある方だと思いますけど」

「そうだろう!?　王都広しといえど、あの年齢で親から相続したのでもないのに店を持つなんて、他にいないよ。並外れた商才があるんだと思うよ俺も」

どうしましょう。私が言った「才能」は商才の方ではなくて、純粋に仕立屋としての腕の方なんですが。確かに売り込む力は凄かったですが。あれが商才なんでしょうか。

その後もこちらにはお構いなしに、オーガストさんの商才がいかに素晴らしいかの賛辞を、これでもかと聞かされました。意外としゃべるの好きなんでしょうか。でも、内容の半分も理解できないんですけど。

仕方なく、軽い相づち程度で流してしまいました。何か質問しようにも、口を挟む隙もない程でしたから。それに、私からの反応を期待して話したという感じではないようです。言いたいから言う、そんな感じに見られました。私でなくても良さそうですね。

今日は「お試し」だった訳ですが、私の中で答えは既《すで》に出たようです。

「いずれは、自分の店を持ちたいと思ってるんだ」

「……そうですか」

私は同じ言葉を繰り返すだけでした。笑顔が若干引きつっていた気がしますが、相手は気付いていないようなので、もういいやって思いました。

帰りは、店まで送ってくれました。まだ夕方なので一人でも大丈夫だと言ったんですが、どうしてもと言われ、送ってもらう事になったんです。

「次の店休日も、また出かけない？」

「次……ですか？」

「そう。嫌？」

屈託のない笑顔でそう言われ、困惑してしまいました。彼は今日私といて、楽しかったんでしょうか？　私はちっとも彼の話に反応できなかったのに？　ちょっと不思議な気分になりました。

でも私の中で、お付き合いに発展させるつもりはもうありません。なので断りの言葉以外、口にはできませんでした。

「ごめんなさい」

きっぱり言って頭を下げます。もう少し深く付き合ってみたらまた違う面が見えてくるのでしょうけど、現段階では「何か違う」と思うのでここで終わりにしておこうと思います。

パトリックさんとの仲は進展しなくても、他に出会いがあるかもしれません。なければないで構わないんです。元々、一人で生活していこうって気構えで王都に出てきてるんですから。無理したところで前回、前々回のような結果になるのは目に見えてます。新しく家族を持つ、という事を諦《あきら》めた訳ではないので、次の機会に期待しますよ。グレアムと別れて一度は切り捨てた事でしたが、今はとても積極的な気持ちです。変化って、凄いですね。

パトリックさんにも私ではなく、もっと話の合う女性の方がいいと思いますし。会話が今ひとつかみ合わないというのは、やっぱり辛いですよね、お互いに。

「そう……か。じゃあまた！」

特に怒るでもなく、パトリックさんはそう言って帰っていきましたが……また？　次もあるって事ですかね？　いや、もう次はなしって意味で断ったんですが。あれ？　私、伝え間違えましたか？

まあそうなった時はその時考える、でいいですよね。なんだか今日は疲れました。身体的に、というよりは、精神的に、ですけど。

部屋に戻ってお風呂に入り、疲れを癒《いや》しました。最近とみに冷えてきましたからね。シャワーじゃ風邪をひいてしまいそうです。

温かいお風呂はいいですね。この部屋に浴槽がついた風呂場があって、本当に良かったです。いろいろ聞いていると、シャワーだけの部屋も多いようですから。

今日はちょっとだけ、お風呂に入浴剤を入れました。優しい香りが疲れを癒すんだそうです。何の香りだったかは忘れましたが。

温かくしてベッドに入り、目を閉じました。植物園での事、パトリックさんの事、そしてグレアムの事。寝る前だっていうのに、ぐるぐると回ってしまってなかなか寝付けません。

これから出会うかも知れない人達の事も、今日のように何かある度《たび》にグレアムと比べてしまうんでしょうか。

何だかそれも嫌な感じがします。もう吹っ切れたと思ったのに。本当の意味でグレアムを忘れ去るのは、まだまだ時間がかかるのかも知れません。

でも甘い考えだけは、持ってはいけない。そんなものを持てば、傷つくのは私自身なのだから。

勇者は帰って来ない。決して。私のもとには。

新年を過ぎ、街も普段通りの顔を取り戻すと、私の生活もいつもの落ち着いたものに戻りました。戻らなかったもの……というか、変化したものはあります。パトリックさんの存在です。

彼とは、あの後もちょくちょく会っています。会うと言っても、いつぞやのように二人で出かける、という事はありませんが。

ではどうして会うのか。買い物に行った帰り道とか、たまの外食の時に会うとか、そんな感じです。私からではなく、向こうから声をかけてきます。

あんな気まずい最後になったというのに、本当にパトリックさんっていい人なんですね。植物園では一方通行な感じの会話でしたが、共通の話題がある時は大丈夫というのはわかりました。共通の話題、それは王都に関する事や、商業区に関する事ばかりですが。あそこの店が安い、こちらの店は品物の質がいい。そんな感じです。これって、ただの情報交換でしょうか。

何というか、パトリックさんとは今では良きお友達、という感じです。多分、あちらもそう考えているんじゃないでしょうか。それはいいんです。

実はあの植物園に行ってからこっち、密《ひそ》かに悩み続けています。植物園で、パトリックさんとグレアムを比べた事です。ええ、まだ引きずってますよ。

あの事は、私の中に重くのしかかってきます。おかげでここ最近ずっとそればかり考えてしまって、気がふさぎがちになってます。

でも、当然周囲はそんな事になってるとは知りません。なのでこれまた当然のように、工房ではからかわれたりする訳です。

「ルイザには一足早い春よねー」

「彼、優しそうでいいじゃない」

「今度の休みも一緒に出かけるんでしょー？」

「おお？　次の『衣装』はルイザの分かしら？」

本当にそういう相手なら照れながらも嬉しく思うのでしょうが、実情ただのお友達です。てか、休みの日に出かけたのは一度きりなんですが。

今私はそれどころではないんですよね。本当にどうしたものか。思わず溜息が出てしまいました。ああ、幸せが逃げてしまいます。

私の様子がおかしいと感じたのか、周囲の様子が少し変わりました。

「……どうしたの？　溜息なんか吐《つ》いて」

「そうよう。幸せ一杯だと思ってたのに」

「何か悩み事？」

「恋の悩みとか!?」

うん、相変わらずそっち方面の食いつきいいですね、みなさん。興味本位だけでなく、心配そうにこちらを見るみんなに、何とか笑顔で返しました。

「そういうんじゃないから……多分」

少なくとも、恋の悩みではないですね。でも、これって一体何の悩みになるんでしょうか。

この悩みで何よりも深刻なのは、この先まともに恋愛出来るのかどうかという点だと思います。もう克服したと思ったのになあ。甘かったかしら。

「はあ……」

またしても重い溜息を吐《つ》いてしまいました。まったく、別れた後も私を振り回すなんて、厄介な人ですね、勇者っていうのは。

結局その日の仕事終わり、エセルに捕まって夕食を一緒にする事になりました。行った先は以前オーガストさんに案内された店です。

「一体どうしたの？」

席に座って注文を終えた途端の切り込みです。いきなりの本題に、さすがに言いよどんでしまいます。

私からの返答を待っていたエセルは、反応なしと見るとさらに追撃をかけてきました。

「最近変よ。そりゃあ、みんながからかうのが悪いってのもあるけど、何か悩み事があるなら、相談に乗るわよ？」

これだけ悩んでる様子を見せてしまっては、こうなるのは当然の結果ですよね。私が浅はかでした。彼女は工房のまとめ役ですし、みんなの相談役でもあります。

優しいエセル。でも、この胸の内をどうやって相談したものか。私はまたぐるぐると考え始める頭を整理する為にも、エセルに少しずつ話してみようと思いました。

「……パトリックさんとね、植物園に行ったのよ」

「うん、そうだってね。植物園で彼と何かあったの？」

怪訝《けげん》そうな顔で覗《のぞ》き込んで来るエセルに、私は慌ててふるふると首を横に振りました。何かあった訳じゃありませんから。てか、悩んでる原因はそこじゃありませんし。きっかけではあったんでしょうけど。

「何かあった訳じゃなくて……というか何もなかったし……」

「ああ」

エセルは何か思い当たったのか、私が言い終わる前に納得したように大きく頷《うなず》きました。

「パトリックってねえ……いい人なんだけど、恋人にするにはちょーっと癖があるというか……友達としてならいいんだけどね」

まさにその通りでした。悪い人ではないし「いい人」とはっきり言えるんですが、なんというか、会話がかみ合わない部分が多いというか、向かってる方向が違うというか。

恋人として付き合うのなら、せめて同じ方向ではなくても、近い方は向いていて欲しいですよね。だからこそ答えは割と早いうちに出たんだと思います。

って、いやいや、悩みはそこではないでしょうが、自分！

「それで？　パトリックの事振ったのを気に病んでるの？」

私はまたふるふると首を横に振ります。振ったというか、交際を申し込まれた訳でもないので、振った振られたではないと思うんですよね。

向こうも以前と変わらない様子ですし。逆に少し距離は縮んでるかも知れません。友達として。なので、そこを気に病んでる訳ではありません。悩みの根源は、大分違う場所にあります。

「パトリックの事じゃないなら、工房の中で何かあった？」

これも否定します。当然ですね。ちょっとした意見の食い違いならばあったりもしますが、基本、工房のみんなと仲違《なかたが》いなんてした事ありません。

それぞれ向上心も強く、何より仕事に熱心に取り組む姿勢がみんな同じですから。仲間意識は、相当強いんじゃないでしょうか。何より相性がいいですよ。

大した内容ではないのに言いよどむのは、そんな事をする人間なんだって知られるのが怖いから、ですね。人をこっそり心の中で比べるなんて。エセルにそう思われるのは、やっぱり辛い。

「工房には問題はないの……そうじゃなくて……その……」

「やっぱり、恋愛がらみの悩みなの？」

一応そうなるんでしょうか？　私は下を向いて、言おうかどうしようか迷いました。

今回は一応恋愛がらみですけど、これって人間関係全般にも言えるような気がします。

迷えば迷う程言い出しにくくなってしまって、とうとう私は俯《うつむ》いてしまいました。

「ルイザ」

注文した料理を突《つつ》きながら、エセルは俯く私を責めもせず静かに言いました。

「言いたくないなら無理には聞かないけど、話す事で落ち着く事もあるから。何かあったら話してちょうだい。それと、男は彼だけじゃないから。それも忘れないようにね」

彼女の優しい笑みに、胸が痛くなるくらいの温かさを感じました。何だか保身にばかり走る自分が、酷《ひど》く恥ずかしく思えたんです。こんなに親身になってくれる人なのに！

「あのね！」

「な、何!?」

どう思われてもいい、思い切って話してみよう、と思ったら勢い付けすぎました……。

エセルがびっくりした顔をしています。頬の辺りが熱くなっているから、きっと今、私の顔は真っ赤ですね。

「あ……あの、悩みなんだけど」

「うん」

「その……ね？　つい、前付き合ってた人と、比べちゃうのよ」

諸々《もろもろ》細かい部分はさすがに言えないので、大分ぼかした言い方になってしまいました。

こんなざっくりした言い方で、理解してもらえたでしょうか？

「つまりパトリックを、その前付き合ってた彼氏と比べて、それでダメだと判断してしまった、って事？」

「う、うん。そんな感じかな？　というか、これから先も、そうやってずっと比べていくのかな、って思ったら、何か悩んじゃって……」

さすがエセルです。あの内容からちゃんと意味をくみ取ってくれました。ちょっとずれた気もしますけど、大筋では合ってますよね。普段から人の相談とか、聞く機会が多いんでしょうね、彼女なら。工房のまとめ役は、伊達《だて》ではありません。

とりあえず言うだけ言ってほっとした私は、そっとエセルの方を窺《うかが》ってみました。彼女は背もたれにもたれて少し上を向きながら、腕を組んで何やら考え込んでいます。

やがてその口から出てきたのは、意外な一言でした。

「それはしょうがないんじゃない？」

「へ？」

変な声が出てしまいました。しょうがない、でいいの？　悪い事ではないの？

「だって過去は消せないし、やっぱり比べるでしょう。それでも今目の前にいる人の方がいいってなったら、その時は本物に出会えたと思えばいいんじゃないかしら？」

いいんでしょうか？　それで。いえ、エセルを疑ってる訳ではなくて、なんだかこちらにばかり都合のいい話に聞こえるので、ちょっと心配です。

「納得いってない、って顔ね」

「だって……」

「大丈夫。大体考えてごらんなさいよ。こっちが昔の人と比べてるって事は、相手だって比べてる可能性があるのよ」

「あ」

言われてみればそうですね。こんな簡単な事に思い至らないなんて。なんだかがっくりしました。

「だからいいのよ。あの人がいい、って思っても相手に選んでもらえない事だってあるんだから、こっちが他の人と比べてやっぱりダメ、って事があったっておかしくないって」

ちょっとにやっと笑ってエセルはそう言いました。そうですよね。私がいいと言っても、相手が嫌だという事だってあるんですよね。

この先「いいな」って思える人が出て、その人とグレアムを比べて、その人の方がいいって事も、あり得るんですよね。なんだかすっきりしました。さすがはエセルです。

「ありがとう、エセル」

「どういたしまして」

頼れる工房のまとめ役は、私の悩みもきっちり解決してくれました。

「で？　前の彼氏ってどんな人？」

あやうく、口に含んだ料理を噴くところでした。まさか今大魔王討伐に行っている勇者その人だ、なんて言えませんよ。

「えと、こ、故郷にいた時の、ね」

「ああ。幼なじみとか？」

「そ、そうなの」

エセル、鋭すぎます。その後も彼女からの質問をかわすのに苦労したのは、言うまでもありません。

店を出た後、途中でエセルと別れて部屋に戻りました。日中も寒いですが、夜ともなると、さらに寒さが増してきます。吐く息が白くて指先が痛くなりそうです。

部屋に戻ってすぐ、暖炉に火を入れました。王都の冬は初めてですが、心なしか故郷よりは寒さがましな気がします。羽織っていた外套《がいとう》を脱いで、一息吐《つ》きました。もう少しすれば、暖炉にかけたやかんのお湯が沸くでしょう。

故郷でも冬になれば、暖炉の前で暖《だん》を取っていました。暖かい敷物の上で寝転んで、絵本を読んだりホットミルクを飲んだり。

大抵の記憶には、グレアムがいます。家が隣の幼なじみですからね。うちに来たり、私が向こうの家に行ったりしていました。

遠い日の、優しい思い出。これからも出会う人をこの思い出と比べて行くんですね。本当に思い出に勝てる相手なんて、現れるのかしら。ちょっと後ろ向きになりそうです。

「なんだかな……」

ベッドに座って、暖炉の火を見つめます。思えば彼を見送ったあの時、彼の事を思い切るのは簡単だと考えていました。「勇者」を思ってもろくな事にならないのは、経験上知ってましたから。

でも実際離れてみて別の人に目を向けようとしてみると、彼の事を忘れきっていないのだと思い知らされる事となりました。存外、私もまだまだですね。

ベッドで寝転んで、壁際に置いてある机の方を見てみます。この部屋でも新しい飾りの形とか素材とかを考えたりしますから、書き物机は必要なんです。

その机の引き出しには、勇者の事が書かれた新聞の切り抜きが詰まっています。あれ以来、溜まる一方で整理する気にもなれません。まるで自分自身の未練のようですね。

寝返りを打って、そこから視線を外しました。おかしいなあ、心境の変化で新しい道が見えて来たと思っていたのに。

そんな春はまだ遠い冬の日、その報《しら》せは届きました。


勇者一行、魔王城に突入す。


暦の上ではそろそろ春と呼べる時期ですが、気温はまだまだ冬を引きずっている今日この頃。それでも王都は浮かれています。

少し前の新聞に書いてあった内容が原因でした。勇者一行がとうとう敵の牙城《がじょう》、魔王城に突入したというのです。

にしても早くないですか？　覚えている限りでは誰も彼も、最低二年はかかったんですよね、敵の本拠地に着くまでに。グレアム達は出立してから丸一年かかっていませんよ。もちろん、交通手段がどうのという意味ではありません。たとえ一足飛びに魔王城に行ける手段があったとしても、魔物から解放しなければならない場所やら国やらがありますからね。

なのでどうしても討伐そのものに手間がかかって、期間はそれなりになってた訳なんですが……。今回はどうしたんでしょうか？

別にグレアム達が手抜きして一足飛びに行った、なんて事はありません。ちゃんとその辺りは、王国新聞に出ますからね。

それに、誤魔化《ごまか》したところで今の情報伝達の速さならばすぐにばれますから。そういえば、途中経過も随分速いなとは思ってたんですよ。

確かにグレアムの力は歴代随一だと新聞には書いてありましたが、でもそんなに簡単にいくものなんでしょうか。

王国新聞は神殿の協力を得て、今代の勇者グレアムのあれこれをまとめた特集号も出していました。それの人気が凄くて、未だに版を重ねているそうですよ。どんだけですか、勇者人気。

で、その特集号によると、彼は勇者として歴代随一の力を持っているのだそうです。

魔力体力は言うに及ばず、瞬発力知力その他諸々《もろもろ》、ありとあらゆる力が神殿に記録されている今までの勇者の比ではないんだとか。

そういえば、勇者に選出される前から彼の実力は故郷でも折り紙付きでしたね。道場に通えば負け知らず、人や家畜を襲う害獣討伐に向かえば一人で何十頭と狩り尽くし、暴れ牛だって暴れ馬だって彼の手にかかればあっという間におとなしくなりました。あの頃から人間離れはしてたんですね。

ただ、昔から他人に対する興味が極端に少ないんですよね。よく母親のデリアおばさんからも、

「あの子が友達見捨てるような真似したら、ぶっ飛ばしてやってちょうだい！」

って言われてましたから。そして本当に何度も蹴飛ばした記憶が……。ま、まあそれはいいんですよ。昔の事です、昔の。

そんな部分を知らない女の子達は、よくグレアムの周囲を取り巻いていましたが、グレアムは一歩間違えると彼女達まで害獣と同じ扱いにしかねなかったので、取り巻かれている彼をその場から連れ出すのが私の役目でした。

私にその役が割り振られた理由が、彼が攻撃に転じる頃合いがわかるから、だそうです。いや、見てればわかるでしょうに。慣れですよ、慣れ。

なのに、誰もが私にその役割を押しつけてきました。昔からそばにいるから、というこれまた理由にもならない理由をつけて、ですよ。

他にも同性異性の幼なじみが近くにいるっていうのに。男共の不甲斐《ふがい》ない事。男だからこそ、グレアムの桁外《けたはず》れな部分をよく知ってるって事なんでしょうけど。

おかげで女子連中からは恨《うら》まれました。彼女達の為と思ってそばに近づかないよう言ったんですが、まったく聞き入れようとしませんでした。『私達からグレアムを取り上げる』って言って、もの凄い目で睨《にら》まれましたよ。

直接攻撃はグレアムに知られるのが怖いのと、推定魔王フェリシアの影響力のおかげで、ほぼ全面的に回避できてたからいいんですが。

裏ではちくちくありましたよ。そこら辺も全て、フェリシアとグレアムに告げておきました。卑怯《ひきょう》で結構。多人数を一人で相手するなんて、無理ですからね。てか、その時点で相手も十分卑怯だと思います。

そんなグレアムですから、この異例ともいえる討伐速度は逆に当然なのかも知れません。

でもそうすると、程なく勇者の帰還があるという事ですか。その時、彼の隣に誰がいるのか。私はそれを見て耐えられるんでしょうか。何度考えても答えが出てきません。

思えば今生《こんじょう》の私の周囲には、幼なじみ以外の異性がいた試しがなかったんですよ。グレアムも幼なじみですからね。

普通神殿学校に入ればそれなりに、同性のみならず異性とも交流がありそうなものなのに。さっぱりでした。

そうか、これはもてない女って事なんだな、と早いうちに見切りを付けたものの、そばにいるのが「あの」グレアムですからね。反対に幼なじみ以外の人達には、うらやましがられましたね。

それが度を超すと彼を取り巻いていた女子のように、私を憎悪する訳ですが。でも、私的にはもう少し色々な意味で経験を積んでおきたかったと思いますよ。今、切実に！

本気で私は男運悪いんじゃないかと、最近は思います。やっぱり、一人で生きていくのが無難《ぶなん》なのかしら？　でも自分の子供、欲しいなあ。

「あー、作っても作っても終わらない！」

「今年に入ってからだけでも、もう何着作ったのかしらね……」

「文句言わない！　お仕事があるだけで良しとしなきゃ」

「はーい」

ここ最近の、工房での決まり文句のようなやりとりでした。いやもう、本当に何着のドレスを作ったのやら、ですよ。仕上げたドレスの数だけ飾りも必要になる事が多いですから、私の仕事も忙しい訳です。ああ、大変。

ただでさえこの時期は忙しいのに、ここに来て新聞が特大の情報をもたらしましたからね。あの特報があったのが二十日は前ですから、そろそろ決着が付いているかも知れません。もちろん勇者の勝利で。

勇者の最終決戦を知ったご婦人方は、こぞって新しいドレスの注文にいらっしゃいました。実際には、人を使ってオーガストさんを呼びつけるだけですが。

勇者が帰還するとなれば、盛大な凱旋《がいせん》祝賀会が開かれますから、その為の準備なんでしょう。王女殿下からも注文が来ましたよ。

今私が手がけているのは、その王女殿下のドレスの飾りです。今年一番の新作は、例の花飾りを小さ目に作って、スカート全体に散らすものです。

スカートもローブの上からさらに薄手のオーバースカートを重ね、それに花を散らすという方法をとりました。

これだとウエストの辺りがもったりするのでは？　と危惧《きぐ》しましたが、その辺りはオーガストさんがすっきりする方法を考案してくださいました。さすがです、オーガストさん。

なので私は張り切って飾り作りの真っ最中です。今回王女殿下が注文されたドレスは二着で、一着は花飾りを散らし、もう一着はレースで作った蝶を散らす事になりました。

でも王女殿下のドレス、実は「手始めに二着」という事らしいですよ……。つまりまだまだ作るという事ですよね。ちょっと先の事を考えるのは、やめておこうと思います。

花飾りも手間がかかりますが、このレースの蝶もなかなか手間がかかる代物《しろもの》ですよ。本当に、レース編み機がなければ大変な事になるところでした。

そうなんです！　今年に入ってすぐくらいに、工房に新しい道具のレース編み機が入ったんです。まだ開発されたばかりで、高いんだそうです。

オーガストさん、どうやって手に入れたんでしょうね？　王都とはいえ、数が絶対的に少ない機械だっていうのに。

これでレース編みを指定した形に、ほぼ自動で作る事が出来るんです。本当に夢のような代物ですよ。技術の進歩って、本当に素敵ですね！

まあ細かい部分は作れないので、最終調整はどうしても人の手でやらなくてはなりませんが、それでも工程を大幅に省く事が出来ます。

なのでレースの蝶作りは今やイーヴィーに半分お任せです。最後の微調整だけ、私がやるという事になっています。今も彼女は機械にかかりきりで、蝶のレース飾りを大量生産しています。ありがとう、イーヴィー。

「にしても約一年かあ……」

「何が？」

「勇者様が出立なさってからよ。長いような短いような」

エミーは、天井付近を仰《あお》ぎ見るような姿勢で呟《つぶや》きます。そういえば、彼を見送った時期がもうすぐ来ます。

あの時は綺麗さっぱり全てを捨てて、新しい人生をやり直すつもりでいたというのに。今は……うん、深く考えるのはやめておきます。

「ルイザも、ここに来てからそろそろ一年よね？」

「へ？」

いきなり言われて、間抜けな声が出てしまいました。ああ、恥ずかしい。でもそうですね、ここに来てもう一年経つんですね。って、完全に一年経つのはもう少し先ですけど。

「そうかー、もう一年かー。って、なんかルイザの場合、もっと昔からいた気がするよ」

「そうね。もう十年くらい一緒に仕事してる気がするわ」

「ちょっと、十年前じゃこのお店まだないわよ」

「てかその前にルイザがまだ子供よ」

「ですね。私やっと十八になるところなんですよ、これでも。十年前って言ったら八歳かそこらです。前世とかその前からの年を換算したら、相当なものになりますけどね。さすがにそんな事は言えませんよ。

「まあ、それだけ一緒に仕事してる事に違和感ないって事で」

「珍しくエミーが綺麗にまとめたわよ」

「珍しくって何よ！」

工房内に笑いが満ちました。何だか嬉しい言葉です。自分が認められるのって、嬉しい事なんですね。

これまでの人生では恋人に捨てられたせいで、自分という存在を否定され続けたように思えます。親や友人などの周囲の人達には恵まれたと思いますが、思いを向けた相手から否定されるのはやっぱり辛い事なんです。

まるで「いらない」と言われたようで。捨てられたんですから、実際にいらなかったんでしょうけど。

今回は捨てられる前に捨ててしまえと思っていたのに、結局うまくいってません。前回も先に捨てて幸せになったはずなのに、最後はアレですからね。

本当に、一体何が悪かったんでしょうか。女神様に聞けるものなら聞いてみたいですよ。何かの呪いとかですか？　今度神殿に行って、真剣にお祈りでもしてみようかしら？

どこかで見たような風景の中、誰かがいるのが見えます。こちらに背を向けていますが、誰かしら？　何だか見覚えがあるような気がするんだけど。

不意に人影が振り返りました。その顔を見て、息を呑みました。最初の恋人、四代目勇者のエグバートです。慌てて周囲を確認すれば、そこはあの時に住んでいた村の外れでした。道理で見た事あるはずです。

どうして今更この人の夢を見るのかしら。過去の勇者の中でも、一番見たくない顔なのに。何せ三十年も放置された相手ですから。恨《うら》みはなくなりましたけど、怒りというか、感情的なひっかかりはまだ残っているんですよ。

エグバートは、こちらに向かって何かを言っているようです。何かしら。どこか苦しそうなその顔で口にしているのは、どうやらその時の私の名前のようです。ローズ。それが最初の人生での私の名前でした。

そうこうするうちに、周りの風景が歪《ゆが》んでいきます。エグバートの後ろに、渦を描いて吸い込まれていくように。どうなってるの？　これ。

この辺りでこれは夢なんだ、と自覚しました。夢で自覚っていうのも変な話ですね。でも最近変な夢を見る事が多くなったから、すぐに夢だとわかるようになったのかも知れません

歪んでおかしくなっている風景を見るとはなしに見ていたら、右手にも誰かがいます。いつからいたのかしら。そう思ってそちらを見て、エグバートの時同様驚愕《きょうがく》しました。そこにいるのは五代目の勇者、グレッグです。どうなってるの？ 景色は歪んだままなのに。まさか歴代勇者が全部出てくるとかじゃないでしょうね？

グレッグは、何か言いたげな様子でこちらを見てきます。そういえば、グレッグはあまり口が達者な人ではありませんでした。口下手というか。幼なじみとはいえ、よく恋人になったなあ、自分。

グレッグが何か口を開きました。やはりエグバート同様、声は届きません。でもその口の動きで、彼も名前を呼んでいるのだと気付きました。ジョアン。五代目の時代の私の名前。

混乱する私の左手に、また人影が現れます。ここまで来れば予想はつきますよ。そちらを見れば、やはり六代目勇者、スコットがいます。本当にどうなってるの？ これ。彼らは、同じように名前を呼ぶばかりです。スコットも彼の時の私の名前、オリヴィ

アの名を呼んでいるようです。いつもその名を呼ぶのを見ていましたから、口の動きを覚えていたんです。

いきなり過去の相手が三人も同時に出てきて、さすがに私も混乱しました。いったいどういう夢ですかこれ。

堪《たま》らずに、後ろを向いて走って逃げました。夢の中から逃げられるのかどうかはわかりませんが、それでも走りました。ひどく足が重く、思うように動けませんが、それでももがくように逃げました。

その私の足に、腕に、何かが絡《から》みついてきます。冷たい感触の何か。そこから感じるのは、あのパレードで倒れた時に見た夢と同じ、恐怖とおぞましさです。

振り払おうにも体がうまく動きません。それでも足搔《あが》いていると、耳に奇妙な声が響きました。一人のような、複数のような、若いような、年老いているような。ただ一つ、声の低さから男性だと思いました。

その声は、私の耳のすぐ側で聞こえました。

『約束だ』

その一言が聞こえた途端、目が覚めました。ベッドの中で仰向けに寝ているのに、まるで今まで全力疾走していたかのような荒い息と疲労感です。

ゆっくりと起き上がって、部屋の中を見回します。いつもの店の上にある、私の部屋です。ふと手をやった首元は、汗で濡れていました。相当寝汗をかいたようです。そんな季節でもないのに。

起きた瞬間は覚えていた夢も、しばらくそのままベッドの上で呆けていたら、徐々に頭の中から消えていきました。

ただ捕まれた腕の気味の悪さと、耳元で聞こえた声の不気味さだけは、いつまでも残っていました。

夢見は悪かったですが、天気の良さが幸いしたのか、昼を過ぎる頃には普段通りに仕事をこなしておしゃべりに興じる日となりました。いや、おしゃべりも大事な仕事の一環なんですよ。

普段は工房でも一番奥のテーブルで座って作業しているんですが、その日は完成間近のドレス本体に飾りを取り付ける為、中央付近で立って作業していました。

そのドレスのそばにいたのは私だけです。ドレス部門の他のみんなは、次のドレスの作業に入っていました。ちなみに今飾りをつけているドレス、例の伯爵夫人のものだそうですよ。

「ル……ルイ……ルイザ……」

結構細かい作業をしていたので、集中していたんです。おかげでアリエルから呼ばれても、しばらく気付かなかった程ですよ。

「ルイザ、呼ばれてるわよ」

「はい？」

見れば工房の裏口の辺りにいるアリエルが、真っ青な顔をして裏口を指さしています。どうしたというんでしょうか？　そういえばなんだか、裏口の方が騒がしいような……

「どうしたのアリエル？」

「ルイザが何か」

周囲のみんなも、アリエルの様子に心配そうな顔をしています。その青い顔のアリエルを押しのけるようにして、一つの人影が工房に入ってきました。光の加減か顔がよく見えません。

「ルイザ!!」

時間が止まったような錯覚《さっかく》に陥《おちい》りました。顔が見えなくても、わかります。でも私の頭はそれを拒絶している。だって、ここにいるはずのない人だもの。

なのにその人影はすぐに私のそばに駆け寄り、その長い腕で私を抱き込みました。力

強い腕、少し高めの体温、懐かしい感覚。

「会いたかった……ルイザ……」

そう言いながら、私の髪に口づけるその存在。一年程前に、見納めだと思った相手。故郷と一緒に捨てたつもりで、捨てきれなかった人。

でも、どうして、何故あなたがここに、私の所にいるの？　ようやく動き出した頭は、それでも随分と回転が悪いようです。ようやく絞り出した声は、自分でも情けないくらいかすれてました。

「グレアム……」

工房で私を抱きしめているのは、大魔王討伐に行っていたはずの勇者でした。何故、どうしてここにこの人がいるの？　混乱しきった私の頭はぐるぐると回るだけで、適切な答えは出てきません。

「あのー、ルイザ？」

エセルが控えめに名前を呼ぶ声に、ようやく混乱から復帰しました。そういえば、新聞でグレアムの顔って知られているし、何よりここのみんなは出立パレードを見に行ったんでした！　まずい！　勇者だって知られる!!

「ちょっとこっち来て！　エセル！　ごめん！　ちょっと抜けます!!」

エセルの返事を待たずに、私はグレアムの手を取って上の自分の部屋へと逃げ込みました。階段を駆け上がるのも、部屋に入って扉と鍵を閉めるのにも、グレアムは文句一つ言いません。

そう。見れば見るほど本人です。約一年前に見送ったその姿を、またこんな間近で見るなんて。思いも寄らない展開に、言葉が詰まりました。グレアムは戸惑った様子でこちらを見てきます。

「あの、えと」

どうしよう、何て言えばいいの？　もう別れてるんです、ごめんなさい？　あなたの事は故郷と一緒に捨てました？　どれも半分本当ですが、半分は嘘ですね。別れたつもりでも、忘れきれなかったし、捨てるつもりだったのに捨て切れていない。今も本人を前にしたら、こんなに懐かしくて引きつけられるのに。やっぱり勇者なんて存在は、私の所に戻ってくるべきじゃないんですよ。

今まで誰も戻ってこなかったのに、何故彼だけ帰ってきたんですか!?　どうして今回だけ帰ってくるの!?　せっかく全て振り切ってやり直そうって思ってたのに。出来てないけど。

「ルイザ……泣かないで。俺はちゃんと戻ってきたから」

え？　グレアムに指摘されて、初めて自分が泣いているんだって気付きました。頬に手をやれば、確かに涙で濡れています。慌てて手でぬぐおうとすれば、グレアムに止められました。

「こすっちゃだめだ」

変わらない笑顔。変わらない態度。そうですよね、彼には何の落ち度もないんです。ただ勇者に選出されたってだけで。それだって本人の意思じゃありません。グレアム自身にも、どうする事も出来なかった事です。

今までの何もかもが全て無駄な努力だったような気もするけど、でもきっと必要な時間だったんです。自分を見つめ直し、勇者となったグレアムと向き合う為には。

でも今は、まず言うべき事があります。

「グレアム」

「ん？」

「お、お帰りなさい」

ここで引っかかってどうする！　自分！　本当締まらないですね。でも彼は満面の笑みです。

「ただいま」

そう言って笑顔のまま、もう一度抱きしめてくれました。

この先何があるかはわかりません。他にも二人の間に障害が発生するかも知れません。

でも今は、今だけは、そんな諸々を全部忘れて、グレアムの腕の強さだけ感じていたいと思うんです。

今度こそ、幸せになれる……かな？

書き下ろし番外編

花祭り

「あー、良い天気」

私が故郷から王都に出てきて、今日でそろそろ二ヶ月が経とうとしています。やっとここで生活していくのに慣れた感じですよ。

窓から入ってくる風は気持ちよくて、少し緑の匂いが混ざってるようです。確かに、今は新緑の季節ですよね。

「そういえば、故郷の地方都市ではそろそろお祭りがある頃よね……」

懐かしいなあ。私も毎年、見に行きました。そうか、もうそんな時期なんですね。

地方都市のお祭りは、別名を「花祭り」というんです。その名の通り、花をたくさん積んだ花車が何台も、街の大通りを行進します。

車には、その年に地方都市、及び各衛星都市から選ばれた女の子達が、「花の乙女」として乗るんですよね……。私もあれに乗りたかったなあ。

毎年、グレアムと一緒に祭り見物に行ってました。お互いが子供の頃は両親と一緒に、彼が一人で行動を許される年齢になってからは、二人だけで。思えばあの頃から、恋人同士という事を意識し始めたんですねえ。

私は、十五歳の時の花祭りを思い出しました。


私達の地方では、十五歳になると一人で地方都市に出る鉄馬車に乗ってもいいという事になっています。それまでは保護者か、十五歳以上の付き添いがいないと乗ってはいけないんです。

今、地方都市はもうじき行われる祭りの準備で大賑《おおにぎ》わいです。この時期だけ来る露天商や曲芸師、劇団なんかも続々と集まっているようです。

いつ来てもこの地方都市は人であふれかえっていますが、この時期はさらに人が増える為、大通りはごった返していました。

「とうとう今年なのね」

徐々に祭りに向かって飾り立てられていく街を眺めながら、私はぽつりとこぼします。

私にとって……いいえ、この地方に住む女の子にとって、十五歳というのは特別な年でもありました。

私の隣から、聞き慣れた声が聞こえてきます。

「何が？」

振り仰げば、生まれた時からの付き合いのグレアムがいます。元から大きかった彼は、二年前くらいから更に背が伸びて、今では目を合わせるのに見上げる必要がある程です。本当に、何食べたらこんなに大きくなるのかしら。

「年齢よ。私、今年やっと十五になったのよ。花の乙女になる資格を、ようやく手に入れたんだから」

私が眉根を寄せてそう言えば、グレアムは今思い出したと言わんばかりに「ああ」と言いました。ああじゃないわよ、もう。

花の乙女とは、地方都市の守護聖女である聖リオノーラに付き従ったと言われている乙女達です。聖リオノーラは、自身も大変美しく、また花や緑に縁のある聖女だったそうです。

そのせいか彼女を守護聖女とする都市の祭りは、花に関するものが多いと聞きます。

花の乙女は、誰でもなれる訳ではありません。各都市で行われる選抜試験を受けて選ばれなくてはならないんです。そしてこの試験を受けられるようになるのが、十五歳なんですよ。

なので、十五歳というのは女の子達にとって特別な年なんです。ちなみに、乙女の試験を受けられるのは二十二歳までの未婚女性と決まっています。

この試験、申し込めば誰でも受けられます。受けるだけなら、ですが。当然条件を満たしていないと見なされた女の子は、全員落とされるんです。

その条件とは、ずばり容姿端麗です。聖リオノーラが美少女だったという伝説にあやかり、花の乙女も美少女で固めようとでもいうんでしょう。

どの都市も、該当する年齢の女の子達はこぞって試験を受けます。もちろん、うちの街でも試験は行われるので、申し込めば私も受けられるんです。

「故郷じゃもう、選抜試験の受付が始まってるのよね」

私のつぶやきに、グレアムが驚いたような声を上げました。

「ルイザ、花車に乗りたかったのか？」

「当たり前じゃない！　花車は祭りの主役なのよ？　それに乗れるっていうのは、名誉な事なんだから」

しかも、あれに乗れるという事は、自他共に認める美人という事ですよ！　女の子なら、誰だってあこがれるでしょうが！

私の力説を聞いても、グレアムはぴんとこないみたいですね。男の子なんて、こんなものなのかしら……

私は溜息を吐《つ》きました。

「そういう訳で、試験を受けようかどうしようか迷っているところなの」

「なんで迷ってるんだ？」

きょとんとした顔でグレアムが聞いてきます。う……嫌なところをついてきますね、まったく。

私は理由を言いよどみましたが、こちらをじっと見つめてくるグレアムに負けて、結局白状しました。

「試験を受けても、必ず受かる訳じゃないでしょ？　落ちたら恥ずかしいじゃない。ほら、うちはただでさえ母さんがいるから」

ええ、娘の私から見ても、未だに美人と言って憚《はばか》らない母が。グレアムも納得していますよ。

「母さんって、ずっと花の乙女だったんだって。それも先頭の車の更に一番前に乗る、筆頭乙女よ」

花車に乗るのも序列があって、一番目の車の先頭に乗るのは、その年一番の美人なんです。たとえ衛星都市の中で一番中央から離れた都市出身でも、美しければ先頭に乗ることができます。

八年間も一番の美人に選ばれたうちの母って、一体……いや、深く考えちゃいけませんね。私にとって、母は母です。ちょっと抜けてるけど、裁縫とお料理の腕は抜群の人です。

そんな人の娘ですから、私は小さい頃から注目を集める存在でもありました。あの美人の娘だから、さぞや美少女だろう、という事で。

……ええ、大体一目見て皆さん、残念な表情で去っていきますよ。中にはこれ見よがしに溜息を吐いていく人までいましたけど。思い出すだに腹が立つ。

私だって！　選べるものなら母に似たかったわよー!!　どうして私は父似なの!?

母は喜んでいますけど、父と私は密《ひそ》かに落ち込んだものです……

そんな私が試験を受けても、受からないどころか笑いものになるんじゃないかというのが、目下《もっか》の悩みなんです。

でも、ここまで言ってもグレアムはわかっていないようです。

「そんなの、今に始まった事じゃないだろう？」

ええ、ええ！　そうですとも！　今更こんな事で悩む私はバカですよ！

私はぎろりとグレアムを睨み上げますが、向こうはきょとんとした表情です。私が怒っているのはわかっても、その理由まではわからないんですね！

文句の一つも言ってやる、と口を開きかけた時、ちょうど通りの向こうから声を掛けてくる人がいました。

「おお、グレアム！　来ていたのか。悪いが、ちょっと手伝ってくれないか？」

よく見たら、何と私の父でした。

「お父さん」

「ん？　ルイザも一緒だったのか？」

ああ、そうか。大工をやってる父は、祭りの準備に駆り出される事が多い人です。祭りには、木製の櫓《やぐら》やら舞台やらが多く必要になりますから。あ、花車をつくるのにも、関わっているって聞いた気がしたな……。

父の同業者の大工さん達も、この時期は地方都市に集まってきています。

「そうかそうか、二人で遊びに来ていたのか」

……父さん、笑顔だけど、何だか怖いよ？　グレアムも引いてるじゃない。

「悪いなあ、楽しんでる最中に。良い所で会ったから、ちょっと手伝っていけや」

「え、いや、俺は——」

父はグレアムの肩を掴むと、そのまま有無を言わせず引きずって連れて行ってしまいました。いくらグレアムが年の割には大柄でも、大人の男性には敵《かな》いません。

一人置いて行かれた私は、そのまま街に帰りました。


家に帰ると、母が夕飯の仕度《したく》に取りかかるところでした。

「お帰り。あら、グレアムは？」

「ただいま。父さんに捕まったー」

「ああ」

母はこれだけで全てがわかったようで、ケラケラ笑って野菜の下ごしらえをしています。

私はその姿を近くで眺めながら、ふと思い立って聞いてみました。

「母さん、私、試験を受けたら花の乙女になれると思う？」

「あら、なりたかったの？」

どういう答えが返ってくるかと身構えていたら、意外な答えが返ってきてしまいましたよ……

「そりゃあ、女の子なら誰でもあこがれるでしょう？　地方都市から帰ってくる途中で、フェリシアに会ってさ。あの子はもう試験の申し込み、済ませたんだって」

奴が出るなら、私が受かる見込みはまるっきりないも同然ですが。性格は推定魔王だけど、見てくれは本当に美人だから。

花の乙女は神殿の統括区域から各一名ずつ出すのが決まりです。フェリシアの家はうちの隣で、区域が一緒なんですよね。

母はわざとなのか、フェリシアの事は流して斜め上な回答をくれました。

「えー？　そう？　意外とつまらないものよ、花車に乗るって」

それから母は、延々と花の乙女のつまらなさを私に説いて聞かせました。何でも祭りの間中、朝早くから夜遅くまで乙女として拘束されるので、祭りを見て回る事もできずに疲れるばかりなんだそうです。そして何より、乙女同士の諍《いさか》いが面倒なんだと言いました。

「諍い？」

「そうよー。乙女って、花車に乗るのに序列があるでしょ？　あれに納得できないって子、結構いるのよね。乙女に選ばれるって事は、そこそこ容姿がいいって事でしょう？　みんな、見てくれには自信があるのよ」

うわー……聞きたくなかった裏話でした。じゃあ、去年や一昨年《おととし》の祭りも、裏ではそんなどろどろした争いがあったって事なんですね。

「そんな乙女の役、母さんはよく八年も続けたね」

「好きでやった訳じゃないのよ。毎年毎年拝み倒されてねー」

母は何でもない事のように言いましたけど、凄い事ですよね？　改めて、うちの母って一体……

帰ってきた父と一緒に、いつものように家族三人で食卓を囲み、私は自室に戻りました。扉を開けて中に入ると、暗がりの中に人影が……

「って、グレアム!?」

窓辺に立っていたのは、昼間地方都市で別れたグレアムです。また窓から入ってきたわね。

「ちゃんと玄関から入りなさいって、いつも言ってるでしょ？」

何故かいつも窓から入ってくるんですよね、彼。その方が早いんですって。でも、知らない間に部屋に入り込まれる私にとって、大変嬉しくない状況なんですけど。

それも散々言ったんですけどねえ……結局こうして窓から来る日々ですよ。私は腰に手を当てて、怒ってるんだぞ、という雰囲気を前面に出して彼と対峙します。

「ルイザ」

グレアムの声が、少し硬く聞こえました。まさか私の怒りを感じ取ったとか？　まさかね。だってグレアムだもの。私の怒りなんて、いつもどこ吹く風ですよ。

「何？」

「試験、申し込んだのか？」

う……ここでそれを言うのか。ちょっと私の腰が引けました。

地方都市から帰ってくる途中でフェリシアと一緒になって、奴が申し込みを済ませた事を聞いたんですよね。それでなんとなく、申し込みしそびれたままなんです。

答えない私に焦れたのか、グレアムが私の名前を呼びました。

「ルイザ？」

「……申し込みしそびれたの。だって、フェリシアが出るっていうから」

「ああ、なるほど」

そこで納得されると、何だかそれはそれで腹立たしいんですけど！　いや、確かに奴はきれいだけどさ！　絶対受かると私も思いますよ！

今度こそこちらの不機嫌を感じ取ったのか、グレアムがぎゅっと抱きしめてきました。

「ルイザには、花の乙女になってほしくないんだ」

何だとう!?　聞き捨てならない一言に、思わず彼の顔を見上げます。

「それ、どういう意味？」

そりゃあ、私じゃ試験には受からないでしょうけど。でもそんなはっきり言わなくたっていいじゃない。怒っているのに、何だか涙が出てきそうです。

「だって、花の乙女になったら、大勢の前に出る事になるだろう？」

そうですねえ。花車に乗って地方都市の大通りをパレードする訳ですから。祭り見物に来た人達の大半に、見られる事になると思います。というか、毎年そうですね。

「それが？」

「他の男に見せたくない」

……それが理由？　え？　本当にそれだけなの？

確認すると、グレアムは無言のままこっくりと頷《うなず》きました。そういえば、彼は私が目立つ事をするのを、凄く嫌うんですよね……他の男の目にとまる、って言って。

私ごときが何かやったところで、男の子の気を引けるとも思わないんだけど。グレアムにとっては違うんですって。

これ、立場が逆ならわかるんですけどねえ。グレアムの場合、普通に立ってるだけでも目立つから。これで彼の性格がこうでなければ、私は年がら年中彼が余所《よそ》を向かないか心配ばかりしていた事でしょう。

私は深い溜息を吐《つ》いてしまいました。今更彼にその事を諭《さと》したって、聞く耳を持っていないのはこれまでの経験でよーくわかってます。私は無駄な努力はしない主義です。

「とりあえず、試験を受けなければいいのね？」

私の言葉に、安堵したようにグレアムが微笑みました。こういう面だけを見ていると、他の女の子達が騒ぐのもわかるんですよね……見てくれは本当にいいから。

でも、彼の母親であるデリアおばさん曰く、「父親に似て残念な中身よね、あの子」だそうです。私にとっては優しい近所のおじさんでしたけどね、グレアムのお父さんは。

私にとってグレアムは、大好きだけど厄介なところもある人です。うん、主に私の周囲に関して。たまに女の子と遊ぶのにも、嫌な顔する時があるから。

でも、やっぱり大好きな人だし。彼が安心するなら、花の乙女を諦《あきら》めるのも仕方ないでしょう。

……別に、試験受けたところでどうせ落ちるから、ではないですからね？

その後開催された選抜試験では、予想通りフェリシアが受かりました。別の神殿区域からも、それぞれ納得の人選がされたと聞きます。

そして迎えた祭りの当日、フェリシアの友達という事と、花車やあちこちの櫓《やぐら》を制作したのがうちの父という事で、乙女が花車に乗る場所に入れさせてもらいました。

「フェリシア、きれいー」

古代風の薄い布を重ねた衣装に、色とりどりの花をこれでもかと飾っています。彼女は筆頭乙女こそ逃しましたが、次点なので筆頭のすぐそばに乗るそうです。乙女の序列って、凄い……

「もう、朝から神殿で禊《みそ》ぎだ着替えだ化粧だで、すっかりくたくたよ」

そう小声で言う彼女は、本当に疲れているみたいです。いいじゃないか、その疲労があっても、今日の君は主役の一人なんだから。それも序列二位ですよ。

その後車が無事パレードに出て、私とグレアムは沿道でそれを眺めていました。やっぱりきれいだなー。

「あーら、ルイザじゃないの」

ああ、きれいなものを見て心が洗われるような思いだったというのに、あっという間に現実に引き戻された気分です。

声のした方を見れば、いつも私に絡んでくる女の子です。後ろにはいつもの取り巻きまでいますよ。どうでもいいが君達、祭りだというのにまた女の子だけで行動しているのね。

この花祭りは、恋人同士の祭りとされています。想う相手と一緒に全ての神殿を巡ると、一生幸せになれるんだとか。なので、祭りに合わせて相手を見つける子も多いんです。だというのに。

「そういえばあんた、乙女選抜の試験、受けなかったんですってねえ？　身の程を知ってるって事かしらあ？」

沿道には人が多いせいか、私の隣にいるグレアムに気付かないみたいです。そういえば彼、今日はフードをすっぽりかぶっていますね。あの金髪は特に目立つものなあ。

「あのフェリシアに乙女の座を奪われて、どんな気持ち？」

女の子は笑いながら言いますが、それ、君達にも当てはまるんだけど。わかってるのかな？　あんた達が試験を受けていたのは、しっかり聞いて知ってるんだけど。

隣のグレアムが、この場を離れようとでもしているのか、私の腕を掴んで合図を送ってきます。いや、離れるにしても、一言言い返してからでないと。

「そうねえ、フェリシアが出る時点で彼女が受かるのは当然だし？　それに」

私は意味ありげに、グレアムの腕に絡みつきました。

「私が試験を受けるの、グレアムが反対したのよ。私が花の乙女になって、他の男の子の目に映るのが嫌なんですって」

ちょっと脚色しています。どのみち試験を受けようが受けまいが、結果は同じでしたが。でもそんな事、彼女達にわざわざ言う必要はないですよね。私の言葉に、十分衝撃を受けてくれてるみたいですから。

「な……な……」

ふっふっふ、いい攻撃になったようですね。わなわなと震える女の子達を見て、ちょっとだけ溜飲《りゅういん》が下がりました。

「じゃあ私達はこれで。行こう、グレアム」

「ああ」

その場を離れた私の耳に、奇妙な絶叫が聞こえた気がしましたけど、多分気のせいですよね。祭りで周囲はすごい喧噪だし。

やられたら、やっぱりやり返さないとね。いつも嫌みばかり言ってくる子達だから、少しは懲《こ》りるといいんだけど。

隣のグレアムはちょっと呆れているみたいですけど、でもよくよく考えたら、彼が元凶みたいなものですよね。彼女達が私に嫌みを言うのって、グレアムが私のそばにいるからだし。

ちょっとした意趣返しに、彼の脇腹を小突いておきました。何か文句を言っているみたいですけど、無視です無視。

「さあ、祭りを楽しみましょう！」


あの後二人で回った祭りで、グレアム目当ての女の子達に追いかけ回されたり、好きな女の子を取られたと勘違いした男の子達に追いかけ回されたりしましたが、今ではいい思い出です。……そういう事にしておきます。

花の乙女で思い出しましたが、フェリシアはあの後もう一回だけ乙女を務めたんでした。何故その後は務めなかったかと言えば、去年の祭りのすぐ後に結婚したからです。乙女は未婚の女子しかなれませんから。

今年の祭りは別の人間が選ばれてるはずですね。どんな子なんだろう？

私は空を見上げながら、捨ててきた故郷にちょっとだけ思いをはせました。あの花祭りも、もう二度と見られないんだな……

あの十五の年から今まで、色々な事がありました。特に大きかったのが両親の死と、グレアムの勇者選出です。

まさか、彼まで勇者になるなんて。その彼と、ついでに故郷も捨てて、一人で王都に出てくる事になるなんて、あの時は予想もしませんでしたよ。

「……よし！」

感傷に浸《ひた》る時間は、これで終わりです。天気がいい日は洗濯しないと。私はそれまでの思いを振り切るように、殊更気合いを入れて洗い場へ向かいました。

RC Regina COMICS
レジーナCOMICS創刊!!
えっ？平凡ですよ？？
1
大好評発売中!!
アルファポリスWebサイトにて
好評連載中！
えっ？平凡ですよ？？ 1
漫画 不二原理夏
原作 月雪はな
転生少女！
前世の知識で異世界改革！
レジーナCOMICS 創刊!!!!
大人気ほのぼのファンタジー、待望のコミカライズ！
シリーズ累計8万部突破！
アルファポリス 漫画
検索
待望のコミカライズ！
交通事故で命を落とした、女子高生のゆかり。目を覚ますと、異世界に伯爵令嬢として転生していた！　なのに、待っていたのはまさかの貧乏生活……。第二の人生を豊かにすべく、元女子高生は前世の知識をフル活用する!!
＊B6判 ＊定価：本体680円＋税
＊ISBN978-4-434-20717-4
シリーズ累計
8万部突破！

本書は、2013年1月当社より単行本として刊行されたものに書き下ろしを加えて文庫化したものです。

レジーナ文庫

今度《こんど》こそ幸《しあわ》せになります！1

斎木《さいき》リコ

2015年8月20日初版発行

文庫編集－橋本奈美子・羽藤瞳
編集長－塙綾子
発行者－梶本雄介
発行所－株式会社アルファポリス
〒150-6005 東京都渋谷区恵比寿4-20-3 恵比寿ｶﾞｰﾃﾞﾝﾌﾟﾚｲｽﾀﾜｰ5階
TEL 03-6277-1601（営業） 03-6277-1602（編集）
URL http://www.alphapolis.co.jp/
発売元－株式会社星雲社
〒112-0012東京都文京区大塚3-21-10
TEL 03-3947-1021
装丁・本文イラスト－りす
装丁デザイン－ansyyqdesign
印刷－株式会社暁印刷

価格はカバーに表示されてあります。
落丁乱丁の場合はアルファポリスまでご連絡ください。
送料は小社負担でお取り替えします。

ISBN978-4-434-20855-3 C0193